Über die Autorin:

Nadine Bogner ist staatlich anerkannte Erzieherin und leitet eine Kindertagesstätte in ihrer Heimatstadt Bielefeld.

Darüber hinaus ist sie Autorin, Komponistin und Hobby-Sängerin. Schon als Kind hat sie phantasievolle Geschichten und Songs verfasst und ihr Talent im Laufe der Jahre ausgebaut.

Wer mehr erfahren möchte, kann die Autorin auf ihrer Homepage www.NadineBogner.de oder auf der Profilseite bei www.tredition.de besuchen.

Nadine Bogner

Schneekugel-Zauber

Die Magie des Lebens und der Liebe

Umschlag, Illustration: Nadine Bogner

Verlag: tredition GmbH, Hamburg

ISBN
Paperback 978-3-7469-1704-7
Hardcover 978-3-7469-1705-4
e-Book 978-3-7469-1706-1

Printed in Germany

Alle Orte, die in diesem Buch vorkommen, gibt es auch im wahren Leben. Auch das Restaurant „Jakobs“ und „Det lille Café Hus“ findet man wirklich im Herzen von Skagen. Die Geschichten und Personen dazu sind jedoch frei erfunden!

Vielen lieben Dank auch noch an dieser Stelle an meine Probeleserinnen Daniela, Kirsten und Melanie! ☺

Inhaltsverzeichnis

Prolog

8. Dezember 2016

Lange stand ich wie betäubt vor dem kleinen Schaufenster und starrte ungläubig auf die wundervolle kleine Schneekugel, die zwischen allerlei weiterer hübscher Weihnachts-Deko stand. In meinem Magen breitete sich augenblicklich ein vehementes Ziehen aus, das mir durch Mark und Bein ging. Mein Mund fühlte sich so trocken an, als hätte ich bereits tagelang nichts zu trinken bekommen und mein Herz schlug so laut in meiner Brust, dass ich sicher war, jeder um mich herum hätte es hören müssen.

„Hallo Sofia, hast du ein Gespenst gesehen?", riss mich eine Stimme direkt hinter mir aus meiner großen Schockstarre. Erschrocken fuhr ich herum und blickte geradewegs in Lenes Augen, die mich besorgt musterten.

„Ähm, nein, nein", stammelte ich. „Ich habe nur gerade die hübschen Weihnachtssachen betrachtet, die sie hier haben." Dabei nickte ich automatisch in Richtung des Schaufensters. Ich merkte selber, wie belegt meine Stimme klang und zwang mich innerlich, wieder ruhiger zu werden.

„Ja, die sind wirklich zauberhaft“, entgegnete Lene und schien tatsächlich nicht bemerkt zu haben, wie aufgewühlt ich gerade war. „Ich muss leider weiter“, sagte sie. „Aber was hältst du davon, wenn wir morgen einen Kaffee zusammen trinken?“

„Gerne“, erwiderte ich wie mechanisch und war insgeheim froh, dass Lene es etwas eilig hatte. Wir verabschiedeten uns noch schnell mit einer Umarmung voneinander, ehe Lene in einem der benachbarten Läden verschwand und ich mich noch einmal dem Schaufenster zuwandte.

Eigentlich hatte ich nur schnell ein paar Besorgungen in der Stadt machen wollen, als mein Blick wie magnetisch von dieser Schneekugel angezogen wurde. Wahrscheinlich wäre sie mir im Normalfall niemals aufgefallen, aber diese Kugel hier war etwas ganz besonderes. Außen war sie, wie die meisten Schneekugeln, rund und aus Glas. Doch schon der rote Porzellansockel, auf dem sie stand, erinnerte mich sofort an die Schneekugel, die ich selber einmal besessen, und die mir so unendlich viel bedeutet hatte. Man hatte mir schon als Kind immer gesagt, dass sie ein Einzelstück sei und ich sie mit Sorgfalt behandeln müsse, damit sie nicht zu Bruch ginge. Und so hatte ich sie lange Zeit gehütet wie meinen Augapfel.

Auch diese hier war auf dem Sockel mit kleinen goldenen Sternchen verziert und im Inneren der Kugel stand direkt in der Mitte, unter einem herabhängenden Mistelzweig, ein eng umschlungenes, sich küssendes Liebespaar, das aus Porzellan geformt und mit Blattgold überzogen war.

Unweigerlich stiegen Tränen bei dem Anblick in mir auf und ich schluckte schwer, als die Erinnerungen, die ich so lange in mir weggesperrt hatte, plötzlich wie eine Lawine wieder in mir hochgespült wurden. Ich musste hier weg. Jetzt sofort, bevor mein Herz auf der Stelle in tausend Scherben zerbrechen würde.

Noch ehe ich das Schaufenster verlassen hatte, ertönte mein Handy und kündigte einen Anruf an. Die Nummer auf dem Display sagte mir nichts und kurz überlegte ich, ob ich vielleicht erst gar nicht ran gehen sollte. Schließlich war meine Verfassung gerade alles andere als gut. Aber irgendetwas in meinem Bauch sagte mir, ich solle das Gespräch annehmen. Also atmete ich einmal tief ein und meldete mich: „Ja, hallo, hier Sofia Belmonte."

Am anderen Ende der Leitung meldete sich eine gewisse Frau Trulle aus dem Krankenhaus in Frederikshavn. „Entschuldigen Sie", hörte ich sie sagen und mein Herz, das ohnehin schon so laut schlug, begann nun auch noch, schneller zu rasen, denn ich ahnte, dass etwas passiert sein musste.

Und noch bevor ich irgendwelche Spekulationen anstellen konnte, eröffnete Frau Trulle mir, dass man meine Großmutter mit einem Herzinfarkt eingeliefert hatte.

Wie betäubt legte ich auf, unfähig, mich zu rühren. Erst als eine Hand sich auf meine Schulter legte, wandelte sich meine Betäubung in eine Art innere Panik. Ich musste schnellstmöglich in die Klinik. Doch so aufgewühlt ich auch gerade war, mein gesamter Körper war noch immer wie gelähmt.

„Was ist denn los?“ Es war Lene, die erneut neben mir stand und mich jetzt so besorgt ansah, als hätte sie nun ein Gespenst vor sich. Nachdem ich nicht sofort antwortete, schüttelte sie mich ein wenig am Arm: „Sofia, du machst mir Angst. Sag jetzt endlich, was los ist.“

„Meine Nonna ist gerade in Frederikshavn in die Klinik eingeliefert worden. Sie hatte einen Herzinfarkt.“

1.

8. Dezember 2016

Natürlich hatte Lene mich sofort in die Klinik gefahren und nun saßen wir gemeinsam in dem kahlen Warteraum der Intensivstation. Schwester Helga Trulle, die mich nur wenige Minuten zuvor angerufen hatte, hatte bereits an der Rezeption auf unser Kommen gewartet und brachte uns direkt in den Wartebereich. Da sie lediglich eine Schwester und keine Ärztin war, durfte sie uns, zu ihrem und unserem Bedauern, keinerlei Auskünfte über den genauen Gesundheitszustand meiner Großmutter geben. Die einzige Information, die sie uns ohne Umschweife geben konnte war, dass Nonna gerade operiert wurde und dass diese OP noch eine Weile dauern könnte. Also nahmen Lene und ich auf den harten Stühlen Platz und starrten immer wieder auf die große Wanduhr, die sich scheinbar nur unendlich langsam vorwärts bewegte.

Wir waren die einzigen Wartenden in diesem Raum und um uns herum herrschte eine grauenvolle Stille. Zudem stieg mir der typische Klinikduft in die Nase, mit dem ich schon seit meiner Kindheit schreckliche Erinnerungen verband.

„Es wird schon alles gut gehen", erklang Lenes Stimme in die Stille hinein und verscheuchte damit kurzzeitig meine aufkommenden Erinnerungen, wofür ich ihr sehr dankbar war. Beruhigend legte sie ihren Arm um meine Schultern und sah mich so zuversichtlich an, dass ich tatsächlich ein wenig ruhiger wurde. „Deine Nonna ist eine toughe Frau. Sie schafft das schon."

„Das hoffe ich sehr."

Ich wusste, dass Lene absolut Recht mit ihrer Aussage hatte. Nonna war in der Tat noch sehr rüstig, obwohl sie bereits sechsundachtzig Jahre alt war. Aber ich wusste auch, dass sie schon seit längerer Zeit immer mal wieder leichte Schmerzen in ihrer Brust hatte, die wohl mit ihrem Herzen zu tun hatten. Natürlich wollte sie nicht, dass ich mir Sorgen machte und spielte ihr Leiden immer wieder herunter. Einen Arzt, so meinte sie, bräuchte sie nicht. Schließlich gehörten kleine Zipperlein im Alter einfach dazu. Und da ich wusste, dass jeglicher Versuch, sie zu einem Arztbesuch zu überreden, scheitern würde, ließ ich es bleiben. Dafür hätte ich mich jetzt allerdings ohrfeigen können, denn hätte ein Arzt frühzeitig eine Untersuchung durchgeführt, wäre ihr dieser Herzinfarkt vielleicht erspart geblieben.

„Frau Belmonte?" Der Arzt, der plötzlich wie aus dem Nichts vor uns stand, blickte zunächst Lene, dann mich an. Er konnte schließlich nicht wissen, wer von uns beiden seine Ansprechpartnerin bezüglich Nonna sein würde. Ich nickte ihm zu, erhob mich und reichte ihm die Hand.

„Ich bin Dr. Mattis. Ihre Großmutter hat den Eingriff gut überstanden."

Gerade wollte ich schon erleichtert aufatmen, da fuhr er fort. „Aber sie wird noch eine Zeit lang schlafen, damit sich ihr Körper erstmal in Ruhe erholen kann. Es war schon recht knapp, ihr Leben zu erhalten. Gut nur, dass ihre Nachbarin sie rechtzeitig gefunden hat."

Statt Erleichterung setzte sich nun ein Kloß in meinem Hals fest und mir wurde übel. Dr. Mattis bemerkte, wie nah mir seine Aussage ging und bat Lene, mir einen Becher Wasser aus dem Automaten zu holen.

„Wie gesagt, sie hat es erstmal gut überstanden." Nun huschte ein kleines, aufmunterndes Lächeln über seine Lippen. „Sagen Sie, könnten Sie vielleicht heute noch ein paar Sachen für Ihre Großmutter besorgen? So etwas wie Nachtzeug, Wäsche und Hygieneartikel?"

„Natürlich", versicherte ich ihm. „Ich fahre schnell nach Hause und packe etwas zusammen."

„Es eilt nicht. Lassen Sie sich Zeit. Ihre Großmutter wird frühestens morgen früh aufwachen. Aber was Sie dringend mitbringen müssten, wären ihre Personalien und ihre Versichertenkarte."

Wir verabschiedeten uns von dem Arzt und verließen die Klinik. Mittlerweile war es bereits später Nachmittag und zu der beginnenden Abenddämmerung hatte sich noch dichter Schneefall gesellt.

Ich liebte den Schnee, aber auf den Straßen wurde er jedes Mal zu einer Herausforderung, denn die meisten Leute fuhren dann so dermaßen langsam, dass man zu Fuß ganz sicherlich schneller vorangekommen wäre. So war es auch jetzt. Allerdings musste ich diesmal nicht selbst am Lenkrad sitzen, da Lene mich von Skagen aus direkt nach Frederikshavn gefahren hatte und mein Auto jetzt im sicheren Parkhaus stand.

„Lene, du musst mich nicht nach Hause fahren. Ich kann durchaus den Bus nehmen. Es geht mir gut und du hast sicherlich noch andere Dinge zu erledigen, statt deine beste Freundin den ganzen Tag am Hals zu haben. Mein Auto hole ich morgen früh ab und fahre dann wieder zurück ins Krankenhaus."

Sie sah mich etwas strafend an. „Hör mal. Ich kenne deine Nonna nun schon fast mein ganzes Leben lang und ich helfe gerne, wenn ich es kann. Außerdem hat man dafür auch schließlich eine beste Freundin. Wir fahren jetzt zu dir, du packst etwas für deine Nonna zusammen und dann bringen wir es ihr noch schnell. Dein Auto holen wir morgen früh gemeinsam. Keine Widerrede."

Da wir uns nun schon über fünfzehn Jahre kannten, wusste ich, dass ich tatsächlich lieber keinen Widerspruch mehr einlegen sollte. Stattdessen sagte ich nur leise „Danke" und lehnte mich ein wenig erschöpft von der ganzen Aufregung des Tages im Beifahrersitz zurück.

Die Fahrt von Frederikshavn nach Ålbæk dauerte tatsächlich über eine Stunde, obwohl die Strecke im Normalfall in zwanzig Minuten zu schaffen war.

„Weißt du was?" wandte ich mich an Lene. „Wenn du schon Taxi spielst, sorge ich erstmal dafür, dass wir jetzt ein gutes Essen bekommen."

„Oh, prima. Ich habe wirklich riesigen Hunger." Und passend zu ihrer Aussage, begann Lenes Magen fürchterlich laut zu knurren. Wir sahen uns an und fingen lauthals an zu lachen. Dabei wurde Lene ein wenig rot um ihre Nasenspitze. Entschuldigend sagte sie: „Ich habe heute Morgen das letzte Mal etwas gegessen."

„Ja, ich ebenfalls. Was hältst du von frischen Linguine mit Lachs?"

„Klingt super!"

Eine halbe Stunde später saßen wir vor unseren dampfenden Nudeln und tranken einen leichten Pinot Grigio dazu. Lene nippte allerdings nur daran, da sie schließlich noch fahren musste.

„Es schmeckt köstlich", lobte sie mein Essen. „Die weitere Koch-Ausbildung in Italien war eine sehr gute Idee."

„Das war es in der Tat. Vom Backen verstehen die Dänen tatsächlich eine Menge. Da können wir Italiener kaum mithalten. Aber was das Kochen betrifft…"

„Du, sag mal", begann Lene nun. „Wann genau soll denn dein Restaurant eröffnet werden?"

„Wenn alles klappt, wäre Mitte Januar prima. Allerdings muss ich jetzt erstmal schauen, wie es mit Nonna weitergeht."

Im letzten Monat hatte ich mir ein wunderschönes Restaurant mitten im Kern von Skagen gekauft. Dort hatte ich noch fünf Jahre zuvor während meiner Kochausbildung gearbeitet und immer ein bisschen gehofft, dass ich auch nach meiner Zeit in Italien wieder dort arbeiten könnte. Allerdings hatte ich damals weniger darüber nachgedacht, dass es tatsächlich einmal mir gehören könnte. Greta, der das Restaurant gehörte, war eine wunderbare, liebenswerte Chefin, die mir immer versichert hatte, ich könne jederzeit zu ihr zurückkommen. Und nun, vor wenigen Monaten war sie so schwer erkrankt, dass sie das Lokal aufgeben musste. Da sie wusste, wie viel mir an ihrem Restaurant lag, rief sie mich in Italien an und fragte mich, ob ich Interesse hätte, es zu übernehmen.

Meine Ausbildung zur Meisterköchin hatte ich im Juli abgeschlossen und da kam mir das Angebot wie gerufen, auch, wenn der Anlass natürlich alles andere als schön war. Greta versicherte mir, dass sie mir einen äußerst guten Preis machen würde und bestand im Gegenzug nur darauf, kostenfrei bei mir zu speisen. So zog ich Mitte November aus dem Süden Italiens zurück in den hohen Norden Dänemarks und unterzeichnete kurz darauf den Vertrag.

Da es einiges gab, was zu renovieren war, hatte ich mir das großzügige Ziel gesetzt, die Eröffnung erst Anfang des kommenden Jahres zu feiern. Geldlich war ich gut abgesichert und da Gretas Angebot weit mehr war als nur *äußerst gut*, hatte ich keinerlei Zeitdruck.

„Sie ist bestimmt bald wieder auf den Beinen", sagte Lene. „Deine Neueröffnung lässt sie sich keinesfalls entgehen." Sie zwinkerte mir zu und schob sich eine letzte Gabel mit Linguine in den Mund. „Du solltest jetzt ein wenig packen. Ich kümmere mich derweil um das schmutzige Geschirr."

Nachdem ich ein paar Kleidungsstücke und Waschutensilien zusammengesucht hatte, überlegte ich, wo Nonna wohl ihre Papiere und die Versichertenkarte haben könnte. Ich wollte nicht einfach so in ihren Sachen herum stöbern, aber fragen konnte ich sie schließlich nicht und so begann ich, eine Schublade nach der anderen in ihrem Kleiderschrank zu öffnen. Außer Wäsche, Schmuck und Handtüchern konnte ich zunächst nichts entdecken. Aber irgendwo musste ich doch fündig werden. Bevor ich weitere Türen ihres Kleiderschrankes öffnete, ging ich runter in den Flur und schaute dort in dem kleinen Sideboard nach. Leider war auch hier nichts, was im Entferntesten nach den gesuchten Unterlagen aussah. Also lief ich noch einmal rauf und widmete mich auch dem Rest des Schranks. Diesmal hatte ich wirklich Glück. Hinter einer der Schranktüren fand ich Nonnas Geldbörse, in der sämtliche Papiere, Bankkarten und die Versicherungskarte steckten.

Doch was war das? Die Geldbörse lag auf einem dicken Buch mit braunem Ledereinband. Es war so wunderschön verziert, dass ich nicht anders konnte, als es vorsichtig herauszunehmen und einen Blick darauf zu werfen. Auf dem Einband stand nichts geschrieben, was ich für ein Buch sehr ungewöhnlich fand. Also öffnete ich es, um zu sehen, um was für eine Art Buch es sich hier handelte.

Die erste Seite war komplett weiß. Naja, sagen wir mal, eher schon etwas vergilbt. Es musste also schon ein paar Jahre auf dem Buckel haben. Auf der zweiten Seite stand etwas in Handschrift geschrieben: „Amore - per sempre". Schnell blätterte ich weiter, denn ich wollte wissen, ob das gesamte Buch handschriftlich verfasst worden war und von wem es wohl stammte.

„Sofia, bist du soweit? Ich würde gerne fahren, wenn es dir recht ist." Lene stand unten im Flur und rief die Treppe hinauf.

„Ich komme sofort", entgegnete ich zurück, nahm das wunderschöne Buch und legte es auf Nonnas Bett. Wenn ich später zurück war, so beschloss ich, würde ich es mir einmal genauer ansehen. Denn in der Tat war es komplett von Hand geschrieben und hatte etwas so Magisches und Besonderes an sich, dass ich es mir einfach noch einmal genauer ansehen musste. Aber dafür war jetzt keine Zeit.

„Bin soweit", rief ich noch einmal, zog Nonnas Schafzimmertüre hinter mir zu und eilte die Treppe hinunter, wo Lene bereits in voller Wintermontur auf mich wartete.

2.

8. Dezember 2016

Die große alte Standuhr, die bei Nonna im Wohnzimmer stand, schlug bereits neun Mal, als ich mich nach diesem nervenaufreibenden Tag in den gemütlichen Sessel vor dem Kamin sinken ließ. Die Anspannung, die mich seit dem Zeitpunkt des Erblickens der Schneekugel in dem kleinen Schaufenster und der Nachricht, dass meine Nonna einen Herzinfarkt erlitten hatte, den kompletten Tag über begleitet hatte, begann sich langsam zu lösen. Hier in der Stille unseres behaglich eingerichteten Wohnzimmers, überfluteten mich auf einmal alle Gefühle, die ich vor Lene, dem Arzt, den Schwestern und auch vor mir selbst bisher zurückgehalten hatte. Ich weinte und weinte, bis alle Tränen versiegt waren und ich eine gewisse Erleichterung in mir spürte.

****

Nachdem Lene mich noch einmal in die Klinik gefahren hatte, durfte ich für einen kurzen Moment zu Nonna auf die Intensivstation. Wie klein und zerbrechlich sie dort in ihrem Krankenbett wirkte. Für mich war das ein sehr ungewöhnliches und irgendwie auch schmerzliches Bild, denn meine Großmutter war immer eine starke Frau mit einem festen Willen gewesen. Ja, sie war klein, wie viele Italienerinnen es waren. Aber innerlich war sie groß. Sie trug eine Stärke in sich, die ich schon als heranwachsendes Mädchen bewundert hatte. Sie war mein großes Vorbild. So unerschütterlich, mutig und gleichzeitig so liebe- und verständnisvoll. Genauso wollte ich auch immer sein.

Und nun lag sie hier in diesem sterilen Bett, das Gesicht blass und von Falten durchzogen. Die grauen Haare, die sie sonst stets ordentlich hochgesteckt hatte, fielen ihr nun wirr um die Schultern.

Ich zog für einen Moment einen Stuhl heran, setzte mich direkt neben Nonna und nahm ihre Hand in meine.

„Was machst du nur für Sachen?!" sagte ich leise. „Wer soll denn jetzt meine neuesten Kochkreationen probieren, wenn nicht du?" Es sollte ein wenig witzig und aufmunternd klingen, auch wenn ich wusste, dass sie es eh nicht verstehen konnte. Vermutlich wollte ich mich damit nur selber ein wenig aufheitern, denn ihr Anblick machte mich hilflos.

Ihr Atem ging gleichmäßig und ich fühlte, wie warm ihre Hand sich in meiner anfühlte. Sie war mir so vertraut und ein überwältigend tief stechender Schmerz bohrte sich augenblicklich in meine Brust, denn plötzlich spürte ich eine unbändige Angst. Eine Angst, die ich nur allzu gut kannte und die ich niemals wieder in meinem Leben fühlen wollte. Es war die Angst, für immer verlassen zu werden. Verlassen von einem Menschen, der quasi mein Zuhause war. Und Nonna war definitiv mein Zuhause. Sie konnte jetzt nicht einfach so sterben, jetzt und hier, ohne, dass wir uns richtig voneinander verabschiedet hatten.

Niemals wieder sollte es so sein, wie ich es damals schon einmal erlebt hatte.

Damals, ich war gerade mal fünf Jahre alt, war ich mit meinen Eltern von Calenzano unterwegs nach Ålbæk gewesen, um Nonna in den Ferien zu besuchen. Sie lebte schon eine längere Zeit dort und zwei Mal im Jahr besuchten wir sie. Es war im Sommer 1993, als wir uns in Deutschland von einer Raststätte zurück auf die Autobahn eingliedern wollten. Mein Vater saß am Steuer unseres roten Toyotas und zwinkerte mir noch durch den Rückspiegel zu, als es einen furchtbaren Aufprall gab und alles um mich herum schwarz wurde.

Als ich wieder erwachte, fand ich mich in einem Krankenhausbett wieder, angeschlossen an zig Schläuchen, mein rechtes Bein in einem Gips. An meinem Bett saß Nonna und trotz meiner Schmerzen war die Freude, meine geliebte Großmutter nach langer Zeit wieder zu sehen, riesengroß. Allerdings bekam ich kein einziges Wort über meine Lippen, weil ich einfach keine Kraft hatte. Nonna strich mir liebevoll über das Gesicht und obwohl sie versuchte, mich mit einem Lächeln zu beschenken, gelang es ihr nicht. Stattdessen rannen Tränen über ihre Wangen und sie sagte immer wieder: *„Mi dispiace così tanto."* Aber was genau ihr so leid tat, das wusste ich nicht. Ich fühlte nur, dass etwas Schreckliches passiert sein musste. Und weil ich eine so furchtbare Angst in mir aufsteigen fühlte, nahm ich all meine Kraft zusammen und weinte: „Ich will zu *Mamma* und *Papà*."

Tagelang vertröstete man mich, sagte, es müsse ihnen erst besser gehen. Ich verstand es nicht, verstand nicht, dass meine Eltern mich scheinbar einfach nicht mehr sehen wollten. Vielleicht, so dachte ich, wäre ich an unserem Unfall schuld gewesen und nun waren sie böse auf mich. Hätte ich nicht meinen Vater im Spiegel angelächelt, dann wäre der LKW nicht auf uns drauf gerast, dann wäre mein Vater schneller auf der Autobahn gewesen und wir wären jetzt nicht hier in diesem Krankenhaus. In einem Krankenhaus, in dem ich niemanden verstand, weil alle um mich herum deutsch sprachen und ich nichts von dem verstehen konnte, was sie sagten. Und Nonna verhielt sich merkwürdig, sprach kaum, herzte und küsste mich hingegen immerzu und weinte dabei fast pausenlos.

Doch irgendwann kam der Moment der grausamen Wahrheit. Nonna hatte mich zu sich auf den Schoß gezogen und mir fest in die Augen gesehen. Wieder spürte ich eine merkwürdige Angst in mir hochkriechen und wieder verlangte ich nach meinen Eltern. Doch Nonna schüttelte nur langsam ihren Kopf und sagte leise: „Sie können nicht zu dir kommen, mein Herz. Sie sind tot und wohnen jetzt oben im Himmel, wo wir sie nicht mehr sehen können."

Dieses Gefühl von absoluter Verlassenheit, das sich in diesem Moment in mir festsetzte und das ich anschließend jahrelang versucht hatte, zu verdrängen und weg zu sperren, holte mich hier ganz plötzlich wieder ein. Nonna war die einzige nähere Verwandte, die mir nach dem Unfall geblieben war. Sie hatte mich ohne zu zögern sofort bei sich aufgenommen, mich großgezogen und mir all die Liebe gegeben, die sie in ihrem Herzen zu geben hatte. Und sie hatte eine Menge Liebe zu geben. Der Gedanke, sie jetzt zu diesem Zeitpunkt zu verlieren, ohne mich von ihr verabschiedet zu haben, ließ mich bald ohnmächtig werden.

„Komm, meine Liebe", erklang Lenes Stimme in die Stille hinein. Ich hatte sie nicht herein kommen gehört, zu tief steckte ich in meinen Gedanken.

„Es ist Zeit zu gehen. Morgen wird es ihr schon besser gehen, davon bin ich fest überzeugt."

Müde nickte ich, erhob mich von meinem Stuhl und folgte Lene hinaus zum Auto.

****

Mit einem tiefen Atemzug versuchte ich, wieder einen klaren Kopf zu bekommen. Ich wischte mir mit meinen Handrücken über meine verheulten Augen und machte mich mit schweren Gliedern auf den Weg ins Bett, als mir plötzlich wieder das Buch einfiel, das ich auf Nonnas Bett gelegt hatte. Es war bereits nach elf Uhr und wirklich Zeit für mich, schlafen zu gehen. Aber einen kurzen Blick ins Innere des, in Leder gebundenen Werkes, wollte ich dennoch unbedingt werfen. Also öffnete ich Nonnas Schlafzimmertür, schaltete das kleine Nachtlicht neben ihrem Bett an und hob das Buch von der Tagesdecke. Das Leder verströmte einen typisch gegerbten Duft und ich nahm einen tiefen Atemzug davon, denn ich mochte diesen Geruch sehr.

Für einen Moment überlegte ich, ob ich das Buch tatsächlich mit hinüber in mein Zimmer nehmen, oder es doch besser wieder zurück in den Schrank legen sollte. Schließlich gehörte es mir nicht und an fremde Sachen ging man nun mal nicht einfach so ran. Andererseits war Nonna keine Fremde, wie ich mir selber sagte und gab meiner Neugierde nach.

Schnell schlüpfte ich in mein Seidennachthemd, kroch unter meine warme Decke und schlug direkt die zweite Seite auf. Noch einmal las ich: „Amore - per sempre". Ein sehr poetischer Titel, wie ich fand. Doch einen Hinweis auf einen Autor konnte ich nirgends finden. Die Schrift sah schon ein wenig so aus, wie Nonnas, aber ich konnte mir kaum vorstellen, dass Nonna ein Buch schreiben würde. Sie war eher eine Frau, die sich stundenlang im Garten mit allerlei Blumen, Bäumen und Gesträuch aufhielt, als sich an einen Tisch zu setzen und etwas stumpf aufs Papier zu bringen.

Und bevor ich weitere Spekulationen anstellte und so unnütze Zeit verschwendete, blätterte ich um und begann zu lesen.

3.

8. Dezember 1946

Der Duft von frisch gebrühtem Kaffee und Zimtbrötchen weckten Francesca an diesem Tag. Sie öffnete ihre Augen, reckte und streckte sich einige Male und sog die herrlichen Düfte, die ihr aus der Küche entgegenströmten, genussvoll ein. Es war erstaunlich, wie lebendig sie sich gerade fühlte, wenn sie bedachte, was für anstrengende zwei Tage hinter ihr lagen.

Spät abends war sie gestern mit ihren Eltern hier bei ihrem Onkel und ihrer Tante in Ålbæk angekommen. Nach der langen und doch irgendwann auch eher unbequemen Fahrt von Calenzano bis in den hohen Norden Dänemarks, war sie nur noch erschöpft ins Bett gefallen und hatte bis zum Morgen durchgeschlafen.

Wie spät es wohl war? Ein Blick auf die Uhr verriet ihr, dass es mittlerweile bereits neun Uhr morgens und somit Zeit zum Aufstehen war.

„*Buongiorno, cara mia*“, begrüßte sie ihre Mutter, als sie gerade schnell in das kleine Bad am Ende des Flures huschen wollte.

„*Buongiorno, Mamma.*“

„Wenn du dich beeilst, kannst du deinen Vater gleich nach Skagen zu der Familie Halström begleiten. Ich denke, er würde sich freuen, wenn er ein wenig Unterstützung beim Ausladen hat. Ich muss erstmal all unsere Sachen auspacken und Marta ein wenig beim Kochen zur Hand gehen.“

Natürlich hatte Francesca Lust mitzufahren, denn sie war gespannt auf die Familie, die von so weit entfernt einen Wein kaufte, den sich seit Ende des Krieges kaum jemand leisten konnte. Und dazu noch in so großen Mengen.

Zweifelsohne hatte das Weingut der Familie Rossa einen ausgezeichneten Ruf und trotz der eher mageren Zeiten, verkaufte sich der lange gereifte Cabernet Sauvignon ausgesprochen gut. Doch die große Abnahmezahl der Familie Halström bescherte Francescas Familie einen so hohen Einnahmegewinn, dass ihr Vater beschlossen hatte, die Lieferung, statt wie üblich über einen externen Fahrer, selbst zu übernehmen.

„Buongiorno, Papà.“ Francesca hauchte ihrem Vater einen Kuss auf die Wange und setzte sich zu allen anderen an den Frühstückstisch.

„Hast du gut geschlafen?“ wollte ihre Tante wissen.

„Wie ein Murmeltier.“

„Ja, ja, die Luft hier lässt einen schlafen wie einen Stein“, lachte nun ihr Onkel.

Wie sehr hatte sie es vermisst, Zeit mit ihren fünf kleinen Cousinen, ihren zwei Cousins und ihrem Onkel und ihrer Tante zu verbringen. Es kam meist nur einmal im Jahr vor, dass sie sich trafen, denn die Entfernung zwischen den beiden Familien war einfach zu groß, um sich öfter zu besuchen. Onkel Giuseppe, der Bruder ihrer Mutter, hatte Tante Marta vor fast dreizehn Jahren geheiratet und war zu ihr nach Dänemark gezogen, was Francescas Eltern auch nach all der Zeit immer noch nicht verstanden. Sie waren der Meinung, dass dieses Land einfach viel zu kalt und trist wäre, um dort glücklich leben zu können. Ihre Herzen schlugen ausnahmslos für ihr Heimatland Italien.

Francesca verstand zwar in gewisser Weise, was sie meinten, doch mochte sie Dänemark ebenso gern wie ihre Heimat. Hier oben an der See war der Wind rauer, die Natur wilder und das Lebensgefühl der Menschen schien unerschütterlich entspannt zu sein. Während in Italien das Leben pulsierte und stets ein reges Treiben überall herrschte.

„Francesca“, begann ihr Vater, „würdest Du mich gleich zu Familie Halström begleiten? Deine Mutter hat Dir ja schon gesagt, dass sie nicht mitkommen kann. Aber ich fände es wunderbar, wenn Du stattdessen mit nach Skagen fährst.“

„*Sì, volentieri, papà*. Gerne. Ich würde die Familie Halström sehr gerne kennenlernen.“

„Dann würde ich sagen, dass wir uns so in zwanzig Minuten am Wagen treffen.“

So saßen sie also wenig später wieder gemeinsam in dem großen LKW und fuhren hinauf nach Skagen. Francesca fühlte sich irgendwie aufgeregt. Doch weshalb das so war, konnte sie sich gar nicht erklären. Vielleicht, so dachte sie zunächst, läge es daran, dass sie die Leute nicht kannte, zu denen sie nun fuhren. Da könne schon mal ein kribbeliges Gefühl in einem aufsteigen. Aber insgeheim wusste sie, dass dies nicht der Grund dafür war.

Und bevor sie weitere Spekulationen darüber anstellen konnte, unterbrach ihr Vater ihre Gedanken. „Heute Abend werden wir diesen Geschäftsabschluss gebührend feiern." Dabei strahlte er über das ganze Gesicht und freute sich wie ein kleiner Junge, dem man gerade ein lange versprochenes Eis entgegenhielt. Unweigerlich freute sich Francesca aus tiefstem Herzen mit ihm. Sie wusste, wie hart ihr Vater tagtäglich auf dem Gut arbeitete. All sein Wissen, all sein Können und all seine Liebe zum Wein steckte er in dieses Familienunternehmen. Und all das tat er natürlich auch, um seiner Familie ein gutes Leben zu ermöglichen. Francesca war seine einzige Tochter und er hätte ihr jeden Wunsch von den Augen abgelesen, das wusste sie. Und aus diesem Grund fiel es ihr vermutlich auch so schwer, ihrem Vater den größten Wunsch den er wohl hatte, nämlich dass sie das Weingut eines Tages weiterführen würde, nicht erfüllen zu können. Die Weinlese und alles, was dieser Job noch so mit sich brachte, lagen ihr einfach nicht. Immer wieder hatte sie mit sich gerungen, doch ihr Herz schlug für die Schriftstellerei. Sie liebte es, poetische Worte aufs Papier zu bringen, genoss es, stundenlang in ihre Phantasiewelten einzutauchen und ihre Geschichten niederzuschreiben.

Nie hatte ihr Vater ein Wort der Enttäuschung darüber verloren, dass sie andere Wege gehen wollte, doch innerlich fühlte sie seine Enttäuschung. Zumindest glaubte sie, dass er enttäuscht sein müsse von ihr, auch, wenn er es niemals zeigte.

Im Gegenteil, er bezahlte sogar die Schriftstellerkurse, die sie seit ihrem vierzehnten Lebensjahr regelmäßig besuchte. Dafür half sie ihm stets bei seiner Buchführung, denn der Umgang mit Zahlen fiel ihr immer schon leicht und so hatte sie das Gefühl, ihn wenigstens auf diesem Gebiet ein wenig unterstützen zu können.

Sie bogen in eine abgelegene Seitenstraße und kamen vor einem kleinen, äußerst gepflegten gelben Haus zum Stehen.

„Da wären wir", sagte ihr Vater und öffnete die Fahrzeugtür. Francesca tat es ihm gleich und wurde im nächsten Moment von einer ordentlichen Windböe empfangen. Es war klirrend kalt und der Schnee, der in der Nacht gefallen war, hatte sich über die komplette Landschaft um sie herum wie eine weiße Decke ausgebreitet. Francesca nahm einen tiefen Atemzug und sah gebannt zu, wie die Luft, die sie wieder ausstieß, in dichten Nebelwölkchen davon schwebte.

„Wollen wir die Kisten schon herausnehmen?" wollte Francesca wissen und begab sich automatisch zum hinteren Teil des LKWs. Doch ihr Vater schüttelte den Kopf.

„Lass uns zuerst einmal Guten Tag sagen." Und schon während er auf dem Weg zur Haustür war, öffnete sich diese auch schon und ein stattlicher, älterer Herr stand im Türrahmen.

„Guten Tag, Herr Rossa. Wie schön, dass Sie da sind." Mit einer einladenden Geste, bedeutete er den beiden Gästen, einzutreten.

„Guten Tag, Herr Halström. Darf ich Ihnen meine Tochter Francesca vorstellen?"

„Sehr erfreut, junge Dame." Mit freundlichen Augen blickte er sie aufmerksam an und reichte ihr die Hand. „Da haben Sie aber einen weiten Weg hinter sich."

Francesca nickte ihm zu und fühlte sich ein wenig verlegen. Sie war gerade sechzehn Jahre alt und als junge Dame hatte sie noch nie jemand zuvor betitelt. Zumindest niemand, der ihr fremd und so äußerst stattlich war. Ein kleines stolzes Lächeln legte sich unweigerlich auf ihre Lippen.

„Ich darf Sie beide in unser Wohnzimmer bitten", sagte Herr Halström und schritt ihnen voran. Francesca mochte das kleine Haus auf Anhieb. Es war liebevoll eingerichtet und wirkte durch die recht großen Fensterfronten sehr hell und freundlich. In dem Wohnzimmer, das sie nun betraten, saßen eine ältere Dame und drei junge Männer. Auf einem der Drei blieb ihr Blick wie magnetisch haften. Auch er schaute ihr wie vom Blitz getroffen in die Augen und für einen Bruchteil von Sekunden war es, als würde die Zeit still stehen. Etwas in

Francescas Magen begann Karussell zu fahren. Da war plötzlich wieder diese Aufregung, die sie bereits kurz zuvor im LKW gespürt hatte. Sie schluckte, ihr Mund fühlte sich staubtrocken an und ein Hustenanfall überkam sie.

„Aber *cara*, was hast du denn?“ fragte ihr Vater sie besorgt.

„Ist schon wieder gut“, stammelte sie. „Ich habe mich wohl verschluckt.“

Die ältere Frau kam mit einem Glas Wasser, das sie Francesca reichte, herbeigeeilt. Diese leerte es in nur einem Zug und nahm in einem der Sessel Platz, den man ihr anbot.

Francesca wusste selber nicht, was hier gerade passiert war. Es war, als hätte sie ein Gespenst gesehen. Nein, eigentlich war es eher, als hätte sie jemanden wiedergetroffen, den sie schon seit ewigen Zeiten kannte und den sie wie wahnsinnig vermisst hatte. Doch diesen jungen Mann, der eine solche Reaktion in ihr ausgelöst hatte, kannte sie definitiv nicht. Woher auch?! Niemals zuvor waren sie sich begegnet und doch war er ihr vom ersten Augenblick an so vertraut, wie niemand sonst.

„Darf ich Ihnen meine Familie vorstellen?“ begann Herr Halström einen Moment später, nachdem der erste Schreck, der Francescas Hustenanfall ausgelöst hatte, vorüber war.

„Dies ist meine bezaubernde Frau Annette. Und das sind unsere Söhne Linus, Torben und Lasse."

„Lasse", flüsterte Francesca in sich hinein und ein warmes, glückliches Gefühl, dass sie von diesem Moment an nie mehr verlassen würde, durchströmte ihren zarten Körper.

4.

9. Dezember 2016

Die Nacht war kurz und unruhig gewesen. Immer wieder war ich aus wirren Träumen erwacht und hatte Mühe, wieder in den Schlaf zu finden. Ein Blick auf meinen Wecker verriet mir, dass es erst kurz nach Fünf war. Ich hatte also nur wenige Stunden, mehr schlecht als recht, geschlafen und fühlte mich wie gerädert. Aber noch einmal die Augen zu schließen in der Hoffnung, diesmal erholsamen Schlaf zu finden, wollte ich nicht. Es hätte ohnehin nicht geklappt. Also hievte ich meinen müden Körper aus dem Bett, nahm eine heiße Dusche und versorgte mich anschließend mit einer großen Tasse Kaffee mit einem Schuss Milch darin. Draußen herrschte noch eine tiefe Dunkelheit und eine Stille lag im ganzen Haus, die mich irgendwie frösteln ließ. Daher entfachte ich ein kleines Feuer im Kamin, setzte mich davor und starrte wie abwesend in die auflodernden Flammen.

Die Gedanken in meinem Kopf schweiften unweigerlich wieder zu dem Buch, dessen erstes Kapitel ich am gestrigen Abend noch zu Ende gelesen hatte. Mittlerweile war ich mir ganz sicher, dass Nonna selbst die Autorin war, denn die Figuren und die Andeutung des Weingutes, waren für mich klare Indizien dafür. Ich wusste, dass mein Urgroßvater ein solches Weingut besessen hatte, welches Nonna nach seinem Tod nicht weitergeführt, sondern verpachtet hatte. Die Gründe dafür hatte sie mir gegenüber niemals erwähnt. Allerdings hatte ich sie auch nie danach gefragt.

Ich fand es recht spannend, ein Buch zu lesen, das irgendwie auch etwas mit mir zu tun hatte. Vorausgesetzt natürlich, es war eine Art Biografie meiner Großmutter. Dann wäre es schließlich ein Teil meiner Familiengeschichte. Vielleicht aber hatte Nonna auch einfach eine Geschichte erfunden, in der sie lediglich ein paar Elemente und Charaktere aus ihrem realen Leben eingebaut hatte. Das würde ich vermutlich erfahren, sobald ich auch die nächsten Kapitel las.

Daher überlegte ich auch für einen kleinen Moment, das Buch zu holen und die Zeit bis um halb acht, wenn Lene mich abholen würde, zum Lesen zu nutzen. Doch ich fühlte mich zu unkonzentriert. Es gab da zwei Dinge, die mich seit der gestrigen Nacht einfach nicht mehr losließen.

Zum einen hatte ich immer wieder das Datum des ersten Kapitels im Kopf. Die Geschichte begann am Tag des 8. Dezembers 1946. Das alleine war nun nichts Außergewöhnliches. Außerordentlich Außergewöhnlich fand ich allerdings, dass wir am gestrigen Tag den 8. Dezember 2016 schrieben. Zwischen der Geschichte und dem Hier und Jetzt lagen also auf den Tag genau siebzig Jahre. Ich war nicht abergläubisch, aber an Zufälle glaubte ich auch nicht.

Mir schossen zig Fragen durch den Kopf. Wieso hatte Nonna ausgerechnet an diesem achten Dezember einen Herzinfarkt bekommen? Warum fand ich zufälligerweise genau am gestrigen Tag dieses Buch und wieso las ich etwas, was mich im Grunde genommen gar nichts anging? Das war doch sonst nicht meine Art. Hätte Nonna gewollt, dass ich es lese, hätte sie es mir sicherlich schon selbst einmal gegeben. Und wieso erinnerte es mich so vehement an meine eigene Geschichte?

Mir war ein wenig übel, denn irgendetwas ging hier nicht mit rechten Dingen zu. Und auch, wenn ich all diese Fragen gerade nicht beantworten konnte, stand für mich fest, dass hinter alldem eine Bedeutung stecken musste.

Zumal es da noch eine zweite Sache gab, die mich einfach nicht mehr losließ. Nonna beschrieb in ihrer Geschichte ein Gefühl, das auch ich wahrlich gut kannte. Sie schilderte das Zusammentreffen von Francesca und Lasse so, wie auch ich es vor ein paar Jahren selbst mit einem Mann erlebt hatte. Eine so übermächtige und lebensverändernde Begegnung, dass es kaum die passenden Worte dafür gab. Doch Nonna hatte diesem Gefühl, einer unendlichen Sehnsucht und ihrer gleichzeitigen Erfüllung, ein Bild gegeben, ein Bild, in dem ich mich vollkommen wieder fand.

5.

07. August 2012

„Oh shit", hörte ich mich selber sagen, als ich einen flüchtigen Blick auf meinen Wecker warf. „ich habe verschlafen!" Mit hektischen Bewegungen schob ich meine Bettdecke bei Seite und rannte schnell ins Bad, um wenigstens noch eine kurze Dusche zu nehmen. Es war Samstag-morgen und Greta hatte mich gebeten, in aller Frühe auf dem Fischmarkt in Strandby frische Ware zu kaufen. Normalerweise war dafür Jens zuständig, doch der hatte sich vor einer Woche den linken Arm gebrochen und durfte in nächster Zeit nicht arbeiten. Auch Annika, die in solchen Krankheitsfällen den Einkauf übernahm, war derzeit verhindert, weil sie mit ihrem neuen Freund nach Bali geflogen war. Also blieben nur noch Greta und ich übrig und da Greta, nach eigener Aussage zufolge, mit ihren fünfundsechzig Jahren große Schwierigkeiten hatte, morgens ihre müden Knochen aus dem Bett zu bewegen, hatte ich mich bereitwillig zur Verfügung gestellt, den Einkauf auf dem Fischmarkt zu übernehmen. Normalerweise hatte ich auch überhaupt keine Probleme damit, zeitig aufzustehen.

Doch ausgerechnet heute hatte ich meinen Wecker einfach nicht gehört.

Da es schon nach sechs Uhr morgens war, konnte ich nur hoffen, dass die Fischer in der Nacht einen guten Fang gemacht und andere Käufer vielleicht ebenfalls verschlafen hatten. Andernfalls würde ich in Kauf nehmen müssen, dass Greta später nicht mehr besonders gut auf mich zu sprechen war.

Eigentlich verstanden wir uns immer großartig. Schon als ich ihr beim Vorstellungsgespräch damals das erste Mal begegnete, faszinierte sie mich. Sie erinnerte mich ein wenig an Nonna, denn auch Greta war recht klein, hatte einen wundervollen Humor und wirkte so voller Lebensfreude, dass ich mich in ihrer Gegenwart sofort wohl fühlte. Sie war immer für einen kleinen Plausch zu haben und ich konnte mit jedem erdenklichen Problem zu ihr kommen. Aber eines konnte sie gar nicht leiden: wenn man sich nicht an Absprachen hielt, die ihr Restaurant betrafen und eventuell ihrem guten Ruf schadeten. Denn für Greta war dieses Lokal nach dem Tod ihres Mannes Jakob, ihr ganzer Lebensinhalt, ein Herzens-Traum, den sich beide bereits in jungen Jahren gemeinsam hart aufgebaut hatten.

Und da ich wusste, mit wie viel Herzblut sie ihr „Jakobs“ führte, wollte ich sie keinesfalls enttäuschen.

Auf dem Fischmarkt herrschte schon reges Treiben und ich konnte wirklich nur hoffen, dass noch genügend Schollen für uns übrig geblieben waren. Greta war nämlich berühmt für ihre knusprig gebratenen Schollenfilets an Kartoffelstampf und glasierten Möhren. Dafür kamen Touristen von weit her angereist und reservierten bereits Monate im Voraus einen Tisch. In den Sommermonaten bot sich dies auch tatsächlich an, denn die kleine Innenstadt von Skagen war von jeher ein beliebtes Ausflugsziel. Meist fuhren die Leute zunächst hoch zur Nordspitze, wo sie Nord- und Ostsee zusahen, wie diese aufeinander trafen, ehe sie noch einen anschließenden Einkaufsbummel durch die vielen kleinen Geschäfte im Ort unternahmen.

„Guten Morgen Sofia", begrüßte mich Sven, der seinen Fischstand direkt an der Hafeneinfahrt hatte. „Ihr seid spät heute."

„Ja", gab ich ein wenig verlegen zu. „Ich habe meinen Wecker nicht gehört."

„Viel habe ich nicht mehr."

Als er meinen erschrockenen Gesichtsausdruck sah, fügte er schnell hinzu: „Aber Ole müsste noch ein paar ordentliche Stücke bei sich auf dem Kutter haben."

„O.K. Dann nehme ich aber erstmal das, was du noch hast."

Er grinste ein wenig verschmitzt. „Greta reißt dir sonst den Kopf ab, ne?!"

„Ja, vermutlich."

„Na, das wird schon", versuchte er mich nun aufzuheitern. „Ole hatte eine gute Nacht. So viel wie er, haben wir anderen nicht gefangen."

Ich zahlte rasch und ging schnellen Schrittes zu Oles „SK63". Und ich hatte tatsächlich Glück. Er hatte noch eine Menge Schollen zu bieten. Zumal waren die Filets schön groß und wirklich tadellos frisch. Somit hatte ich nichts mehr zu befürchten, wenn ich in etwa einer halben Stunde das Restaurant betrat.

Greta bemerkte natürlich sofort, dass ich nicht zu den ersten Käufern auf dem Markt gehörte. Als ich ihr meine beiden Kassenbons gab, brauchte sie nur eins und eins zusammenzählen um zu wissen, dass es bei Sven scheinbar nicht mehr genug Fisch für uns gab.

„Ich weiß auch nicht, wie das passieren konnte, Greta. Sonst höre ich meinen Wecker immer."

„Schon gut", grinste sie. „Hast ja noch mal Glück gehabt. Außerdem hätte ich dir gar nicht böse sein können, schließlich sind wir zwei heute ganz auf uns gestellt und müssen den Laden alleine schmeißen."

„Wieso? Was ist denn mit Knut?" Knut war unser Küchengehilfe, den Greta extra für die Sommermonate als Unterstützung eingestellt hatte.

„Er hat gekündigt. War ihm wohl alles etwas zu viel."

„Oh. Dann sollten wir sehen, dass wir an die Arbeit kommen."

Die nächsten Stunden verbrachten wir damit, alle Gerichte soweit vorzubereiten, dass wir später einen, zumindest halbwegs reibungslosen Ablauf gewährleisten konnten. Greta würde die Stellung in der Küche übernehmen, während ich die Gäste bediente. Eigentlich war es ein hoffnungsloses Unterfangen, in das wir uns da begaben, denn es war kaum möglich, ein solches Restaurant im Sommer zu zweit zu führen.

Deshalb schlug ich Greta vor, eine Freundin zu fragen, ob sie uns nicht ausnahmsweise an diesem und vielleicht auch noch am darauffolgenden Tag aushelfen könnte. Zumindest Annika wäre am Montag wieder da. Und obwohl Greta sonst nie jemanden einstellte, den sie sich nicht vorher genauestens angeschaut hatte, hatte sie ein Einsehen gehabt und meinem Vorschlag zugestimmt.

So waren wir dann ab den Mittagstunden zu dritt, was sich im Laufe des Abends noch als eine weise Entscheidung entpuppen sollte.

„Sofia, Tisch 24 wartet noch auf das Bier. Bring es doch bitte grad hinüber."

„Ja, ist gut, Greta, ich bin schon unterwegs."

Wir waren mittlerweile komplett überfüllt und hatten alle Hände voll zu tun. Mir war furchtbar heiß und die Luft hier im Restaurant war fast unerträglich. Ich hätte viel für eine kleine Verschnaufpause gegeben, doch daran war bei so vielen hungrigen und durstigen Gästen nicht zu denken. Also nahm ich nur schnell einen Schluck Wasser zu mir, schnappte mir das Tablett mit dem Bier für Tisch 24 und servierte es den zwei jungen Männern, die dort über irgendwelchen geschäftlichen Papieren saßen.

„Entschuldigen Sie, dass Sie einen Moment warten mussten."

„Na, das wurde ja auch langsam mal Zeit", entgegnete mir auch sogleich einer von ihnen in unfreundlichem Ton, ohne mich dabei auch nur eines einzigen Blickes zu würdigen. „Wir dachten schon, hier sei Selbstbedienung."

Was war das denn für eine Frechheit? Und was war das überhaupt für ein selbstgefälliger Typ?! Hätte er sich mal umgesehen, wäre ihm aufgefallen, dass außer ihnen auch noch andere Menschen hier saßen und ein wenig Wartezeit mitbringen mussten. Zudem wäre ihm bei einem Rundumblick sicherlich auch nicht entgangen, dass es lediglich zwei Bedienungen gab, die schon gar nicht mehr wussten, wo ihnen der Kopf noch stand vor lauter Arbeit.

Natürlich hätte ich das niemals laut zu ihm gesagt, denn zum einen sagte Greta stets, dass der Gast König sei und wir uns deshalb immer freundlich und zuvorkommend zu verhalten hätten. Zum anderen hätte ich es mich aber vermutlich auch nicht getraut, denn ich scheute Auseinandersetzungen immer sehr.

Also reagierte ich so, wie ich es gewohnt war und schluckte meine aufkommende Wut hinunter.

„Ich bitte nochmals um Entschuldigung. Aber Sie sehen ja selbst, was hier los ist."

Statt meine Entschuldigung einfach anzunehmen und es damit gut sein zu lassen, regte der junge Mann sich weiter auf und wurde dabei unerfreulich laut. „Ist das Ihr ernst? So was Blödes sollte ich mal zu meinen Kunden sagen. Da hätte ich schon keine mehr. Und wenn Sie der Kundschaft nicht gewachsen sind, dann sollten Sie vielleicht ein paar mehr Leute einstellen. Mal darüber nachgedacht?“ Seinen Blick hatte er dabei immer noch auf die Dokumente, die vor ihm lagen gerichtet.

Mir war diese Situation mit einem Mal furchtbar unangenehm, denn ich hatte das Gefühl, das halbe Lokal schaute belustigt zu, wie dieser Mann scheinbar seinen ganzen Frust an mir ausließ, ohne mich dabei auch nur eines einzigen Blickes zu würdigen. Lediglich sein Begleiter sah mich ein wenig mitleidig an, sagte jedoch nichts.

„Entschuldigung“, stammelte ich noch einmal und spürte, wie mir ungewollt Tränen in die Augen traten.

Ich fühlte auf einmal die totale Anstrengung des Tages auf mir lasten. Bis zum Mittag hatten Greta und ich in der dampfenden Hitze der Küche gestanden, hatten die Tische liebevoll eingedeckt, meine Freundin Jasmin, so gut es ging, eingearbeitet, den ersten Gästerummel am Nachmittag gebändigt und waren dann direkt, ohne kleine Zwischenpause in den Ansturm des Abendgeschäftes geschliddert. Mittlerweile war es fast zehn Uhr und das Außenthermometer zeigte immer noch fast fünfundzwanzig Grad. Am liebsten wäre ich auf der Stelle nach Hause gefahren, hätte mich in mein Bett verkrochen, mir die Decke über den Kopf gezogen und bis zum nächsten Morgen durchgeschlafen. Dafür war aber noch lange nicht der Zeitpunkt gekommen.

„Das sagten sie bereits“, knurrte er nun direkt in meine Gedanken hinein und sah dabei tatsächlich das erste Mal von seinen Papieren auf. Ich konnte an seinen Lippen sehen, dass er scheinbar immer noch nicht fertig war mit seinen Vorhaltungen und noch etwas sagen wollte. Doch als sein Blick unmittelbar auf meinen stieß, schien er für einen Moment lang unfähig zu sein, auch nur noch ein einziges Wort herauszubekommen.

Auch ich hätte nichts mehr sagen oder mich auch nur einen einzigen Millimeter vom Fleck bewegen können. Diese zwei Augen, in die ich hier blickte, ließen auf einmal wie von Zauberhand all meine Lasten, die ich eben noch getragen hatte, von mir abfallen, ohne dass ich hätte erklären können, was hier gerade vor sich ging. Die Augen dieses Mannes waren so unglaublich intensiv und von solch einem Smaragd-grün, wie ich es niemals zuvor bei irgendjemand anderem gesehen hatte. Für einen Moment lang fühlte ich mich auf merkwürdige Weise wie Zuhause angekommen.

Der Lärm der Gäste um uns herum holte mich in die Wirklichkeit zurück. Und doch war es nicht mehr die Wirklichkeit, die es noch kurz zuvor gewesen war. Es war, als hätte es diese unangenehme Situation hier an Tisch 24 niemals gegeben, als hätte jemand einen Reset-Knopf gedrückt und alles auf Anfang gestellt.

„Ist ja nicht so schlimm", hörte ich den Mann, der mich so völlig aus der Fassung gebracht hatte, nun stattdessen sagen und ein charmantes Lächeln legte sich auf sein Gesicht. Seine Stimme klang ein wenig belegt, war im Wesen jedoch unglaublich männlich und dabei so weich, dass es mir eine Gänsehaut versetzte.

In meinem Inneren erwachten Gefühle wie ein Feuerwerk und ich konnte mir nach wie vor überhaupt nicht erklären, was da gerade zwischen uns passierte. Ich war so überwältigt, dass ich kaum noch atmen konnte. Und ohne auch nur irgendetwas erwidern zu können, drehte ich mich um, verschwand durch den Hintereingang und versuchte, ein paar Mal tief durchzuatmen. Nun war auch die Leichtigkeit, die mich eben für einen kurzen Moment getragen hatte, wieder wie weg geblasen. Stattdessen drehte sich jetzt alles in meinem Kopf und ich sank erschöpft in die Knie.

Greta, die mich hatte hinauseilen sehen, kam hinter mir her und war erschrocken über den Anblick, den ich ihr bot.

„Sofia, was ist mit dir?" Sie fühlte meine Stirn, auf der sich feine Schweißperlen gebildet hatten.

„Du hast bestimmt einen Hitzestau", mutmaßte sie. „Ich rufe dir sofort ein Taxi und du fährst nach Hause."

„Aber das geht doch nicht", erwiderte ich noch, spürte jedoch, dass ich in meinem jetzigen Zustand das Lokal hätte nicht noch einmal betreten können. Noch einmal wollte ich es nicht riskieren, dem Mann an Tisch 24 in die Augen zu sehen.

Und so saß ich nur wenige Minuten später im Taxi nach Ålbæk und versuchte, wieder Herr über meine Sinne zu werden. Ich war mir sicher, so einer weiteren Begegnung für immer entkommen zu sein.

6.

9.Dezember 2016

In dem kleinen Krankenhauszimmer, in dem man meine Großmutter untergebracht hatte, schien die Morgensonne direkt in das leicht geöffnete Fenster hinein. Bereits als ich leise den Raum betrat, sah ich, dass Nonna wach war und ihren Kopf leicht in meine Richtung drehte, als sie mich bemerkte. Ein schwaches Lächeln breitete sich auf ihrem, immer noch blassen, Gesicht aus.

„Guten Morgen, Nonna", strahlte ich ihr entgegen, denn die Freude darüber, sie in wachem Zustand vorzufinden, machte mich unglaublich glücklich. Mit einem Kuss auf die Stirn, wie es bei uns in Italien häufig üblich war, begrüßte ich sie, zog mir einen Stuhl heran und setzte mich direkt neben sie.

Ich bemerkte, wie sie versuchte, mit ihrer Hand nach meiner zu fassen, dabei aber zu schwach war, um die Bewegung zu Ende zu führen. Stattdessen ergriff ich nun ihre Hand und drückte sie sanft in meiner. Ihre Finger waren kühl und die Adern schimmerten stark bläulich auf ihrem Handrücken. „Soll ich das Fenster schließen? Ist es dir zu kühl?"

Sie wollte etwas erwidern, brachte jedoch keinen Ton über ihre Lippen. „Weißt du", sagte ich, „ich schließe es jetzt einfach für einen Moment und wenn dir ein bisschen warm geworden ist, öffne ich es wieder." Nun nickte sie schwer und streichelte dabei sanft mit ihrem Daumen über meinen. „Ich bin sofort wieder da", fuhr ich fort, ließ ihre Hand kurz los und ging hinüber zum Fenster. Draußen war es wirklich eisig kalt. Selbst an den Scheiben hatten sich kleine Eiskristalle gebildet, die nun in der Sonne funkelten.

Bei dem Anblick wurde mir auch sogleich etwas kühler und ich drehte die Heizung noch ein wenig höher, ehe ich mich wieder zu Nonna setzte.

„Weißt du, wie froh ich bin, dass Frau Lund dich gefunden hat?" Frau Lund war unsere Nachbarin. Sie kam regelmäßig auf eine Tasse Tee hinüber und schwelgte mit meiner Großmutter in alten Erinnerungen. Manchmal erschien mir das schon etwas seltsam und ich fragte mich, ob diese Dame, die in etwa in Nonnas Alter war, gar kein eigenes spannendes Leben hatte und deshalb so oft bei uns war. Doch Nonna gefiel es und so machte ich mir keine weiteren Gedanken darüber. Und jetzt, hier an ihrem Krankenbett, war ich sogar froh, dass Frau Lund bald täglich kam. Andernfalls hätte niemand bemerkt, dass meine Großmutter, während ich einen Stadtbummel machte, mit dem Tode rang.

Ich nahm mir fest vor, nach meinem Krankenbesuch etwas Hübsches für Frau Lund zu kaufen und es ihr später zum Dank vorbeizubringen.

„Guten Morgen, die Damen." Dr. Mattis kam mit einer Schwester herein und beäugte Nonna mit einem Lächeln. „Na, da sind Sie ja wieder." Er ergriff ihr Handgelenk, um ihren Puls zu fühlen und nickte zufrieden. „Ihr Puls ist noch ein wenig schwach, aber das gibt sich in den nächsten Stunden auch wieder. Aber Sie müssen viel trinken."

Dann wandte er sich an mich. „Kann ich Sie noch einen Moment unter vier Augen sprechen?"

****

„Und sie wird wieder ganz gesund?" fragte Lene, als ich am Nachmittag mit ihr in einem hübschen kleinen Café in Skagen saß und ihr von meinem Krankenbesuch berichtete.

„Dr. Mattis ist ganz zuversichtlich. Selbst er hat schon bemerkt, dass meine Nonna ein zäher Knochen ist." Lene und ich sahen uns an, nickten wohlweislich und lachten. Es tat gut, hier mit ihr zu sitzen, einen heißen Café Latte zu trinken, dazu einen weihnachtlichen Zimt-Brownie zu genießen und dabei einfach an nichts anderes zu denken.

In den letzten Jahren, die ich in Italien verbracht hatte, hatte ich nach und nach gelernt, wie wichtig es ist, sich immer wieder schöne Momente zu gönnen, die die Sorgen und den Stress des Alltags wirklich für eine gewisse Zeit lang komplett ausschlossen.

Viele liebe Menschen hatte ich in Neapel kennengelernt. Menschen, die das Leben wirklich zu leben wussten.

Da war zum Beispiel Marco, der Meisterkoch, bei dem ich in die Lehre ging. Sein Restaurant lag direkt am Meer und hatte einen wirklich ausgezeichneten Ruf. Es gab Tage, an denen lief der Betrieb reibungslos, die Gäste waren hoch zufrieden und die Kasse klingelte. Aber manchmal gab es auch Tage, an denen Marco zwei linke Hände zu haben schien und einfach nichts gelingen wollte. Statt dann krampfhaft zu versuchen, alles wieder in geordnete Bahnen zu lenken, stellte er sich einfach vor seine Gäste und sagte: „*Mi dispiace*. Aber wir schließen für heute das Lokal. Ihr müsst woanders essen. Ich habe heute einen schlechten Tag." Anschließend öffnete er eine Flasche des teuersten Weines, den er in seinem Keller finden konnte, setzte sich auf seine, aus Glas, überdachte Terrasse und genoss einfach den Blick aufs Meer. Manchmal durften seine Familie und auch ich ihm dann Gesellschaft leisten. Oft wollte er aber lieber für sich alleine sein.

Aber ich erinnere mich noch gut daran, als ich so eine Situation das erste Mal miterleben durfte. Nachdem alle Gäste weg waren, Marco seinen Wein geöffnet und ein frisches Bauernbrot mit Olivenöl geholt hatte, lud er mich ein, mich zu ihm zu setzen. Zunächst schwiegen wir eine ganze Weile. Ich, weil ich mich nicht traute, irgendetwas zu sagen, er, weil er seinen Gedanken nachhing. Doch irgendwann unterbrach er das Schweigen. „Weißt du, meine Kleine, lass dir eines gesagt sein: wenn dir der Rummel der Welt auf die Nerven geht und scheinbar nichts mehr so funktioniert, wie du es gerne hättest, dann schließ deine Tür und genieß deinen Moment der Stille. Es gibt nichts Wertvolleres, als sich alleine in Ruhe zu ordnen und wieder neue Kraft zu tanken." Dann nahm er einen genüsslichen Schluck von dem teuren Barolo, prostete mir zu und fügte noch hinzu: „Mach im Leben immer das, was du gerade für richtig hältst. Das macht dich zu einem glücklichen Menschen."

Marco scherte sich nicht darum, was die Leute von ihm hielten. Er wusste, dass er ein grandioser Koch war und dass sie schon wieder kommen würden, denn schließlich wussten sie es ebenfalls. An seine Macken hatten sich die Einheimischen längst gewöhnt und Touristen, so sagte er stets, hätten, sobald sie wieder in ihrem tristen Alltag, fernab von Sonne und Meer waren, eine Geschichte zu erzählen, wie sie wohl nur wenige nach einem Urlaub zu erzählen hatten. Welcher normale Koch und Restaurantbesitzer hätte seine Gäste schon einfach so hinausgeworfen? Und das auch noch so charmant wie er es tat?

Auch meine liebe Freundin Rosalie wusste das Leben in vollen Zügen zu genießen. Nachdem sie dem Tod durch eine furchtbare Krebserkrankung mitten ins Gesicht geblickt hatte, begann Rosalie, jeden Tag so intensiv zu leben, wie es ihr nur möglich war. Sie achtete auf tausend Kleinigkeiten im Laufe eines einzigen Tages, die mir oder einem anderen Normalsterblichen gar nicht wirklich bewusst aufgefallen wären. Schon morgens wenn sie aufstand und wir uns in unserem schönen gemeinsamen *soggiorno con angolo cottura*, also Wohnzimmer mit Kochecke, zum Frühstücken trafen, schwärmte sie von meinem frisch gepressten Orangensaft, als wäre er das Kostbarste auf der ganzen Welt. Wenn ich sie dann manchmal etwas amüsiert ansah, sagte sie nur so etwas wie: „Orangensaft ist keine Selbstverständlichkeit, meine liebe

Sofia. Überhaupt ist gar nichts eine Selbstverständlichkeit."

Bei so angenehmen Dingen, wie dem Geschmack eines Orangensaftes, dem Duft einer Rose, dem bezaubernden Lächeln eines Babys oder dem Anblick eines Sonnenuntergangs konnte ich ihre Lebensfreude auch durchaus nachvollziehen. Aber Rosalie freute sich sogar, wenn ihr Unerfreuliches begegnete. So hatte ihr Chef ihr eines Tages einfach die Kündigung in die Hand gedrückt, weil sie seiner Meinung nach nur noch schlechte Arbeit verrichtete. Statt wütend oder enttäuscht darüber zu sein, nahm sie die Kündigung mit einem Lächeln entgegen und der einzige Kommentar, den sie noch dazu hatte, war der, dass sie dann jetzt wohl für eine Weile ein bisschen mehr von ihrer Freizeit genießen konnte.

Der Nachmittag mit Lene verging wie im Flug. Wenn ich auch viele wundervolle Menschen in Italien getroffen und kennengelernt hatte, meine Lene konnte dabei niemand ersetzen. Sie war von unserer ersten Begegnung an meine beste Freundin geworden und war es stets geblieben. Immer hielten wir zusammen, unterstützten uns, wo es nötig war und weihten uns in sämtliche Geheimnisse ein.

„Was machst du gleich noch?“ wollte sie wissen, als wir uns bereits vor dem Café befanden und uns zum Abschied drückten.

„Ich werde noch einen Spaziergang durch die Stadt machen und ein kleines Dankeschön für Frau Lund kaufen. Danach will ich einfach zu Hause gemütlich vor dem Kamin sitzen und den Tag ausklingen lassen.“

„Klingt auf jeden Fall besser als mein Programm.“

„Wieso? Was hast du denn vor?“

„Ich muss gleich noch mit Ben zum Zahnarzt. Der kleine Unglücksrabe hat sich gestern beim Dreiradfahren ein Stück von einem Schneidezahn abgehauen. Hoffentlich können die das wieder richten. Er sieht jetzt ein bisschen aus wie ein Frettchen.“

„Oh, Mann. Wie schafft er das bloß immer? Mit seinen gerade mal drei Jahren hat er schon eine Unfall-Vita wie ein großer.“

Lene lachte. „Das ist das Abenteuer-Gen seines Vaters. Immer in Action.“ Sie gab mir einen Kuss auf die Wange. „Tschüss, meine Liebe. Wir hören uns. Und grüß deine Großmutter ganz lieb von mir. Wenn ich es schaffe, schaue ich morgennachmittag bei ihr vorbei.“

„Das mache ich. Bis dann.“

Kaum war Lene aus dem Sichtfeld verschwunden, bemerkte ich, wie weich meine Knie plötzlich wurden. Ich hatte Lene eben ein klein bisschen angeflunkert, als ich sagte, ich wolle noch Spazieren gehen. In Wirklichkeit wollte ich mir noch einmal die Schneekugel in dem Schaufenster des kleinen Kaffee-Ladens ansehen, die ich dort gestern entdeckt hatte und vielleicht wollte ich sogar hineingehen, um sie zu kaufen.

Die Ladenglocke ertönte hell, als ich den wunderschönen kleinen Laden betrat. Es duftete herrlich nach Kaffee, Tee und ein paar Gewürzen. Da es schon recht spät war, war kaum noch Kundschaft im Laden und sogleich steuerte eine adrett gekleidete Frau mittleren Alters auf mich zu, um mich zu fragen, ob sie mir behilflich sein könne.

„Wissen Sie“, begann ich zögerlich. „Ich habe in Ihrem Schaufenster so eine hübsche Schneekugel entdeckt und die würde ich mir gerne einmal näher ansehen.“

Die Dame nickte und schien auf Anhieb zu wissen, um welche Kugel es sich handelte, denn sie ging nun direkt zu dem passenden Fenster, hob die Schneekugel von ihrem Platz und wandte sich damit zu mir. „Sie meinen diese hier, nicht wahr?“

„Ja“, sagte ich und mein Herz begann wieder wie wild zu rasen. Ich sah mich schon damit nach

Hause fahren und sie in meine Vitrine zu stellen. Doch die Verkäuferin machte mir einen Strich durch die Rechnung. Nachdem ich mir die Kugel genauestens angesehen und festgestellt hatte, dass sie Detailgetreu der Schneekugel aus meinen Kindheitstagen entsprach, wollte ich sie unbedingt käuflich erwerben.

„Das tut mir sehr leid", begann die Verkäuferin, „Aber diese Schneekugel ist leider nicht verkäuflich."

Ein Kloß setzte sich in meiner Kehle fest und ich wollte partout nicht hören, was die Dame mir da gerade gesagt hatte. „Aber sie steht doch in Ihrem Schaufenster."

„Das ist richtig. Sie ist allerdings nur zur Zierde."

Kurz überlegte ich. „Wen muss ich fragen, ob ich sie nicht vielleicht doch käuflich erwerben könnte?"

„Meine Dame", der Ton der Verkäuferin wurde langsam etwas ungehaltener. „ich sagte Ihnen doch bereits, dass die Kugel ausschließlich für das Schaufenster vorgesehen ist."

„Gehört Ihnen dieser Laden?" wollte ich nun direkt wissen, denn wenn dem so gewesen wäre, hätte ich an diesem Punkt vermutlich kleinbeigeben müssen. Doch ich hatte mir innerlich fest vorgenommen, das Geschäft nicht ohne diese Schneekugel zu verlassen.

****

Mit einem tief dunklen Rotwein saß ich an diesem Abend vor dem Kamin und sah immer wieder zu der großen Standuhr hin. Es war schon fast halb zehn und mir war klar, dass ich mit keinem Anruf mehr rechnen konnte.

Die Verkäuferin aus dem „lille Kaffeehus“ war nicht die Besitzerin des Ladens gewesen, doch ihr Chef war außer Haus und so musste ich die wunderschöne Schneekugel, die so viele Erinnerungen in mir weckte, schweren Herzens dort lassen.

„Ich gebe Ihnen einfach meine Nummer“, sagte ich zu ihr. „Bitte geben Sie sie Ihrem Chef. Er soll mich doch anrufen und mir sagen, was er für die Kugel haben möchte. Ich will sie unbedingt.“

Zwar sah mich die Dame an, als hätte ich einen Schaden, nickte dann jedoch und nahm den Notizzettel, auf den ich meinen Namen und meine Telefonnummer geschrieben hatte, wortlos entgegen.

Bevor ich aus der Tür hinausging, sah ich mich noch einmal um. „Bitte vergessen Sie nicht, meine Nummer weiterzugeben. Danke und auf Wiedersehen.“

Vermutlich hatte sie meinen Notizzettel einfach weggeworfen und der Besitzer des Ladens würde niemals von meinem Anliegen erfahren. Für den Fall, dass dies tatsächlich so wäre, hatte ich mir allerdings vorgenommen, einfach in zwei Tagen noch einmal in das kleine Lädchen zu gehen, in der Hoffnung, den Besitzer persönlich anzutreffen.

Statt mich jetzt weiter damit zu befassen und sinnlos hin und her zu grübeln, holte ich Nonnas Buch herunter und tauchte in das zweite Kapitel ein.

7.

9. Dezember 1946

Die Feierlichkeiten, die Francescas Vater für den Abend des 8. Dezembers vorgesehen hatte, hatten sich auf den darauffolgenden Tag verschoben. Herr Rossa hatte die gesamte Familie Halström herzlich eingeladen und da diese an dem Abend schon verplant war, hatte man sich spontan auf den nächsten Tag geeinigt.

Tante Marta und Francescas Mutter hatten den kompletten Tag in der Küche gestanden und so viel Essen zubereitet, dass man ohne weiteres noch die gesamte Nachbarschaft hätte einladen können. Die männlichen Oberhäupter der Familie beleuchteten derweil fachmännisch im Keller sämtliche Weine auf ihre Tauglichkeit. Schließlich konnte man den Gästen nicht einfach irgendeinen Wein servieren. Es sollte das Beste vom Besten sein und so waren auch sie stundenlang beschäftigt.

Francesca hatte allseits ihre Hilfe angeboten, doch in der Küche waren die beiden Frauen der Meinung, dass es auch so schon eng genug sei und im Keller wollten die Männer ebenfalls unter sich sein. Wenn sie ehrlich zu sich selbst war, war sie ganz froh darüber, nirgends gebraucht zu werden. Denn seit dem gestrigen Vormittag waren ihre Gedanken pausenlos bei Lasse und die Gefühle, die sein Anblick in ihr ausgelöst hatten, waren so neu und so überwältigend, dass sie ein wenig Zeit für sich alleine gut gebrauchen konnte. Sie musste irgendwie wieder einen klaren Kopf bekommen. Und welcher Ort hätte sich wohl besser geeignet, als das Meer.

Francesca zog ihren dicken Wintermantel, Boots und eine Wollmütze an, schnappte sich ihr Notizbuch und einen Stift und machte sich auf den Weg zum Strand. Glücklicherweise kam auch niemand von ihren Cousins und Cousinen auf die Idee, ihr Gesellschaft zu leisten.

Der Strand war wie leer gefegt. Kein Wunder, waren es doch Minustemperaturen und der Himmel bedeckt mit Wolken. Doch Francesca störte das nicht. Sie fand es herrlich, den rauen Nordwind um sich herum zu spüren, atmete die salzige Seeluft tief in ihre Lungen ein und sah den Wellen zu, wie sie mit großer Geschwindigkeit Richtung Land preschten. Und obwohl es klirrend kalt war, setzte sie sich in den gefrorenen Sand und wurde innerlich ganz still.

Sie musste an Carlo, ihren Verlobten denken. Francesca kannte ihn, seit sie denken konnte. Seine und ihre Familie waren Nachbarn in Calenzano und seit jeher eng miteinander befreundet. Während Francescas Eltern ihr großes Stück Land für den Anbau von Wein nutzten, hatten die Viscontis einen ansehnlichen Bauernhof mit allerlei Vieh, Obst und Gemüse. Sie führten einen kleinen Feinkostladen, in dem sie all die wunderbaren Köstlichkeiten verkauften, die es auf ihrem Hof gab. Zusätzlich zu ihrem eigenen reichlichen Repertoire verkauften sie auch den Wein der Familie Rossa, während diese im Gegenzug auch etwas von deren Produkten anbot.

Carlo und Francesca wuchsen sehr wohlbehütet auf und verbrachten viel Zeit miteinander. Eigentlich waren sie immer mehr wie Geschwister gewesen. Trotzdem hatte Carlo schon als Kind stets zu Francesca gesagt, dass er sie eines Tages heiraten würde. Vor wenigen Monaten, es war im Oktober 1946 gewesen, hatte er sie mitten während der Kartoffelernte bei den Viscontis gefragt, ob sie nun endlich seine Frau würde und Francesca, gerade mal sechzehn Jahre alt, hatte ganz automatisch *ja* gesagt. Schließlich gab es keinen Grund, seinen Antrag abzulehnen. Sie wusste, was sie an ihm hatte und genoss es, Zeit mit ihm zu verbringen. Über Gefühle hatte sie sich niemals wirkliche Gedanken gemacht. Zugegeben, wenn sie ihre Eltern ansah, dann war da etwas, dass sie durchaus bei sich und Carlo vermisste, doch hätte sie nicht einmal sagen können, was das gewesen wäre. Aber

Francesca wusste, dass Carlo ihr treu wäre und für sie sorgen würde. Zudem hatte ihr Vater, als Carlo offiziell um ihre Hand angehalten hatte, vor Freude fast einen kleinen Tanz aufgeführt, denn er wusste, dass sich sein künftiger Schwiegersohn, ebenso wie er, für den Anbau von Wein begeisterte und so später sein Gut übernehmen könnte. Das Einzige, was ihn nur ein klein wenig daran störte, war die Tatsache, dass das Familienunternehmen dann nicht mehr unter dem Namen Rossa, sondern Visconti geführt wurde.

Von Carlo und ihrer eher unromantischen Verlobung wanderten Francescas Gedanken wieder zu Lasse. Wie er sie am vorigen Tag angesehen hatte. Und wie gut er aussah. Er war ein großer, stattlicher Mann mit stahlblauen Augen und Haaren so hell wie weiße Schokolade. Bei diesem Vergleich musste Francesca ein wenig schmunzeln. Wie kam sie nur auf so einen Vergleich? Zumal sie seit ihrer Begegnung so ziemlich jegliches Hungergefühl verloren hatte.

Wie es wohl sein würde, ihm wieder zu begegnen? Bei diesem Gedanken fröstelte Francesca zunächst innerlich, ehe eine heiße Welle ihren Körper erfasste und sie die Röte in ihr Gesicht treten spürte.

Hatte sie sich jemals annähernd so in Carlos Nähe gefühlt? Hatte sie bei ihm je Schmetterlinge im Bauch gehabt? Und dann auch noch solche, die ihr noch dazu den Appetit geraubt hätten?

****

Alle saßen sie gemeinsam an der festlich gedeckten Tafel. Wie es der Zufall so wollte, hatte man Lasse den Platz direkt Francesca gegenüber zugewiesen. Sie hatte ein wunderschönes blaues Samtkleid mit eingesäumter Spitze an Ärmeln und Dekolleté, die langen schwarzen Haare trug sie fein säuberlich hochgesteckt, lediglich ein paar Strähnen umschmeichelten noch ihr Gesicht. Im Kerzenschein leuchteten ihre Wangen wie zwei rote Äpfel, während der Rest ihrer Haut auch jetzt im Winter noch einen leicht bräunlichen Ton aufwies. Davon konnte er nur träumen. Seine Haut war so weiß wie ein milder Käse und wenn im Sommer die Sonne schien, ähnelte er schnell einem Krebs. Am liebsten hätte Lasse sein Gegenüber den ganzen Abend lang angehimmelt. Wie elegant sie an ihrem Weinglas nippte und dazu ihr Brot in kleine Stücke brach, um diese dann zunächst in ein Schälchen mit frischem Olivenöl zu tunken und sie dann in ihrem Mund langsam verschwinden zu lassen. Was für ein herrlicher Anblick. Doch konnte er sie nicht permanent anstarren, denn das wäre unhöflich gewesen und man hätte sicherlich gedacht, dass er einen Schaden hätte. Und trotzdem warf er immer wieder verstohlen einen Blick zu ihr hinüber, sobald er das Gefühl hatte, niemandem würde es gerade auffallen.

Francesca hatte jedoch jedes Mal bemerkt, wenn Lasses Blick wieder auf ihr ruhte. Wie gerne hätte sie seinen Blick erwidert, doch sie traute sich nicht. Sie wollte sich nicht wieder in seinem Blick, der alles in ihr zur Wallung brachte, verlieren. Zudem hätte sie noch weniger Appetit verspürt, als sie es ohnehin schon tat. Sie konnte nur hoffen, dass es nicht allzu sehr auffiel. Und scheinbar hatte sie Glück gehabt. Die gesamte Gesellschaft, die hier beisammensaß, hatte sich so viel zu erzählen, dass niemand darauf achtete, was alles auf ihrem Teller landete, oder vielmehr, was sie alles an Köstlichkeiten verschmähte.

Wie gut Lasse aussah, dachte Francesca bei sich. In seinem beigefarbenen Pullover und der feinen schwarzen Hose, wirkte er so erwachsen, auch, wenn er vermutlich in etwa ihr Alter hatte. Immer wieder fragte sie sich, wie ein Mensch, den sie gar nicht kannte, so eine Faszination auf sie ausüben konnte. Wie es wohl sein mochte, ihn zu berühren? Diese blasse Haut und diese zart Roséfarbenen Lippen.

Gedankenverloren griff Francesca nach einem weiteren kleinen Stück Bauernbrot, als Lasse ebenfalls nach einem solchen griff und dabei ihre Finger streiften. Nun wusste sie, wie er sich anfühlte und die Schmetterlinge in ihrem Inneren wandelten sich augenblicklich in Hubschrauber. Wie ein elektrischer Impuls fuhr es durch ihren Körper und nun konnte sie nicht anders. Sie hob ihren Blick und sah ihm direkt in die Augen. Er schenkte ihr ein so bezauberndes Lächeln, dass sie keine andere Wahl hatte, als es zu erwidern. Noch immer berührten sich ihre Finger und Francesca hätte diesen Moment gerne für immer eingefroren.

Lasse fing sich als erstes wieder, zog seine Hand zurück und bedeutete ihr, ihr den Vortritt zu lassen. Zögerlich nahm Francesca das Stück Brot, doch nun bekam sie keinen Bissen mehr hinunter.

Sie dachte noch einmal kurz an ihren Strandbesuch am Vormittag. Und nun konnte sie die Fragen, die ihr so vehement im Kopf umhergingen, deutlich für sich beantworten. Das, was Lasse in ihr auslöste, hatte sie in all den Jahren, die sie Carlo bereits kannte, niemals auch nur annähernd gespürt. Und augenblicklich veränderte sich etwas in ihr, denn von diesem Moment an, wusste sie, wie sich Liebe wirklich anfühlte. Diese Erkenntnis war mehr als erschreckend für sie, denn sie wusste, dass Mann und Frau sich aus Liebe das Ja-Wort gaben. Doch wenn sie Carlo gar nicht liebte, und das tat sie nicht, wie sie soeben herausgefunden hatte, wie konnte sie ihn dann noch heiraten? Konnte Liebe auch noch im Nachhinein entstehen?

„Ist alles in Ordnung mit Ihnen?“ Lasse sah sie besorgt an, während der Rest noch immer ausgiebig schmauste und plauderte.

„Mir ist die Luft ein wenig stickig hier drin. Ich werde kurz vor die Tür gehen, dann ist es gleich besser.“ Damit erhob sie sich und trat aus der Terrassentür hinaus. Draußen blies Francesca ein eisiger Wind entgegen und sie begann augenblicklich wie Espenlaub zu zittern. Da spürte sie, wie ihr jemand eine warme Jacke um die Schultern legte. Es war Lasse, der ihr gefolgt war.

8.

9. Dezember 2016

Das Telefon riss mich aus meiner spannenden Lektüre und ich musste das Buch wohl oder übel an die Seite legen. Vielleicht, so hoffte ich, war es der Besitzer des kleinen Kaffeeladens, dem ich die Schneekugel abkaufen wollte.

„Hier Sofia Belmonte am Apparat." Mit gespanntem Herzklopfen lauschte ich in den Hörer, um zu erfahren, wer am anderen Ende der Leitung war.

„Hey, Sofia, ich bin`s", meldete sich Lenes vertraute Stimme. Augenblicklich war ich ein wenig enttäuscht.

„Ich wollte dir nur schnell sagen, dass der Zahnarzt unser Frettchen wieder in einen normalen kleinen Jungen verwandelt hat", sagte sie mit aufgeregter Stimme und ich konnte ihr glückliches Grinsen förmlich vor mir sehen. Jetzt war meine anfängliche Enttäuschung gewichen und ich freute mich mit Lene.

„Das ist ja wundervoll. Dann schauen wir mal, was euer kleiner Action-Held sich als nächstes einfallen lässt, um euch auf Trab zu halten."

„Oh, beschreі es nicht", flehte sie lachend. „Und, hattest du noch einen schönen Abend? Hast du etwas für Frau Lund gefunden?"

„Ja, das habe ich. Ich habe ihr eine hübsche kleine Weihnachts-Nisse geschenkt, die eine Blumenverkäuferin ganz entzückend in einen Blumenstrauß eingebunden hat. Frau Lund hat sich riesig gefreut. Wir haben sogar noch einen Tee bei ihr zusammen getrunken."

„Das ist doch toll. Und was machst du jetzt noch so?"

Ich wollte schon ansetzen, Lene von dem Buch zu erzählen, das ich gestern bei Nonna im Schrank gefunden hatte, doch ich wusste nicht so genau, ob das wirklich eine gute Idee war. Denn so gut ich mich auch mit Lene verstand und wir uns so ziemlich in alles einweihten, was uns bewegte, gab es doch ein Thema, das wir eher stets umschifften. Es war das Thema Liebe und Beziehung. Denn wenn wir uns auch in allem anderen meist sehr einig waren, war dies hier nicht im Entferntesten der Fall. Schon als Jugendliche war Lene eher diejenige von uns beiden gewesen, die sich immer wieder mit unterschiedlichen Jungs verabredete. Sie ließ bald keine Gelegenheit aus und sammelte fleißig ihre Erfahrungen, auch im intimen Bereich. Ich hingegen war da eher zögerlich, denn insgeheim wollte ich immer einen Mann finden, der mich so ansah und so behandelte, wie mein Vater es stets bei meiner Mutter getan hatte. Er nannte sie immer liebevoll *mio unico sole,* also seine einzige Sonne, und zeigte ihr unmissverständlich, dass sie tatsächlich die einzige Frau war, die er jemals gewollt hatte. Und auch, wenn ich nur wenige Jahre erleben durfte, wie nah und vertraut sich zwei Menschen sein konnten, die sich aus tiefstem Herzen liebten, so wusste ich dennoch sehr genau, dass ich keine faulen Kompromisse eingehen wollte.

Lene wollte und konnte mich in diesem Punkt einfach nicht verstehen. Sie selbst war in einer Familie aufgewachsen, in der sich Vater und Mutter permanent stritten. Lene ertrug dies, bis sie achtzehn Jahre alt wurde. Dann suchte sie sich einen Job und mietete sich ein winziges Zimmer-Apartment in Jerup und war froh, dem häuslichen Unfrieden entkommen zu sein.

Ein paar Mal hatte sie damals auch versucht, mich zu verkuppeln, doch war ihr das nie wirklich geglückt. Und als ich dann endlich jemanden gefunden hatte, bei dem ich dachte, ich könne auch zu seiner *unico sole* werden, war unsere Freundschaft bald an den unterschiedlichen Sichtweisen von Liebe und Beziehung auseinandergebrochen. Seither hatten wir es also immer gemieden, über diesen Bereich unseres Lebens zu sprechen. Auch Nonnas Geschichte hätte Lene vermutlich nicht verstanden. Also antwortete ich nur: „Ich lese noch ein wenig und dann gehe ich schlafen."

„Dann wünsche ich dir noch einen schönen Abend und eine gute Nacht. Wir sehen uns morgen, meine Liebe."

„Das wünsche ich dir auch. Bis morgen."

Ich drückte die rote Telefontaste, stellte das Telefon zurück auf die Basis und machte es mir erneut in meinem Sessel bequem.

9.

9. Dezember 1946

„Wollen wir ein Stück gehen?“ fragte Lasse und bot Francesca seinen linken Arm an.

„Aber Sie haben jetzt keine Jacke an. Das ist viel zu kalt.“

„Ich gehe schnell hinein“, sagte er einsichtig, „hole Ihren Mantel und dann könnten Sie mir meine Jacke wieder zurück geben.“ Dabei zwinkerte er ihr zu, ging schnellen Schrittes ins Haus und kam nur einen kurzen Moment später wieder mit ihrem Mantel hinaus. „Das ist doch Ihrer, nicht wahr?“

Francesca nickte. Er hatte sich also wirklich gemerkt, was sie am Vortag, als sie sich das erste Mal begegnet waren, getragen hatte. Nun zog Francesca die viel zu große Jacke aus, gab sie Lasse zurück und schlüpfte dann in ihren Mantel hinein, den er ihr galant entgegenhielt.

Wieder bot er ihr seinen Arm und wieder hakte sie sich gerne bei ihm ein. Ihr Herz begann schneller zu schlagen und sie hoffte, er möge es nicht bemerken.

****

„Die Familie Halström ist wirklich sehr nett“, bemerkte Francescas Vater kurz vor Mitternacht, als die Gäste bereits aufgebrochen waren und die Kinder alle in ihren Betten lagen.

„Sì, ganz wundervolle Menschen“, stimmte auch ihre Mutter in das Lob mit ein.

„Was sagst du, *cara*?“ Herr Rossa sah seine Tochter an, die in einem der Wohnzimmersessel saß und ganz abwesend wirkte.

„Wie bitte, Papà?“

„Ich glaube, du musst auch langsam zu Bett gehen“, sagte er nun, statt seine Frage zu wiederholen. „Du wirkst ziemlich müde.“

Doch wenn Francesca eines nicht war, dann war es müde. Sie fühlte sich gerade eher, als würde sie niemals mehr Schlaf brauchen. Innerlich schwebte sie auf Wolken und am liebsten hätte sie die ganze Welt umarmt. Aber auch, wenn dem so war, so wusste sie, dass sie ihre unbändige Freude, die sie gerade in sich trug, für sich behalten musste. Deshalb nickte sie nur, erhob sich aus ihrem Sessel und wünschte allseits eine gute Nacht.

Von ihrem Bett aus konnte Francesca direkt hinaus aus dem Fenster in den Nachthimmel sehen. Sie war fasziniert davon, wie viele Sterne es hier oben im Norden gab. Ob Lasse wohl auch nicht schlafen konnte? Ob er wohl auch an sie dachte?

Ihr Spaziergang hatte bestimmt eine ganze Stunde gedauert. Über die Dünen waren sie direkt zum Strand gegangen, um den Mond zu beobachten, wie er auf dem Meer schimmerte. Lasse hatte viel von sich erzählt, das gefiel Francesca. Er erzählte ihr, dass er sich gerade in der Ausbildung zum Bankangestellten befand, da sein Vater Bankmanager war und er eines Tages in seine Fußstapfen treten sollte. Eigentlich hätte er lieber Kunsthandwerk studiert, denn Lasse liebte es, mit Materialien wie Glas, Keramik oder Porzellan zu arbeiten und sobald er ein wenig Freizeit hatte, widmete er sich diesen Dingen mit großer Begeisterung. Er berichtete Francesca von seiner Kindheit, seinen Freunden und dem turbulenten Familienleben mit seinen älteren Brüdern. Und Francesca lauschte gebannt auf jedes Wort, das aus seinem Mund kam, weil es ihr so vorkam, als hätte Lasse das spannendste, aufregendste Leben, von dem sie je gehört hatte. Natürlich hatte auch er sie nach ihrem Beruf und ihren Hobbies gefragt und bereitwillig hatte sie ihm geantwortet. Doch kam ihr ihr Leben im Gegensatz zu seinem eher belanglos und unbedeutend vor. Lasse schien das anders zu sehen, denn immer wieder stellte er wie gebannt Nachfragen und ließ sich Haarklein beschreiben, wie es in Francescas Heimatland aussah. Bilder hatte er wohl schon mal in der Zeitung gesehen, aber dort gewesen war er noch nie. Und die Aussicht, in nächster Zeit einmal dort hin zu fahren, war eher gering. Seine Ausbildung ließ kaum Raum für wirklichen Urlaub und noch konnte er sich eine solche Reise wohl auch nicht leisten. Auch, wenn seine Familie sehr reich war. Nie hätte er um Geld gebeten, auch, wenn er es ohne weiteres gekonnt hätte. Aber Lasse wollte immer schon alles alleine erreichen und niemanden um Almosen bitten.

„Dir ist kalt", stellte Lasse plötzlich fest. Francesca war nicht entgangen, dass er an dieser Stelle fast unbemerkt vom „Sie" zum „Du" übergegangen war und lächelte glücklich in die Dunkelheit hinein.

„Nur ein bisschen", erwiderte sie, denn sie wollte noch nicht umkehren, wollte lieber noch etwas Zeit mit ihm verbringen.

Und dann geschah es. Behutsam zog Lasse sie in seine Arme, berührte mit seiner rechten Hand so vorsichtig und zärtlich ihre linke Wange, als wäre sie aus Porzellan. Die Kälte in Francesca verebbte und ein inneres Feuer breitete sich stattdessen in ihr aus. Sie konnte seinen Atem hören, so nah war er ihr jetzt. So nah, dass sie spürte, wie er sanft ihre Lippen mit den seinen berührte.

In diesem Moment schloss Francesca die Welt und alles, was sich darin befand, aus, öffnete langsam ihren Mund und lud ihn damit ein, mit seiner Zunge die ihre zu erkunden.

Nach einer Weile löste Lasse sich von ihr und sie konnte sein Lächeln deutlich spüren, obwohl sie es in der Dunkelheit nicht sehen konnte. „Du bist unglaublich", sagte er, küsste sie noch einmal voller Leidenschaft und nahm dann Francescas Hand fest in seine, um zurück zum Haus zu gehen.

Und nun lag sie hier in ihrem Bett und sollte schlafen. Aber so sehr Francesca sich auch bemühte, das pure Oxytocin flutete ihren Körper und hielt sie wach.

So fühlte sich also Liebe an: Wie das pure Leben! Francesca war glücklich, ja, überglücklich sogar. Und in diesem Moment des Glücks dachte sie nicht an das Leben, für welches sie sich eigentlich entschieden hatte. Da gab es gerade keinen

Carlo, keine Hindernisse und keine Grenzen. Francesca war sich sicher, dass nichts und niemand sie jemals wieder von Lasse trennen könnte. Sie war sich ebenfalls sicher, dass er das gleiche für sie empfand und dass schon alles so kommen würde, wie sie es sich in ihren schönsten Träumen ausmalte. Es hätte also gerade schöner nicht sein können.

10.

12. Dezember 2016

„Es sieht richtig toll aus, Sofia!" Lene strahlte, als sie die neue Einrichtung des „Jakobs" begutachtete. Den Namen hatte ich Greta zuliebe übernommen, aber der Stil des Lokals sollte meinen eigenen Vorstellungen entsprechen. Ich hatte mir vorgenommen, ein italienisch-dänisches Flair zu zaubern, das aus mediterranen und nordischen Besonderheiten bestand. Der Boden war überall aus hellem Naturstein, das Mobiliar aus edlem Kirschholz. An den Wänden hingen abwechselnd große Fotografien aus Calenzano, Neapel, Skagen und Ålbæk. Die Tischdeckchen waren eine liebevolle Patchworkarbeit meiner Freundin Ela, die aus den Flaggen Dänemarks und Italiens bestanden. In den Räumlichkeiten war es wunderbar hell, da wir die kleinen alten Fenster gegen riesige Glasfronten ausgetauscht hatten. Zugegebenermaßen war das eine kostspielige Angelegenheit gewesen, aber es hatte sich wirklich gelohnt. Und auch, wenn das Lokal erst im neuen Jahr eröffnet werden sollte, ließ ich es mir nicht nehmen, ein paar Schneesterne an die Fenster zu sprühen.

„Hast du auch schon das Geschirr und Besteck?“

„Nur das Geschirr für die Hauptmahlzeiten. Es ist schlicht weiß, in leicht eckiger Form und war ein gutes Angebot bei *Kop og Kande*. Für das Dessert- und das Kaffeegedeck habe ich etwas ganz Entzückendes in Florenz gefunden, was jedoch noch nicht versandt wurde. Es ist ebenfalls aus weißem Porzellan, aber mit wunderschön aufgedruckten Lettern. Das Besteck habe ich größtenteils von Greta übernommen. Bis auf die Spaghetti-Gabeln, die habe ich ebenfalls in Florenz gekauft.“

Lene sah mich etwas irritiert an. „Was für Gabeln?“

„Na, hast du vergessen, wie wir bei Nonna unsere Spaghetti immer mit den Gabeln gegessen haben, bei denen die Zinken leicht nach oben gebogen sind, damit man die Nudeln direkt aufdrehen kann?“

„Ah, doch, ich erinnere mich daran. Die fand ich immer so lustig.“

„ Genauso lustig, wie ich es finde, dass ihr für Spaghetti Gabel und Löffel zum Aufdrehen benutzt“, lachte ich. „Du weißt doch: wir Italiener brauchen dafür keinen Löffel.“

Fast den kompletten Vormittag hatte ich damit verbracht, die neue Ausstattung gründlich zu reinigen. Der feine Sägestaub vom Montieren saß wirklich in allen erdenklichen Ritzen. Lene hatte mir ein wenig geholfen, denn da Ben bis zum Mittag im Kindergarten war, hatte sie Zeit. Nach seiner Geburt war sie nicht mehr arbeiten gegangen, da Tom, ihr Lebensgefährte, das nicht wollte und so war sie nun schon über drei Jahre zu Hause gewesen.

„Du, sag mal“, begann sie während unserer Putzorgie, „hast du schon genügend Personal eingestellt?“

„Naja, Jens und Annika werden weiterhin hier arbeiten und über weitere Angestellte habe ich bisher noch nicht nachgedacht. Vermutlich brauche ich noch jemanden in der Bedienung, aber bis wir öffnen ist ja noch etwas Zeit. Wieso fragst du?“

„Also“, druckste sie herum, „ich würde gerne wieder anfangen zu arbeiten, Teilzeit jedenfalls und im Kellnern war ich immer ganz gut.“

Mit großen Augen sah ich sie an. „Und was sagt Tom dazu?“

„Das weiß ich nicht. Ich müsste erst mit ihm sprechen. Aber mir fällt langsam die Decke zu Hause auf den Kopf.“

Das konnte ich nur allzu gut verstehen. Lene war eigentlich nie der Mensch gewesen, den man hätte an Haus und Herd binden können. Aber Tom zuliebe war sie nicht mehr großartig unter die Leute gegangen und hatte sich stattdessen um den gemeinsamen Sohn gekümmert.

„Du kannst ja mal darüber nachdenken“, sagte sie, sah auf die Uhr und stellte fest, dass sie Ben vom Kindergarten abholen musste.

„Da muss ich nicht drüber nachdenken“, grinste ich wie ein Honigkuchenpferd. „Natürlich fängst du bei mir an!“

Nachdem Lene gegangen war, war ich noch gut zwei Stunden damit beschäftigt gewesen, die Reste zu säubern. Das Geschirr, beschloss ich, würde ich am nächsten Tag auspacken, denn schließlich wollte ich noch zu Nonna in die Klinik fahren. Und vorher hatte ich mir fest vorgenommen, noch einmal in den kleinen Kaffeeladen zu gehen, in der Hoffnung, den Ladenbesitzer diesmal persönlich anzutreffen. Telefonisch gemeldet hatte er sich in den letzten Tagen nicht und ich war mir sicher, die Verkäuferin hatte ihm mein Anliegen einfach nicht ausgerichtet.

Also schnappte ich mir meinen dicken Wintermantel und trat hinaus in das muntere Schneetreiben. Es war herrlich, denn mittlerweile hatte sich überall eine recht beachtliche Schneedecke ausgebreitet. Ich stapfte die paar Meter weiter und steuerte zunächst auf das Schaufenster zu, um mir die Kugel noch einmal in aller Ruhe anzuschauen. Zu meinem großen Entsetzen konnte ich sie allerdings nirgends sehen. Das konnte doch nicht sein! Sie war doch unverkäuflich gewesen! Eine leichte innere Hektik überfiel mich und um schnell Klarheit zu erhalten, trat ich in das Innere des Lädchens und hielt nach der Verkäuferin Ausschau, mit der ich wenige Tage zuvor gesprochen hatte. Glücklicherweise erblickte ich sie auch und ging direkt auf sie zu.

„Entschuldigung. Wissen Sie noch, wer ich bin?"

Sie nickte. „Ja, ich weiß, wer Sie sind. Sie wollten die Schneekugel aus dem Schaufenster kaufen."

„Ja, genau. Aber sie steht dort nicht mehr."

„Ach nein?" Die Verkäuferin schien ebenfalls überrascht. „Ich habe sie nicht hinausgenommen und wenn ich mich recht erinnere, war sie vorgestern, am Samstag, auch noch da gewesen."

„Haben Sie Ihrem Chef denn von meinem Anliegen erzählt?" wollte ich nun wissen?

„Natürlich", erwiderte sie. „Es schien Ihnen sehr wichtig zu sein, also habe ich meinem Chef Ihre Nummer direkt am nächsten Tag gegeben."

„Ist er denn heute im Haus?"

„Nein, tut mir leid. Er hat sich für die kommenden zwei, drei Tage abgemeldet."

Ich war enttäuscht. Schon das zweite Mal hatte ich Pech gehabt und langsam hatte ich das Gefühl, dass diese Schneekugel vielleicht wirklich nicht für mich bestimmt war. Doch auch jetzt gab es noch immer einen Teil in mir, der nicht einfach aufgeben wollte. „Vielleicht könnten Sie Ihren Chef noch einmal ansprechen. Wenn ich Glück habe, hat er sie ja schon für mich beiseitegelegt." Dieser Gedanke, der mir ganz plötzlich kam, machte mir nun wieder ein wenig Hoffnung. „Es würde mich wirklich sehr freuen, wenn Ihr Chef sich mit mir in Verbindung setzt."

Sie versprach mir, sich auch diesmal um mein Anliegen zu kümmern und warf mir einen mitleidigen Blick zu. Vermutlich konnte sie sich zwar nicht vorstellen, weshalb mir so viel an diesem Stück lag, aber sie verstand vielleicht zumindest, dass es mir wichtig war.

Als hätte sie meinen Gedanken erraten, sagte sie noch: „Ja, ich kenne das. Wenn ich mich in etwas ganz besonderes verliebe, dann gäbe ich auch immer sonst was dafür, um es zu bekommen."

Bei dem Wort *verliebe,* dass die Verkäuferin beiläufig erwähnte, fuhr mir augenblicklich ein kleiner Stich durchs Herz. In den letzten Tagen waren so viele Dinge geschehen, die mich seither beschäftigten: Nonnas krankes Herz; die Entdeckung einer Schneekugel, die ursprünglich ein Einzelstück sein sollte und es nun ganz offensichtlich doch nicht war; das Buch, das meine Großmutter geschrieben hatte und die Erinnerung an den Mann, dem vom ersten Moment an, als wir uns trafen, mein Herz gehörte. Eine wahrlich bitter-süße Erinnerung.

11.

08.August 2012

„Sofia, Tisch 24 wartet noch auf das Bier. Kannst du dich bitte darum kümmern?"

Was hatte Greta gerade gesagt?! Ich dachte zunächst, ich hätte mir diese Szene nur eingebildet. Doch das Tablett mit dem Bier für Tisch 24 stand tatsächlich auf dem Tresen bereit. Ich kam mir vor wie in einem Déjà-vu, denn beinahe dieselben Worte hatte Greta mir am vorigen Abend zugerufen, ehe mein ruhiges und geordnetes Leben von einem auf den anderen Moment in ein wahres Chaos verwandelt wurde.

****

Nachdem mich das Taxi, das Greta mir gerufen hatte, zu Hause abgesetzt hatte, war ich direkt unter die Dusche gegangen und ließ dort das Wasser eiskalt auf mich hernieder regnen. Ich fühlte mich wie betäubt von der Begegnung mit diesem Mann an Tisch 24, dessen Art mich einerseits furchtbar erschreckt, andererseits unglaublich fasziniert hatte. Noch immer sah ich seine wundervollen grünen Augen direkt vor mir. Es war, als hätte ich durch sie hindurch bis auf den tiefsten Grund seiner Seele sehen können.

Und so froh ich auch in dem Moment war, als das Taxi mich quasi vor einer erneuten Begegnung gerettet hatte, so traurig war ich anschließend, als ich in meinem Bett lag. Etwas in mir wollte diesen Mann unbedingt wiedersehen, ein anderer Teil von mir hingegen ängstigte sich davor.

Weil meine Gedanken so wirr waren und ich beinahe zu der Überzeugung kam, ich hätte wirklich einen Hitzestau, wie Greta vermutete, oder einen Sonnenstich, nahm ich eine Aspirin in der Hoffnung ein, dass sich mein inneres Chaos in den nächsten Stunden damit verflüchtigen würde.

Beim Aufstehen am Morgen allerdings war es immer noch da und bereitete mir regelrecht Magen- und Kopfschmerzen. Nicht einmal Nonnas geheimnisvolle Kräutertee-Mischung konnte mir eine Linderung verschaffen. Kurz überlegte ich schon, ob ich lieber nicht zur Arbeit gehen sollte, doch dann hätten meine Gedanken mich wahrscheinlich aufgefressen, also wollte ich mich lieber ablenken.

Greta war recht verwundert, als ich pünktlich um neun Uhr vor ihr im Lokal stand. „Bist du dir sicher, dass es dir besser geht?“ Sie beäugte mich skeptisch. „Du siehst nämlich nicht so aus.“

„Ja, danke, Greta, es geht schon wieder. Es war wahrscheinlich einfach ein bisschen viel gestern.“ Von dem Vorfall an Tisch 24 wollte ich ihr an dieser Stelle lieber nichts erzählen.

Nun sah sie mich triumphierend an. „Deshalb habe ich für heute auch drei weitere Bedienungen aufgetrieben. Der Tourismus boomt in diesem Jahr regelrecht. Das ist zwar gut für unseren Geldbeutel, aber für unsere Gesundheit eher nicht.“

****

Tisch 24 also. Für einen Moment lang bekam ich weiche Knie und einen leichten Hitzeanfall. Allerdings, so versuchte ich mich zu beruhigen, ging die Wahrscheinlichkeit, dass ich erneut auf die beiden Männer vom Vorabend treffen würde, gegen Null.

So selbstsicher wie möglich nahm ich also das Tablett in die Hand, steuerte auf Tisch 24 zu und wollte bereits auf der Hälfte des Weges wieder kehrt machen. Das konnte doch einfach nicht wahr sein! An dem Tisch saßen tatsächlich die beiden Männer. Niemals zuvor hatte ich einen von ihnen bei uns im Restaurant gesehen und nun waren sie bereits zwei Tage in Folge hier.

In dem Moment, als ich sie erblickte, war ich wirklich der Versuchung nahe, einfach umzukehren und eine Aushilfe zu dem Tisch zu schicken. Doch es war zu spät. Heute brüteten die Zwei nicht über irgendwelchen geschäftlichen Papieren, sondern saßen entspannt zusammen und nickten mir schon von weitem freundlich zu, als sie mich auf sie zukommen sahen.

Ich atmete einmal tief durch, trat an ihren Tisch heran und stellte ihnen das Bier vor die Nase. Dabei vermied ich es, sie direkt anzusehen, sagte nur schnell „Zum Wohl" und wandte mich zum Gehen.

Der Mann mit den Smaragdgrünen Augen räusperte sich: „Entschuldigen Sie." Nun musste ich mich noch einmal umdrehen und ihn ansehen. Das verlangte alleine schon die Höflichkeit. Bei seinem Anblick bekam ich sofort wieder weiche Knie, doch ich versuchte, so souverän zu wirken, wie nur möglich.

„Ich wollte mich in aller Form bei Ihnen entschuldigen", sagte er nun. „Ich hatte gestern einen sehr schlechten Tag. Aber dafür konnten Sie nun wirklich nichts."

„Schon gut“, kam es nur kurz und knapp über meine Lippen. Damit war aus meiner Sicht alles Wichtige gesagt und ich machte ein paar Schritte in Richtung Theke zurück. Doch er war noch nicht fertig. „Wenn Sie nichts dagegen haben, würde ich Sie gerne als Entschädigung zum Essen einladen. Hätten Sie morgen-abend Zeit?“

Mein Herz vollführte gerade Purzelbäume, aber mein Magen zog sich bei dem Gedanken an etwas zu Essen krampfhaft zusammen. Wie gerne hätte ich Ja gesagt, aber dieser Mann brachte nur Chaos in meine Gefühlswelt und deshalb sagte ich: „Das ist sehr nett von Ihnen, aber das ist nicht nötig.“ Bevor er noch etwas hinterhersetzen konnte, sagte ich: „Entschuldigen Sie mich, ich muss weiter arbeiten.“ Damit ließ ich ihn zurück und versuchte, mich so gut wie möglich auf den Rest der Gäste zu konzentrieren. Irgendwann würden er und sein Begleiter ihr Bier ausgetrunken und das Lokal verlassen haben. Vermutlich hatte er nach meiner recht unfreundlichen Abfuhr auch keine Ambitionen, noch einmal wieder zu kommen. Und bei diesem Gedanken krampfte sich plötzlich mein Herz unerklärlicher Weise zusammen, doch ich ignorierte es.

Kurz vor Mitternacht hatten bereits alle Gäste das Restaurant verlassen und wir konnten endlich Feierabend machen. Die große Beleuchtung hatte Greta schon ausgeschaltet, lediglich die Kerzen auf den Tischen brannten noch. Doch was war das? Ein Gast saß noch an einem der Tische am Südfenster. Es war Tisch 24 und den Mann erkannte ich mittlerweile auch im Dunkeln. Sein Begleiter war, wie all die anderen Gäste, bereits gegangen.

Ich ging hinüber zu ihm und fühlte eine Mischung aus Freude, Müdigkeit und Aufregung in mir. „Wir schließen. Es ist schon spät und Sie sollten jetzt nach Hause gehen."

Mit einem charmanten Lächeln sah er mich an und zwinkerte mir zu. Im Kerzenschein waren seine Pupillen so geweitet, dass sämtliches Grün von ihrer Schwärze verschluckt wurde. „Ich gehe erst, wenn Sie morgen mit mir Essen gehen."

„Hören Sie, Ihre Entschuldigung reicht mir schon."

„Mir aber nicht. Kommen Sie, geben Sie sich einen Ruck. Eigentlich bin ich wirklich ein ganz netter Typ." Das Lächeln auf seinem Gesicht wurde bei diesen Worten immer breiter.

Was sollte ich jetzt tun? Innerlich wusste ich, dass dieser Mann mich längst an der Angel hatte. Und genau das bereitete mir eine unheimlich große Angst. Er bemerkte, dass ich ehrlich zögerte und wurde mit einem Mal sehr verständnisvoll. „Wissen Sie, ich gebe Ihnen einfach meine Telefonnummer. Dann können Sie sich in Ruhe überlegen, ob Sie Lust haben, sich mit mir zu verabreden oder nicht. Ich würde mich auch nicht von jeder x-beliebigen Frau einladen lassen.“ Sein Charme war bald unwiderstehlich.

Ich war erleichtert über seinen Vorschlag und nahm mit klopfendem Herzen seine Nummer, die er mir auf seinen Kassenbon geschrieben hatte, entgegen. Nun erhob er sich von seinem Stuhl und ich konnte ihn in voller Lebensgröße ansehen. Er war unglaublich gut gebaut, hatte einen muskulösen Oberkörper und die wundervollsten Hände, die ich jemals gesehen hatte. Seine Honigblonden Haare hatte er bis auf wenige Millimeter abrasiert und er war gut einen Kopf größer als ich.

„Einen schönen Abend wünsche ich Ihnen noch“, sagte er leise beim Hinausgehen. „Ich hoffe, wir sehen uns wieder.“

Damit schloss er die Tür hinter sich und verschwand in der Dunkelheit. Ich presste den Kassenbon für einen kurzen Moment fest an mein Herz, steckte ihn dann in meine Schürzentasche und begann, die Stühle an den Tischen hochzustellen.

12

10.August 2012

Wir saßen uns auf der Terrasse des hübschen kleinen Kaffees hoch oben an der Spitze Dänemarks gegenüber und genossen jeder einen doppelten Espresso und ein stilles Wasser dazu. Noch immer konnte ich kaum glauben, dass ich einem Treffen wirklich zugestimmt hatte.

****

Ich hatte hin und her überlegt, ob ich mich wirklich bei dem Mann aus dem Restaurant melden sollte. Wo würde das wohl hinführen? Was, wenn ich mich tatsächlich in ihn verlieben würde, er sich aber nicht in mich? Oder hatte ich mich schon verliebt?

Hey, sagte ich mir, es ist doch nur ein Treffen. Wenn es nicht gut lief, würden sich unsere Wege eben wieder trennen und ich hatte eine Erfahrung mehr in meinem Leben gewonnen.

„Hallo“, meldete ich mich am Telefon, als am anderen Ende der Leitung das Gespräch angenommen wurde. „Hier ist Sofia Belmonte, die Frau aus dem Restaurant.“

Seine Stimme klang freudig überrascht. „Hallo, hier Nils Frellson am Apparat.“

Nils hieß er also. Wir hatten uns gar nicht vorgestellt an dem Abend, als er mir seine Nummer gegeben hatte.

„Schön, dass du anrufst. Ich hatte schon gar nicht mehr damit gerechnet.“

„Ja, entschuldige, ich hatte viel zu tun“, log ich. Schließlich konnte ich nicht sagen, dass ich einfach Angst davor gehabt hatte, ihn anzurufen. Aber jetzt war ich froh, es getan zu haben, denn es tat gut, seine Stimme zu hören.

„Und?“ fragte er, „Hast du es dir überlegt?“

„Reiflich“, lachte ich nun in den Hörer hinein. „Ich würde gerne mit dir einen Kaffee trinken gehen, wenn das auch in Ordnung für dich ist.“ Hätte ich ihm jetzt gesagt, dass seine Anwesenheit mir meinen Magen umdrehte, hätte er das sicherlich nicht als Kompliment gesehen. Dabei verschlug es mir bei einem Mann tatsächlich nur dann den Appetit, wenn er mir sympathisch war.

„Klar“, antwortete er. „Was hältst du von dem kleinen Kaffee oben an der Nordspitze?“

„Gerne."

„Gut, dann lass uns doch morgen direkt dorthin fahren. Ich hole dich gegen fünfzehn Uhr ab."

Er notierte sich noch schnell meine Nummer und wir verabschiedeten uns voneinander. Vor Freude hüpfte ich wie ein kleines Kind durch das Haus und suchte Nonna, um ihr die Neuigkeit zu berichten. Wie meistens um diese Jahreszeit war sie im Garten anzutreffen. Gerade schnitt sie die Rosenhecke, als ich aufgeregt zu ihr stieß.

„Na, du hast ja eine gute Laune", bemerkte sie. „Gibt es einen Grund?"

„Hmm", nickte ich. „Ich habe einen Mann kennengelernt. Morgen gehen wir zusammen einen Kaffee trinken."

„Ah, na das sind wirklich mal gute Neuigkeiten." Sie sah mich aus liebevollen Augen an. „Erzähl mir von ihm."

Und das tat ich. Von der schrecklichen Anfangssituation über die zauberhafte Wandlung bis hin zu unserem Telefonat vor wenigen Minuten.

„Ich freue mich für dich, Sofia. Wie alt ist er denn?"

Ehrlichgesagt wusste ich das gar nicht und es war auch nicht wichtig für mich. Ich war mir sicher, er wäre ein wenig älter als ich, jedoch vermutlich nicht viel.

„Na, ist ja auch egal", sagte Nonna. „Hauptsache, er gefällt dir."

Am nächsten Morgen, als ich aufstand, blinkte eine Nachricht auf meinem Handy auf. Es war erst kurz vor acht und normalerweise erwartete ich um diese Zeit keinerlei Anrufe oder Sms. Innerlich hatte ich so eine kleine Vorahnung, doch hätte ich niemals damit gerechnet, dass sie sich bewahrheiten könnte. Doch es war tatsächlich so, wie ich es vermutet hatte. Die Nachricht war von Nils. *„Guten Morgen! Musste gerade an dich denken! Freu mich auf heute ☺"*

Was für ein wundervoller Start in den Tag. Sollte ich zurück schreiben? Und wenn ja, was? Nach einer Weile des Überlegens schrieb ich: *„Dir ebenfalls einen guten Morgen ☺ Ich freue mich auch! Bis später!"*

Ich musste Lene unbedingt davon berichten. Sie würde bestimmt staunen, kam es doch äußerst selten vor, dass mir mal wirklich ein Mann über den Weg lief, der mir gefiel.

Und ich hatte Recht. Lene war so neugierig, dass wir uns auf der Stelle treffen mussten, damit ich alles bis ins kleinste Detail berichtete.

Doch schon als ich mit Nils und meinem ersten Aufeinandertreffen begonnen hatte, schüttelte sie nur mit dem Kopf. „Ach Sofia, was willst du denn mit so einem Choleriker? Der will dich doch nur ins Bett kriegen. Und nach so was suchst du doch gar nicht."

Von einer auf die andere Sekunde war ich enttäuscht. Wie konnte meine beste Freundin gleich solche Schlussfolgerungen ziehen? Von der ganzen Magie, die plötzlich zwischen Nils und mir war, als unsere Blicke aufeinandertrafen, wollte sie gar nichts hören. Mit so einem romantischen Kram konnte sie nichts anfangen.

Natürlich bemerkte sie jetzt, dass sie mich mit ihrer Äußerung verletzt hatte. „Entschuldige, Süße. Aber solche Typen wollen doch nur schnell mal ihr Ego aufpolieren. Dafür bist du echt zu schade."

Ich merkte, dass es keinen Zweck hatte, an dieser Stelle mit ihr weiter zu reden und verabschiedete mich von ihr.

„Ich wünsche dir aber trotzdem viel Spaß", rief sie mir noch hinterher, als ich schon fast außer Reichweite war. Und das war meine beste Freundin? Gerade bezweifelte ich das. Doch meine gute Laune und meine Vorfreude konnte sie mir damit nicht verderben. Ich fuhr mit dem Bus zurück nach Hause und durchwühlte meinen kompletten Kleiderschrank nach etwas Hübschem zum Anziehen.

Nach einigem Suchen entschied ich mich für einen hellblauen Jeansrock, ein luftiges elegantes Shirt und Zehensandalen. Meine langen dunkelbraunen Haare, die mir bis zur Hüfte reichten, trug ich offen und klemmte lediglich zwei kleine Schmetterlings-Haarklips hinein. Schminke brauchte ich in der Regel nicht, da mein südländischer Teint frisch genug wirkte und meine braunen Augen von so dichten Wimpern umspielt wurden, dass jegliche Mascara nur künstlich ausgesehen hätte. Lediglich ein wenig hellen Lipgloss trug ich auf und benetzte meine Haut mit meinem Lieblings-Parfüm.

Ich hatte kaum das Flakon-Fläschchen abgestellt, klingelte auch schon mein Telefon. „Nils" stand auf dem Display und ich ging mit klopfendem Herzen dran.

„Ich bin da", hörte ich ihn sagen, blickte aus dem Fenster hinaus und sah ein mir unbekanntes Auto dort stehen. Schnell warf ich noch einmal einen Blick in den Spiegel, rannte die Treppe hinunter, rief Nonna ein „Ich bin jetzt weg" entgegen und ließ die Tür hinter mir ins Schloss fallen.

****

„Was machst du beruflich, Sofia?“ wollte Nils wissen, schob sich dabei ein Stück Pflaumenkuchen in den Mund und sah mich neugierig an. Noch bevor ich antworten konnte fügte er hinzu: „Ich meine, wenn du nicht gerade kellnerst.“

„Ich mache eine Ausbildung zur Köchin. Bei Greta, der Frau, der das „Jakobs“ gehört, lerne ich den praktischen Teil und gehe nebenbei nach Frederikshavn in die Berufsschule.

„Ah, eine Köchin also.“ Nun musterte er mich und grinste schelmisch. „Für eine Köchin hast du aber eine sehr gute Figur.“

„Dankeschön.“ Ich errötete ein wenig, denn Komplimente von einem so charmanten und gut aussehenden Mann bekam ich nicht allzu häufig. Zwar wusste ich, dass ich gut aussah und eine schlanke Taille hatte, doch dies aus seinem Mund zu hören, verlieh mir augenblicklich Flügel.

„Und wie alt bist du, wenn ich fragen darf?“

„Ich bin vor kurzem fünfundzwanzig geworden.“ Jetzt war ich allerdings auch neugierig. „Und du?“

Er schien ein wenig verlegen. Wenn ich ihn mir so ansah, hätte ich ihn auf etwa vier bis fünf Jahre älter geschätzt, doch als er mir verriet, wie alt er tatsächlich war, konnte ich es kaum glauben. „Wirklich? Einundvierzig? Das hätte ich im Leben nicht gedacht." Und das war mein voller ernst. Ich merkte, wie geschmeichelt er sich fühlte und freute mich darüber. „Was machst du denn beruflich?"

Die Freude und Leichtigkeit, die gerade noch auf seinem Gesicht lag, verschwand mit einem Mal und auf einmal bereute ich es, ihn danach gefragt zu haben. „Sorry, du musst es mir nicht sagen, wenn du nicht magst."

„Nein, schon gut, gleiches Recht für alle." Er zwinkerte mir zu, wenn auch etwas kläglich, verschränkte dann seine Finger ineinander, betrachtete sie einen Moment und sah anschließend wieder mich an. „Ich bin Versicherungsvertreter. Und ehrlich gesagt, hasse ich meinen Job zutiefst."

Na, das nannte ich mal ehrlich. „Wieso bist du es dann geworden?"

„Weil mein Vater auch einer ist und unbedingt wollte, dass ich es ihm gleichtue." Er lachte bitter auf. „Es ist ein scheiß Job."

Es tat mir leid, ihn so zu sehen, denn ich wusste, wie wichtig es war, eine Tätigkeit auszuüben, die man gerne tat. Als ich aus der Schule kam, hatte ich zunächst eine Ausbildung zur Krankenschwester begonnen, doch für diesen Beruf war ich einfach nicht geschaffen. Alleine schon die Anwesenheit bei Blutabnahmen kostete mich eine Menge Überwindung und wenn ich dann auch noch Menschen Brechschalen hinhalten sollte, wurde mir selber ganz übel.

„Dann hast du dich einfach um entschieden?“ fragte Nils nun, nachdem ich ihm davon erzählt hatte.

„Nicht sofort. Meine Großmutter meinte, ich könnte es doch mit einer Kochlehre probieren, schließlich war Kochen schon immer eines meiner Hobbies. Also meldete ich mich an der Berufsschule an und suchte mir eine passende Lehrstelle. Als das alles in trockenen Tüchern war, habe ich die Ausbildung zur Krankenschwester abgebrochen.“

„Naja“, sagte er nun nachdenklich, „du warst noch sehr jung, als du dich anders entschieden hast. Bei mir wird es wohl schwierig.“

„Was würdest du denn gerne machen?“

Seine Augen hellten sich auf. „Ich würde gerne etwas Eigenständiges machen. Etwas, bei dem ich mein eigener Chef bin. Weißt du, ich liebe Kaffee und habe schon öfter mit dem Gedanken gespielt, beispielsweise ein kleines Café zu eröffnen oder einen Shop mit *„Coffee to go“*. Einen Kurs zum Barista habe ich vor ein paar Jahren bereits absolviert.“

„Das klingt doch toll! Und was hindert dich dann daran, deine Idee in die Tat umzusetzen?“

„Ach, man kann nicht einfach das machen, was einem einfach mal so durch den Kopf schießt. Das sind doch nur Träumereien.“

Ehe ich noch weiter darauf eingehen konnte, wechselte er das Thema und wir unterhielten uns über andere Dinge.

Die Zeit verging wie im Flug und ich hätte noch Ewigkeiten mit Nils hier draußen sitzen und seinen Geschichten zuhören können. Alles, was er mir über sich erzählt hatte, fand ich unglaublich spannend und ich speicherte jedes kleine Detail in meinen Zellen ab. Nils war ambitionierter Sportler, Hauptsächlich Laufen und Krafttraining, er hatte noch zwei weitere Geschwister und hatte zu seiner Familie nur ein mittelmäßig gutes Verhältnis. Sein Laster war das Rauchen, er hatte schon als Jugendlicher damit angefangen und es nie geschafft, damit aufzuhören. Auch während unseres Treffens zündete er sich immer mal wieder die eine oder andere Zigarette an, fragte dabei aber jedes Mal höflich, ob es mich stören würde. Es störte mich nicht, auch, wenn ich selbst überzeugte Nichtraucherin war.

„Was meinst du“, setzte er irgendwann an, „wollen wir langsam fahren?“

Ich nickte, obwohl ich noch Stunden hätte hier sitzen bleiben können. Aber Nonna machte sich sonst sicherlich auch irgendwann Sorgen.

Auf der Rückfahrt waren wir beide ein wenig stiller geworden, hingen unseren Gedanken nach. Ich sah ihn durch meine Sonnenbrille hindurch vorsichtig von der Seite an, so, dass er es nicht bemerkte und fühlte mich glücklich darüber, mich wirklich bei ihm gemeldet zu haben. Was wäre mir alles entgangen, dachte ich so bei mir, hätte ich die Nummer nicht entgegengenommen?!

Auch Nils trug eine Sonnenbrille, richtete seinen Blick geradeaus auf die Fahrbahn und lehnte Entspannt in seinem Fahrersitz. Seine Gesichtszüge wirkten unglaublich entspannt und ein kleines Lächeln huschte über sein Gesicht, das mir Schmetterlinge in den Bauch zauberte.

Als er seinen Wagen vor unserem Haus parkte, stieg er aus und öffnete mir die Tür. „So, hier wohnst du also mit deiner Großmutter“, assoziierte er. „Das ist ein wirklich hübsches Haus. Und zum Meer sind es tatsächlich nur wenige Meter.“

„Genau. Das ist sehr praktisch, wenn man mal eine kleine Abkühlung braucht.“

Gerne hätte ich ihn noch mit herein gebeten, doch für ein erstes Date schien mir das irgendwie unpassend zu sein. „Vielen Dank, dass du mich abgeholt hast“, sagte ich stattdessen.

„Es war mir ein Vergnügen“, lächelte er mir entgegen. „Das war sehr schön. Vielleicht wiederholen wir das irgendwann?“

Irgendwann? schoss es mir durch den Kopf. Am liebsten gleich morgen, übermorgen und den Tag darauf. Ein Hauch der Enttäuschung nistete sich in mir ein. Vielleicht hatte es ihm doch nicht so gut gefallen, wie mir. „Ja, gerne“, antwortete ich nun zaghaft und wagte es nicht, ihn schon auf einen neuen Termin anzusprechen.

Mit seiner rechten Hand berührte er sanft meinen Arm und hauchte mir einen Abschiedskuss auf die Wange. Jetzt drehten die Schmetterlinge Pirouetten in meinem Magen. Seine Finger fühlten sich weich und warm auf meiner Haut an. Nun schob er zunächst seine Sonnenbrille bis hoch zur Stirn, anschließend nahm er mir meine Brille von der Nase und sah mich intensiv an. Mein Herz klopfte lauter und lauter und wurde immer schneller. „Du hast wunderschöne Augen“, sagte Nils, blickte direkt durch sie in mich hinein und kam dann mit seinem Gesicht so nah, dass er mit seinen Lippen auf meine stieß. Ein Feuerwerk durchzuckte mich, als ich seinen Geschmack von Kaffee und

Zigaretten tief in mich einsog und seine Zunge wahre Kunststücke in meinem Mund vollführte.

Ein unglaubliches Gefühl durchflutete meinen Körper, als er seine Lippen wieder von meinen löste und mich ansah, als hätte er gerade eine Million im Lotto gewonnen. Ich fühlte mich wie eine Königin, nein, besser noch, ich fühlte mich wie seine Königin. Einen solchen Kuss hatte ich in meinem ganzen Leben noch niemals erlebt. Ehrlichkeitshalber sei gesagt, dass ich bisher auch noch nicht allzu oft geküsst worden war. Aber dieser Kuss hier war wie eine pure Explosion von Lust, Leidenschaft und unglaublicher Zärtlichkeit.

„Vielleicht", sagte er nun mit belegter Stimme, „sehen wir uns morgen schon wieder?"

Wie hypnotisiert nickte ich, bekam jedoch kein Wort heraus.

„Dann wünsche ich dir jetzt noch einen wunderschönen Abend." Noch einmal gab Nils mir einen Kuss, diesmal direkt auf den Mund, es war ein Abschiedskuss. Anschließend setzte er mir meine Sonnenbrille wieder auf, stieg in seinen Wagen und fuhr davon. Bevor er gänzlich aus meinem Blickfeld verschwand, winkte er mir noch zum Abschied und ich fühlte mich wie im siebten Himmel. Ich konnte es kaum erwarten, mein Glück mit Nonna und Lene zu teilen. Jetzt würde Lene einsehen, dass Nils etwas an mir gelegen war und er mich nicht einfach nur ins Bett kriegen wollte. Ansonsten hätte er diese Situation gerade auch einfach ausnutzen können, was er jedoch nicht einmal ansatzweise versucht hatte.

Beschwingt lief ich also ins Haus, berichtete zunächst Nonna ausführlich von unserem schönen Nachmittag, ehe ich rauf in mein Zimmer lief, mein Handy zur Hand nahm und Lenes Nummer wählte.

13.

12.Dezember 2016

Wie lange hatte ich nicht mehr an meine und Nils` Anfangszeit gedacht. Über vier Jahre war es jetzt her, dass ich ihn nicht mehr gesehen hatte, aber die Erinnerungen waren so frisch, als hätte ich es gerade erst erlebt. Ob er wohl immer noch so unglaublich gut aussah? Und ob er immer noch Versicherungen verkaufte?

Meine Erinnerungen und Gedanken, die mir während der Fahrt von Skagen nach Frederikshavn durch den Kopf gingen, wurden nun unterbrochen, denn ich hatte mein Ziel, das Krankenhaus, erreicht.

Als ich heute die Tür zu Nonnas Zimmer öffnete, fand ich sie in ihrem Bett sitzend vor, mit einer Tasse Kaffee in der Hand. „Liebes", begrüßte sie mich, „Wie schön, dass du noch kommst."

„Natürlich komme ich", sagte ich gespielt empört. „Das habe ich dir doch versprochen."

Sie nickte, klopfte mit ihrer Hand leicht auf ihr Bett und bedeutete mir damit, mich direkt zu ihr zu setzen. Heute, vier Tage nach ihrer Einlieferung, sah sie schon wieder etwas lebendiger aus und ihre Hände waren angenehm warm.

„Wie geht es dir heute?"

„Ach, du weißt doch, *cara mia*, Unkraut vergeht nicht."

„Na, das klingt aber noch nicht so gut."

„Doch, doch, mein Schatz. Ich will nicht klagen. Aber der nette *dottore* hat gesagt, dass ich wohl noch ein paar Tage hier bleiben muss. Dabei möchte ich Weihnachten unbedingt zu Hause verbringen."

„Das kriegen wir schon hin", meinte ich zuversichtlich und wünschte mir insgeheim auch nichts sehnlicher als das!

„Warst du heute im Restaurant?"

Und dann erzählte ich Nonna von den wundervollen neuen Möbeln, wie harmonisch sie zu dem hellen Natursteinboden passten und was für entzückende Platzdeckchen Ela genäht hatte. Nonna hörte gespannt zu, so, als hätte ihr nie jemand auch nur annähernd etwas Spannenderes erzählt.

Das hatte sie schon genauso getan, als ich noch ein kleines Mädchen war. Wenn ich etwas von meinen Erlebnissen mit ihr teilen wollte, so gab es für sie in diesem Moment nichts Wichtigeres als mich und meine Geschichte. Und damit ich wusste, dass sie auch wirklich gut zuhörte, wiederholte sie oft noch einmal, was sie verstanden hatte, um sich zu vergewissern, dass ich es auch genauso gemeint hatte. Manchmal hatte sie auch ein paar kluge Fragen, über die ich dann selber erst einmal nachdenken musste.

Ja, Nonna war eine wirklich grandiose Zuhörerin.

„Ich bin sehr gespannt, wie es aussieht. Aber ich kann es mir schon lebhaft vorstellen und deine Gäste werden in Scharen kommen und begeistert sein."

Natürlich hoffte ich, dass sie Recht damit hätte, aber im Grunde war ich sehr optimistisch, was das anging. Das Konzept, was ich mir für meine kleine Café-Bar ausgedacht hatte, hatte ich mir über Jahre in mühevoller Kleinstarbeit erarbeitet und war überzeugt davon, dass es bei vielen Menschen Anklang finden würde. Es sollte eine Mischung aus klassischen und modernen italienischen Hauptspeisen, traditionellen und originellen dänischen Kuchenspezialitäten, sowie Länderübergreifende Desserts auf der Speisekarte geben. Denn was die Desserts anging, gab es sowohl in Dänemark als auch in Italien eine grandiose Auswahl. Auch Getränke sollten Landestypisch sein. Es würde dänisches Bier geben, sowie das berühmte Aquavit und in der Weihnachtszeit natürlich den traditionellen Glühwein. Wein, Limoncello und Kaffee hingegen wollte ich aus meinem Heimatland Italien einfliegen lassen.

„Schau", sagte Nonna und zeigte zur Tür. „Wenn man vom Essen spricht." Eine Schwester kam mit einem Tablett hinein und stellte es auf den kleinen Servierwagen, der neben dem Krankenbett stand.

War es tatsächlich schon so spät? Ein Blick auf die Uhr verriet, dass es erst kurz nach fünf am Nachmittag war.

„Ist das ernsthaft schon dein Abendbrot?" fragte ich Kopfschüttelnd.

„*Sì, sì*. Hier herrschen andere Vorstellungen von Zeit. Und was meinst du: ich kann froh sein, wenn sie nicht auch schon um fünf Uhr morgens mein Frühstück bringen."

Wir mussten beide lachen und ich war froh zu sehen, dass es Nonna wohl wirklich schon besser ging.

„Na, dann lasse ich dich jetzt mal alleine in Ruhe essen. *Buon appetito*."

Ich stand auf und zog meinen Wintermantel an. „Morgen probiere ich ein neues Rezept aus, davon bringe ich dir dann etwas vorbei."

„Aber nur, wenn es schmeckt", neckte sie mich. Zum Abschied gaben wir uns Küsschen auf die Wangen und dann ließ ich sie mit ihrem frühen Abendbrot allein.

Auf meinem Speiseplan stand heute ausnahmsweise mal eine Tiefkühlpizza, denn statt zu kochen, wollte ich lieber noch ein weiteres Kapitel aus Nonnas Buch lesen.

Eine Stunde später saß ich gemütlich mit ausgestreckten Beinen auf der Couch, das dicke, in Leder gebunden Buch in meiner Hand, als es an der Haustür klingelte.

Erwartete ich noch Besuch? Hatte ich mich vielleicht mit Lene verabredet und es vergessen? Ich war mir sicher, mit niemandem mehr an diesem Tag verabredet zu sein. Vielleicht war es auch jemand, der ursprünglich zu Nonna wollte. Also legte ich das Buch beiseite und ging zur Haustür, um sie zu öffnen. Und mit wem auch immer ich vielleicht gerechnet hatte, dieser Besucher stand dabei nicht auf meiner Möglichkeiten-Liste.

14.

16. Dezember 1946

Noch immer konnte Francesca nicht glauben, was in den letzten paar Stunden geschehen war. Sie hatte das Gefühl, nicht mehr von dieser Welt zu stammen, denn sie war in Galaxien eingetaucht, die ihr so fremd, und doch so vertraut waren, dass diese Erfahrung fernab jeglicher weltlicher Realität lag.

Seit sie hier oben im Norden Dänemarks war, war nichts mehr so in ihrem Leben, wie zuvor. Dabei war sie doch eigentlich nur hierhergekommen, um ihre Familie beim Abschluss eines guten Weingeschäftes zu begleiten und darüber hinaus ihren Onkel und ihre Tante zu besuchen. Dass sie auf diesem Wege einem Mann begegnen würde, der sie dermaßen in ihrem Herzen berührte, wie sie es sich niemals hätte auch nur ansatzweise vorstellen können, hatte sie einfach nicht ahnen können.

****

„Mamma, ich würde gerne mit dem Bus in die Stadt fahren, wenn es dir recht ist."

„Natürlich, *cara*, das ist doch eine gute Idee. Wenn ich könnte, würde ich dich gerne begleiten, aber ich habe Tante Marta versprochen, ihr zu zeigen, wie man einen richtig guten Panettone macht. Das dauert nur leider eine ganze Weile."

Also nahm Francesca um die Mittagszeit alleine den Bus nach Frederikshavn und war im Grunde ganz froh darüber, denn sie wollte noch ein paar Weihnachtsgeschenke besorgen. Als sie am Fährhafen ausstieg, drangen bereits die ersten weihnachtlichen Düfte in ihre Nase. Es roch nach gebrannten Mandeln und Zimt. Francesca liebte diese Gerüche, denn die Weihnachtszeit war für sie immer schon etwas ganz besonderes gewesen. In ihrer Familie wurde dann noch mehr gebacken, als sonst und an den Festtagen gab es nicht nur herrliches Essen, sondern alle nahmen sich viel Zeit füreinander. Es wurde stundenlang geredet, Gesellschaftsspiele gespielt und zwischen den Mahlzeiten wurden immer wieder ausgiebige Spaziergänge unternommen. Für Francesca hatte die Weihnachtszeit einfach etwas magisches, besonders hier im Norden, denn hier war es dann immer ein bisschen so, als würde die Zeit still stehen.

Bis in die Innenstadt war es nicht weit und Francesca marschierte gut gelaunt los. In den Schaufenstern gab es so viele schöne Dinge zu entdecken. Da waren herrlich bemalte Christbaumkugeln, feine Abendkleider, diverser Schmuck und zahlreiche Kinderspielzeuge zu betrachten. In einem der Läden kaufte sie eine elegante Brosche für ihre Mutter und ein außergewöhnliches, mundgeblasenes Weinglas für ihren Vater. Für ihren Onkel und ihre Tante fand sie in einem Feinkostladen ein Potpourri aus orientalischen Gewürzen und für ihre Cousins und Cousinen ließ Francesca eine große Stannioltüte mit Bonbons und Pralinen befüllen.

Die Zeit verging wie im Flug und Francesca war schon fast auf dem Nachhauseweg, als ihr einfiel, dass sie noch kein Geschenk für Carlo besorgt hatte.

Ja, Carlo, ihr Verlobter, schoss es ihr mit einer erschreckenden Nüchternheit durch den Kopf. Der Mann, der mit ihr sein Leben teilen wollte und dem sie zugestimmt hatte, weil sie es stets für das Natürlichste der Welt gehalten hatte. Doch jetzt fühlte es sich nicht mehr natürlich an, sondern es erdrückte sie innerlich beinahe.

Noch vor wenigen Tagen hatte sie, nach ihrem Spaziergang mit Lasse, in ihrem Bett gelegen und war voller Optimismus, dass sich schon alles so ergeben würde, wie sie es sich in bunten Farben ausgemalt hatte. Die Realität, das war ihr klar, sah anders aus. Am sechsundzwanzigsten Dezember würde sie mit ihrer Familie zurück nach Italien fahren, wo schon bald die Hochzeitsvorbereitungen anstanden und Lasse nur noch in ihrer Erinnerung existieren dürfte.

„So nachdenklich heute?“ riss sie eine Stimme aus ihren Gedanken. Erschrocken fuhr sie herum und blickte in das Gesicht, das sie für immer in ihrem Herzen tragen würde.

„Lasse“, strahlte sie. „Was machst du denn hier?“

„Ich habe bis jetzt gearbeitet und bin auf dem Nachhauseweg.“ Er begutachtete ihre Tüten. „Du bist scheinbar fündig geworden.“

„Ja, ich habe noch einige kleine Weihnachtsgeschenke besorgt.“

„Und bist du fertig?“

„Ich denke schon“, gab sie zur Antwort, denn das Geschenk für Carlo konnte nun noch warten.

„Wie sieht es aus“, begann Lasse, „darf ich dich noch auf einen Kaffee einladen?“

Francesca sah auf die Uhr. Der letzte Bus fuhr in einer halben Stunde.

„Ich fahre dich anschließend nach Hause", fügte er seiner Einladung hinzu. „Ich bin mit dem Wagen hier."

Und so saßen sie nur wenige Minuten später in einem kleinen, gemütlichen Kaffee, in dem es herrliches Gebäck und Sahnetorten gab.

„Du darfst dir alles aussuchen, was du magst", strahlte Lasse Francesca an. „Die Auswahl hier ist königlich."

Wie gut er wieder aussah, dachte sie bei sich. Auf dem schwarzen Kaschmirpullover klemmte noch sein Namensschild, welches er wohl in der Bank tragen musste. Als ihr Blick daran heften blieb, lachte er kurz und entfernte es. „Ich habe es immer so eilig, das Gebäude zu verlassen, dass ich es regelmäßig vergesse, mein Schild abzunehmen." Dann fragte er: „Und, hast du etwas auf der Karte für dich gefunden?"

Francescas Magen spielte wieder mal verrückt und nach Essen war ihr überhaupt nicht, aber sie wollte ihn nicht enttäuschen und so entschied sie sich für ein Stück Pflaumenkuchen mit Zimtparfait.

„Eine sehr gute Wahl", zwinkerte Lasse ihr zu." Zur Kellnerin gewandt sagte er dann: „Das nehmen wir zweimal und dazu zwei Kaffee mit einem kleinen Kännchen Milch dazu."

„Und du hast wirklich schon ein Auto?" fragte Francesca ihn, während sie nun auf ihre Bestellung warteten.

„Ganz frisch, ja." Dabei strahlte Lasse über das ganze Gesicht, denn viele Menschen konnten sich derzeit gar kein Auto leisten. Zumal er noch sehr jung war, wie Francesca so bei sich dachte.

„Ich habe es zu meinem Geburtstag bekommen. Eigentlich schenken wir uns nie so große Sachen, aber mein Onkel hatte noch einen alten gebrauchten Fiat und den hat er mir tatsächlich geschenkt."

Die Kellnerin kam mit dem Kuchen und dem Kaffee an ihren Tisch und servierte zunächst, ehe Francesca weitere Fragen stellen konnte.

„Darf ich dich fragen, wie alt du bist?"

„Ich bin am fünften Oktober 1929 geboren worden, also siebzehn Jahre alt."

Francesca, die gerade einen ersten Bissen von dem Kuchen in den Mund geführt hatte, verschluckte sich augenblicklich daran und nahm schnell einen Schluck von ihrem Kaffee. „Ist das dein ernst?" vergewisserte sie sich.

„Natürlich ist das mein ernst. Wieso?"

Mit großen Augen sah sie ihn an. „Weil es auch mein Geburtstag ist. Allerdings bin ich erst ein Jahr später geboren worden."

Beide waren augenblicklich ein wenig sprachlos. Das war doch nahezu unfassbar. Und im Laufe ihres weiteren Gesprächs entdeckten sie noch viele Ähnlichkeiten, die sie miteinander verbanden. Sie teilten gleiche Ansichten, hatten ähnliche Vorlieben, wie auch Abneigungen und teilten denselben Humor. Stundenlang hätten sie noch weiter plaudern können, doch die nette Kellnerin machte sie darauf aufmerksam, dass das Café nun schließen wollte.

„Wenn du möchtest", bot Lasse verhalten an, „kannst du gerne noch für einen Moment auf ein Getränk mit zu mir kommen. Ich habe ein kleines Apartment ganz in der Nähe."

„Ich dachte, du wohnst noch bei deinen Eltern in Skagen."

„An den Wochenenden schon. Aber in der Woche schlafe ich meist hier, da es so auch mit der Schule einfacher für mich ist. Ich habe nämlich immer Schwierigkeiten damit, früh aufzustehen."

Sollte sie tatsächlich mitgehen? Neugierig war Francesca schon, wie er so lebte. Auf der anderen Seite war ihr der Gedanke, noch mehr Zeit mit ihm zu verbringen, unbehaglich. Schließlich spürte sie sehr genau, wie groß die Anziehung zwischen ihnen war und jede weitere Minute, die sie zusammen verbringen würden, würde den Abschied in ein paar Tagen sicherlich unerträglich machen.

Dennoch siegte die Neugierde und Francesca begleitete Lasse in seine kleine Wohnung. Sehr aufgeräumt war es hier in seinen vier Wänden im zweiten Stock. Vom Wohnzimmer aus konnte man den Hafen sehen und aus der Küche die Lichter der Stadt. Bilder oder ähnliches hatte er nirgendwo stehen oder hängen und auch sonst konnte sie wenige persönliche Sachen ausfindig machen. *„Molto pulito"*, hörte sie sich sagen, als sie auf seiner Couch Platz nahm.

„Was hast du gesagt?"

„Oh, entschuldige." Francesca errötete leicht. „Ich vergesse manchmal, dass ihr hier kein Italienisch sprecht. Ich sagte >sehr sauber<.

„Naja", assoziierte er, „ich bin ja auch meistens nicht da. Da kann ich nicht so viel Unordnung machen."

Sie mochte seinen Humor. Überhaupt mochte sie einfach alles an ihm. Es hätte in diesem Moment nichts gegeben, was sie hätte an ihm auszusetzen gehabt. Er war nahezu perfekt und genau das erschreckte sie so, denn sie fühlte immer mehr, dass sie ihr Leben viel lieber mit ihm, statt mit Carlo verbringen würde.

„Möchtest du etwas trinken?“ fragte Lasse in die kurzzeitige Stille hinein.

„Ein Wasser wäre schön.“

Als er es ihr brachte, setzte er sich direkt neben sie. Auf der Stelle durchflutete Francesca wieder diese merkwürdige Hitze, die sie stets in seiner Gegenwart überkam. Und wie gut er roch. Eine Mischung aus herbem Rasierwasser und natürlichem Mann. Wie gerne sie ihn doch noch einmal küssen wollte. Doch sie traute sich nicht, sich auch nur ein winziges Stückchen auf ihn zuzubewegen. Stattdessen nahm sie das Glas Wasser zur Hand und trank einen großen Schluck davon. Dabei spürte Francesca genau, wie Lasse sie beobachtete und sie keine Sekunde aus den Augen ließ. Ihr Herz begann schneller zu schlagen und sie fühlte sich innerlich furchtbar nervös.

Da nahm er ihr das Glas aus der Hand, stellte es zurück auf den Tisch und zog sie ganz nah an sich heran. Es war noch enger und vertrauter als bei ihrem Spaziergang, denn jetzt hatte sie keinen dicken Mantel und er keine dicke Jacke an. Francesca spürte die Wärme, die Lasses Haut durch die Kleidung hindurch ausstrahlte und alles in ihr begann zu glühen.

Lasse spürte Francescas Erregung, ihr Begehren und fühlte gleichzeitig sein eigenes Verlangen, das sie in ihm auslöste. Wie konnte es sein, fragte er sich, dass ein anderer Mensch einen so sehr berühren konnte, dass man nichts mehr sehnlicher wollte, als eben mit diesem einen Menschen zusammen zu sein?!

Natürlich war er schon einige Male verliebt gewesen, hatte auch die ein oder andere Freundin gehabt, aber das, was er für Francesca empfand, war einfach nicht mit Worten zu beschreiben. Niemals hätte er eine andere Frau direkt mit zu sich nach Hause genommen, doch alle Zellen seines Körpers brannten darauf, sich mit ihr zu vereinigen, sie zu schmecken, zu riechen, zu fühlen.

Er war wie benebelt, nicht mehr Herr seiner Sinne und hoffte und betete, dass sie ihn auch wirklich so sehr wollte, wie er sie. Sanft begann er, sie zu küssen. Er spürte, wie sie ihre Hände in seinen Nacken legte und ihn sanft massierte. Jede kleine Berührung von ihr, trieb heiße Wellen der Lust und der Sehnsucht durch seinen Körper. Behutsam küsste er ihren Hals und wanderte Stück für Stück abwärts. Als sie ein leises, genüssliches Stöhnen von sich gab, wagte er es, ihr den weißblau-karierten Pullover auszuziehen, um auch ihre Brüste schmecken zu können. Ihr BH ließ sich äußerst leicht öffnen und geschickt streifte er ihn über ihre Schultern ab. Wie schön, rund und fest ihre Brüste waren. Lasse hatte nie schönere gesehen. Als er sie berührte, zogen sich die leicht dunklen Warzen zusammen und reckten sich ihm entgegen. Es war wie im Paradies.

Als Lasse ihre Brüste liebkoste, überrollte Francesca kurz eine Welle der Angst. Er schien das zu spüren, denn für einen Moment hielt er inne. „Ist alles in Ordnung?“

„Ja“, hauchte sie leise. „Es ist nur…“ Sie überlegte, was genau sie jetzt sagen sollte. Es gab zwei Dinge, die ihr gerade wirklich zu schaffen machten. Zum einen war es die Tatsache, dass sie noch nie zuvor mit einem Mann geschlafen hatte. Auch nicht mit Carlo, denn dies sparte man sich schließlich bis nach der Hochzeit auf. Zum anderen war Carlo das zweite Thema, das sie beschäftigte. Konnte sie ihn vor Lasse verschweigen? Im Grunde wusste Francesca, dass dies falsch wäre, doch sie war sich sicher, hätte sie ihn jetzt erwähnt, wäre an diesem Punkt Schluss gewesen. Aber Francesca wollte nicht, dass es aufhörte, nicht jetzt und eigentlich nie mehr!

„Weißt du“, begann sie also, „ich weiß nicht, wie das hier geht.“

Lasse empfand es als eine unheimlich große Ehre, der erste Mann in Francescas Leben zu sein, dem sie sich hingab. Er hatte ihr versichert, dass es nichts gab, wovor sie Angst haben müsse und das es ebenfalls nichts gab, was sie hätte falsch machen können. Alleine ihre pure Anwesenheit genügte, um ihn in andere Sphären zu versetzen. Und als er dann, nach einem langen, zärtlichen Vorspiel behutsam in sie eindrang, hatte er das Gefühl, vollkommen den Verstand zu verlieren, so sehr verzehrte er sich vor Liebe nach ihr.

****

Nun lag sie wieder einmal schlaflos hier in ihrem Bett und fühlte Lasse noch immer überall auf ihrer Haut und tief in sich drin. Wie sanft und liebevoll er zu ihr gewesen war und doch auch so unbändig und lustvoll. Mit jeder Faser ihres Körpers hatte sie sich ihm hingegeben und gespürt, wie sehr er sie begehrte. Diese Erfahrung, die Francesca an diesem Tag zuteilwurde, das wusste sie, würde sie ihr ganzes Leben lang nie mehr vergessen. *Ich liebe dich,* hatte er zu ihr gesagt, als er sie nach der Vereinigung in seinen starken Armen hielt. Und sie wusste genau, dass er es ernst gemeint hatte. Auch sie hatte ihm daraufhin ihre Liebe gestanden und ihm damit ein wunderschönes, glückliches Lächeln auf die Lippen gezaubert.

Ja, sie liebte Lasse so, wie sie hätte niemand sonst lieben können. Und er wollte sie wiedersehen, das hatte er ihr gesagt. Alles in ihr schrie danach, bei diesem Mann, bei ihrem Lasse zu bleiben. Carlo würde das schon verstehen, wenn auch sicher nicht sofort, dann doch vermutlich irgendwann. Sie musste ihm die Wahrheit sagen, ihm und ihren Eltern, das war ihr nun so klar geworden, wie es nicht klarer hätte sein können.

Doch es sollte anders kommen.

15.

12. Dezember 2016

Ich kam mir vor wie ein kleines Häufchen Elend, als ich das Buch langsam zuklappte und wie hypnotisiert auf das, noch leicht glimmende Feuer im Kamin starrte. Die Tränen, die mir in Strömen über die Wangen liefen, spürte ich kaum noch. Nonnas Buch machte mich sprachlos, denn mit jedem neuen Kapitel, das ich las, hatte ich das Gefühl, es wäre meine eigene Geschichte. Vielleicht nicht so sehr von den Orten her oder den Gegebenheiten an sich, aber von den Gefühlen und der tiefen Verbundenheit, die Francesca zwischen sich und Lasse schilderte. Die Beiden erinnerten mich so sehr an Nils und mich. Das Einzige, was tatsächlich anders war, war die Tatsache, dass, während bei Lasse und Francesca alles perfekt harmonierte und übereinstimmte, bei Nils und mir das komplette Gegenteil der Fall war. Ging ich nach links, zog es ihn nach rechts; wollte ich feiern gehen, war ihm eher nach ruhiger Zweisamkeit und während ich im Sommer Geburtstag hatte, hatte er im Winter das Licht der Welt erblickt.

Das Buch war der eine Grund, weshalb ich hier so aufgewühlt vor mich hin schluchzte. Der andere Grund war der unangekündigte Besuch, der vor wenigen Stunden vor meiner Tür gestanden hatte.

****

Als ich die Haustür öffnete, überkam mich augenblicklich eine Welle der Übelkeit und automatisch krallten sich meine Finger um die Klinke, die ich noch immer festhielt. Ich hatte das Gefühl, meine Knie würden jeden Moment nachgeben und ich einfach so zu Boden sinken.

„Du?“ bekam ich gerade so über die Lippen.

„Hallo“, sagte er unsicher und mit leicht zittriger Stimme. „Darf ich rein kommen?“

Ich trat einen Schritt zurück und bedeutete ihm damit, einzutreten. „Du weißt ja, wo es lang geht.“

Mit sicheren, aber langsamen Schritten ging er voran ins Wohnzimmer und ich folgte ihm. In meinem Kopf drehte sich alles. Die letzten Tage gingen wirklich nicht mit rechten Dingen zu und ich fragte mich, was das wohl alles zu bedeuten hätte.

Er setzte sich in einen der Sessel und ich nahm auf der Couch direkt gegenüber Platz. Eine ganze

Zeit lang saßen wir einfach nur schweigend da. Die Frage vom heutigen Nachmittag, ob Nils noch immer so gut aussah, wie damals, konnte ich mir jetzt selber beantworten. Er tat es! Unter seinem eng anliegenden T-Shirt konnte ich seinen muskulösen Körper erahnen, seine Haut war noch immer nordisch blass und die Wangen gerötet von der frischen Seeluft. Ich traute mich kaum, ihm in die Augen zu sehen, doch etwas in mir konnte einfach nicht anders. Und da war es wieder, dieses Feuer zwischen uns, das niemals hatte aufgehört zu brennen.

Ich bemerkte, wie eng es plötzlich auf meiner Brust wurde und ich kaum noch atmen konnte. „Möchtest du auch einen Glühwein?" fragte ich, stand auf und ging in die Küche, ohne auch nur seine Antwort abgewartet zu haben. Ich brauchte nur kurz einen kleinen Moment für mich.

Während ich den Glühwein auf dem Herd erhitzte, hatte ich plötzlich ganz deutlich wieder diesen einen Sommertag vor über vier Jahren vor Augen. Ein Tag, süß wie Honig.

16.

14. August 2012

Nonna legte beruhigend den Arm um mich und versuchte, mich aufzumuntern. Seit Nils` und meinem ersten Date waren vier komplette Tage vergangen und seitdem hatte ich nichts mehr von ihm gehört. Lene sah ihre Annahme, dass er es von Anfang an nicht ernst mit mir gemeint hatte, damit bestätigt und faselte irgendetwas von >du findest schon noch den richtigen< und ich hatte mich geärgert, ihr alles bis ins kleinste Detail erzählt zu haben.

Das Schlimme war nur, dass ich langsam selbst Zweifel in mir spürte, obwohl ich mir ganz sicher gewesen war, dass Nils mich ebenfalls aufrichtig mochte.

„Weißt du, Kleines“, sagte Nonna und servierte mir einen eisgekühlten Limoncello. „Wenn dein Herz dir sagt, dass dieser Mann dich wirklich gern hat, dann vertrau darauf. Es wird eine Erklärung dafür geben, dass du noch nichts von ihm gehört hast. Gib ihm einfach ein wenig Zeit.“

Das war einfacher gesagt, als getan. Denn in mir brannte eine Sehnsucht, die ich bis dahin nicht einmal ansatzweise gekannt hatte.

Nach unserem Kuss hatte ich das Gefühl gehabt, schweben zu können und ich wollte nichts mehr, als dass es eine Wiederholung davon gab.

Und diese Wiederholung hätte doch schon am darauffolgenden Tag sein sollen. So hatte ich es zumindest verstanden und war mir ganz sicher, Nils hätte es auch genauso gemeint. Andererseits hatte er nur >vielleicht< gesagt. >Vielleicht< war keine Garantie.

Aber er hatte nicht einmal angerufen oder eine Nachricht geschickt. Und so schrieb ich ihm am Tag nach unserem Treffen eine Sms, um ihn zu fragen, ob wir uns heute noch sehen würden. Doch ich wartete vergebens auf eine Antwort.

Als ich am Abend noch immer nichts von Nils gehört hatte, nahm ich mein Handy zur Hand und wählte seine Nummer. Meine Hände zitterten und mein Herz schlug mir bis zum Hals. Doch nur die Mailbox ging ran und forderte den Anrufer, in diesem Fall mich, auf, eine Nachricht zu hinterlassen. Enttäuscht legte ich auf und ging zu Bett. An Schlaf war allerdings nicht zu denken.

Auch essen fiel mir schwer und in der Arbeit war ich gedanklich mehr ab- als anwesend. Greta wollte mir schon frei geben, da sie mich so überhaupt nicht kannte, doch ich versprach, mich zusammenzureißen und meinen Job vernünftig zu machen. Weshalb ich so neben der Spur war, verschwieg ich ihr, denn ich mochte nicht mit noch mehr Leuten darüber sprechen. Davon wurde es schließlich auch nicht besser.

Vier Tage lang hatte ich mir jetzt also den Kopf darüber zermartert, weshalb Nils nicht mehr erreichbar war und ob es vielleicht doch alles nur ein schöner Traum gewesen war. Da ging auf einmal eine Nachricht auf meinem Handy ein. Sie war von Nils. *„Entschuldige, Sofia. Ich musste spontan geschäftlich verreisen und hatte nur mein Diensthandy dabei. Sehen wir uns morgen? Kuss."*

„Na, siehst du", nickte Nonna, „ich habe doch gesagt, es gibt bestimmt eine plausible Erklärung."

Und als hätte jemand einen Schalter in mir umgelegt, war ich wieder wie berauscht. Nachdem ich Nils geantwortet hatte, dass ich ihn am nächsten Tag gerne wiedersehen wollte, machte er den Vorschlag, mich zu einem gemeinsamen Picknick abzuholen.

„Das klingt toll", schrieb ich, denn ich hatte am kommenden Tag frei und daher Zeit. *„Ich bereite ein wenig Antipasti vor und nehme einen guten Wein mit."*

„Wundervoll. Bis morgen!“ Er hatte noch einen Smiley angehängt und ich hüpfte wie ein kleines Kind durch den Garten.

15. August 2012

Es war kurz vor zehn Uhr morgens, als ich bereits mit einem Korb und einer Decke vor dem Haus stand und auf Nils wartete. Ein bisschen hatte ich Angst, dass er es sich vielleicht doch anders überlegte und trat nervös von einem auf den anderen Fuß. Noch einmal ein Blick auf die Uhr. Kurz nach zehn. Kein Nils zu sehen. Ich wurde noch nervöser. Und dann hörte ich, wie ein Auto in die Auffahrt einfuhr. Es war Nils und ich beruhigte mich innerlich wieder.

„Guten Morgen“, strahlte er mir entgegen, sprang aus dem Auto und öffnete mir charmant die Beifahrertür. Bevor ich einsteigen konnte, gab er mir noch einen warmen Kuss auf den Mund. „Es tut mir wirklich leid, dass ich mein Telefon nicht dabei hatte. Ich hätte dir auf jeden Fall Bescheid gesagt.“

„Schon gut“, sagte ich und erwähnte nicht, wie schlecht es mir die letzten Tage ergangen war.

„Bist du bereit für eine kleine Ausflugstour?"

„Unbedingt. Wo geht es hin?"

„Lass dich überraschen."

Wir fuhren zunächst in den kleinen Ort Lohals, auf der Nordseeseite und schlenderten dort gemütlich eine Runde durch den hübschen Ortskern, in dem es eine Menge Kunst-Handwerksläden gab. Für Touristen war es der ideale Ort, um Souvenirs für ihre Angehörigen zu kaufen und so herrschte ein regelrechtes Gewimmel an Menschen in den kleinen Gassen. In einem der Schaufenster entdeckte ich ein hübsches Silberarmbändchen, das mit rosafarbenen Glasperlen besetzt war. Nils entging mein Interesse daran nicht und während ich ein paar Minuten später einmal zur Toilette musste, ergriff er die Gelegenheit, es für mich zu kaufen. Als ich wiederkam, sagte er nur: „Streck mal deinen Arm aus."

„Welchen?" wollte ich wissen und hatte keine Ahnung, was das sollte.

„Am besten den, an dem du keine Uhr trägst."

Da ich gar keine Uhr trug, hielt ich ihm einfach meinen rechten Arm entgegen und sogleich legte er mir das hübsche Armbändchen an.

„Das kann ich nicht annehmen", protestierte ich, denn ich hatte den Preis, den es kostete, gesehen und wollte etwas so teures auf keinen Fall annehmen. Doch Nils sah mich mit einem so entwaffnend rührenden Blick an, dass ich nachgab. Anscheinend war es ihm wirklich ein Bedürfnis gewesen, mir damit eine Freude zu machen. Und das hatte er zweifelsfrei geschafft.

Unsere Tour ging weiter zu einem versandeten Leuchtturm und auch hier war der Ansturm der Touristen enorm. Das Wetter war aber auch nahezu königlich an diesem Tag, purer Sonnenschein, ein Hauch von frischer Seeluft um uns herum und ein paar winzig kleine Wölkchen am Himmel. Kein Wunder also, dass überall reges Treiben herrschte

„Ich denke", sagte Nils, nachdem wir eine Zeit lang zwischen den Massen auf den Dünen umhergewandert waren, „es ist jetzt an der Zeit, unseren Picknickkorb zu plündern."

„Hier?" fragte ich ein wenig skeptisch, denn die Vorstellung, ein gemütliches Picknick inmitten von hunderten von Menschen zu genießen, fand ich alles andere als romantisch.

„Nein, natürlich nicht", lachte er. „Steig in den Wagen. Ich weiß, wo wir ein nettes Plätzchen für uns finden."

An einem abgelegenen Strandstück, an dem keine Menschenseele weit und breit zu sehen war, brachte Nils den Wagen zum Stehen und ermunterte mich, ihm zu folgen. Die vielen kleinen Köstlichkeiten, die wir mitgenommen hatten, verstaute er alle in meinem Korb, legte eine Decke darüber und drückte mir zwei Badetücher in die Hand.

„Du hast doch hoffentlich einen Bikini an?“ zwinkerte er mir zu.

Tatsächlich hatte ich mich am Morgen dafür entschieden, einen anzuziehen, denn das Wetter bot sich geradezu dazu an.

„Sehr gut“, grinste er, „ich habe meine Badeshorts vergessen. Dann muss ich wohl nackt schwimmen gehen.“

Ich errötete leicht, wusste ich doch nicht, ob er das wirklich so meinte oder ob es eher ein Scherz sein sollte.

Elegant breitete er nun die Decke aus und drapierte unsere Sachen darauf. Es sah köstlich aus, auch, wenn ich kaum Appetit verspürte. Aber ein bisschen Antipasti und Kuchen ging schließlich immer.

„Möchtest du, dass wir den Wein dazu trinken?“

Ich hatte einen leichten Grauburgunder aus den Abruzzen mitgenommen und war der Meinung, dass wir den um diese Uhrzeit schon trinken könnten. Also öffnete Nils die Flasche, schenkte uns ein und setzte sich direkt neben mich.

„Wie sagt man >Prost< auf Italienisch?" wollte er nun wissen.

Ich erhob mein Glas und er tat es mir gleich „Alla salute", sagte ich und wir stießen mit den Gläsern an. Gerade als ich meines zum Mund führen wollte, sah Nils mich tadelnd an. „Na hör mal, du kannst doch nicht schon trinken, bevor wir nicht Brüderschaft getrunken haben."

Also verhakten wir unsere Arme ineinander und küssten uns. Allerdings war dies kein Kuss, wie man ihn sich normalerweise bei einer Brüderschaft gab. Es war eher die Wiederholung unseres Kusses von vor wenigen Tagen. Alles in mir zog sich vor Verlangen zusammen, denn Nils küsste mich, als gäbe es kein Morgen mehr.

Dann brach er plötzlich ab, nahm einen Schluck von seinem Wein und sah in mein verdutztes Gesicht. „Ich muss erst etwas essen, sonst überlebe ich dich nicht", lachte er, brach für uns beide ein Stück Baguette ab und reichte mir eine Gabel für die Antipasti.

Die Sonne brannte und der Wind blies eine angenehme seichte Brise über unsere Haut. Wir waren nach der kleinen Stärkung direkt ins Meer gerannt, um uns eine Abkühlung zu gönnen. Nils hatte dabei Recht gehabt, er hatte keine Badehose dabei. Allerdings lief er auch nicht nackt ins Wasser, wie ich schon fast befürchtete, sondern behielt seine Shorts einfach an. Als er sein Shirt auszog, konnte ich seinen muskulösen Oberkörper in voller Pracht bewundern. Eine leichte Bräune lag auf seinem Körper, doch mit meinem dunklen Teint konnte er bei weitem nicht mithalten. Sobald auch nur die ersten Sonnenstrahlen vom Himmel schienen, erstrahlte meine Haut in einem wunderschönen Kakaobraun. Sonnenbrand kannte ich nicht.

Wir stürzten uns in die Wellen, schwammen ein Stück und küssten uns immer wieder leidenschaftlich.

Ich war die erste, die das Wasser verließ und erschöpft auf die Decke sank. Dabei legte ich mich auf den Bauch und ließ die Sonne meinen Rücken bescheinen. Nils folgte mir, legte sich neben mich und begann fast unbemerkt, zunächst ganz sanft meine Schulter und meinen Nacken zu küssen. Mit seiner Hand fuhr er über meinen Körper und ich bekam eine Gänsehaut, obwohl es alles andere als kalt war. Nun begann er, mich zärtlich und zeitgleich fordernd auf den Mund zu küssen, drehte mich geschickt auf den Rücken und bedeckte meinen Körper mit seinem. Ein gewaltiges Beben flutete mein Inneres und meine Finger erkundeten bald jeden Zentimeter seines Oberkörpers. Ich konnte fühlen, wie sehr ich ihn erregte und öffnete jetzt leicht meine Schenkel, um ihm Einlass zu gewähren.

Schwer atmend drang er in mich ein, so tief, dass unsere Körper vollkommen miteinander verschmolzen und wir für einen Moment eine einzige Einheit bildeten. Es war ein Gefühl, als wären wir in einem ungeheuren Drogenrausch, nichts und niemand hätte uns hier in die Wirklichkeit zurückholen können.

Auf dem Gipfel angekommen, sank sein Körper schwer auf meinen nieder und er benetzte meinen Mund mit einem Kuss der absoluten Zufriedenheit. „Wow" flüsterte er nur, rollte sich auf die Seite, legte seinen Kopf auf meine Brust und schloss die Augen.

Etwa eine halbe Stunde später hatten wir unser Lager abgebaut, alles zurück ins Auto transportiert und uns auf den Rückweg begeben.

Ich fühlte mich so unglaublich glücklich und angekommen. Angekommen bei einem Mann, der mein Herz bis in die tiefsten Tiefen berührte.

17.

12. Dezember 2016

Der Glühwein war fertig und ich nahm ihn wie ferngesteuert vom Herd, füllte ihn in zwei große Tassen und begab mich zurück ins Wohnzimmer.

Gerade hatte ich es betreten, da entdeckte ich zu meiner großen Verwunderung mitten auf dem Wohnzimmertisch die Schneekugel, die ich vor ein paar Tagen in dem Schaufenster erblickt hatte, und die ich unbedingt hatte kaufen wollen. Wie in Zeitlupe bewegte ich mich darauf zu, stellte die beiden Tassen ab und nahm die Kugel in die Hand.

Tausend Fragen schossen mir augenblicklich durch den Kopf und kraftlos sank ich auf die Couch.

„Woher hast du die?“ war meine erste Frage, die ich nach einer ganzen Weile stellte. Meine Stimme klang so rau, dass ich mir nicht sicher war, ob Nils mich überhaupt verstanden hatte.

Ein kleines Lächeln huschte über sein, ansonsten noch recht angespanntes Gesicht. Mittlerweile zierten es ein paar kleine Falten und er hatte dunkle Schatten unter den Augen, die ihn müde wirken ließen. Als ich ihn für einen Moment lang so intensiv ansah, war mir schlagartig klar, dass er hätte auch hunderte von Falten haben können, ein Gebiss oder sonst irgendetwas, das jenseits aller vorstellbarer Schönheitsideale lag, für mich war er noch immer der schönste Mann auf Erden und würde es auch bleiben. Mir wurde bewusst, dass ich Nils immer noch liebte, denn jede Faser meines Körpers reagierte auf ihn und mein Herz fühlte sich augenblicklich wieder zu Hause angekommen. Und das nach all der Zeit und all den Dingen, die nach unserer schönen Anfangszeit noch vorgefallen waren.

„Meine Mitarbeiterin hat mir deine Nummer gegeben“, antwortete Nils nun mit ebenso rauer Stimme und ein Rauschen ging durch meine Ohren.

„Deine Mitarbeiterin?“, versicherte ich mich noch einmal ungläubig. „Das heißt…“

„Ja, genau“, unterbrach er mich mit einem langsamen Nicken. „Der kleine Kaffeeladen gehört mir.“

Ich war überrascht und beeindruckt, denn das bedeutete, dass er es tatsächlich gewagt hatte, seinen gelernten Beruf als Versicherungsmakler aufzugeben und sich selbstständig zu machen.

„Seit wann?“

„Seit etwa einem Jahr."

„Schön"

„Ja."

„Und, läuft er gut?"

Himmel, was tat ich denn hier? Ich wollte doch jetzt keinen Smalltalk führen, aber die ganze Situation, in der ich mich hier gerade wiederfand, drohte mich zu erdrücken.

„Ja, er läuft ganz gut", hörte ich ihn antworten, dann schwiegen wir wieder eine ganze Weile und ich fragte mich, was wohl gerade in Nils vor sich ging. Ob er auch so aufgewühlt war wie ich?

„Sofia", begann er, „ich denke, es ist jetzt besser, wenn ich gehe."

„Ja, natürlich", sagte ich so gefasst und teilnahmslos wie nur möglich. „Mach es ruhig so, wie du es schon immer getan hast."

Ich hatte das nicht wirklich sagen wollen, doch es kam einfach so über meine Lippen, ohne, dass ich auch nur irgendetwas dagegen hätte tun können.

„Sofia" setzte er noch einmal, diesmal beschwichtigend an.

„Nein, nein, schon gut", unterbrach ich ihn. „Sag mir nur, was du für die Schneekugel bekommst. Ich nehme doch mal an, dass du hergekommen bist, um sie mir zu verkaufen. Sonst wärst du jetzt vermutlich nicht hier."

„Sofia, ich möchte kein Geld von dir für die Kugel..." Seine Stimme brach ab und ich hatte den Eindruck, seine Augen würden sich gerade mit Tränen füllen. Aber das bildete ich mir bestimmt nur ein.

Nils nahm einen tiefen Atemzug, fasste in seine Hosentasche und zog einen zusammengefalteten Brief daraus hervor, den er mir entgegenhielt. „Bitte lies ihn und wenn du anschließend noch mit mir sprichst und dir danach zumute ist, ruf mich einfach an." Kurz stutzte er, als er meinen Blick sah. Doch dann fiel ihm ein, dass er damals seine Handynummer gewechselt und mir die neue Nummer nie mitgeteilt hatte. Verschämt blickte er mich an. „Hast du einen Stift und einen Notizzettel für mich?"

Nachdem ich Nils´ neue Handynummer in Händen hielt und ihn zur Tür begleitet hatte, atmete ich tief durch. War er gerade tatsächlich hier gewesen oder hatte ich mir das alles nur eingebildet? Zurück im Wohnzimmer angekommen, sah ich unsere beiden Tassen auf dem Couchtisch stehen, sie waren noch unberührt. Und dann stand da tatsächlich die Schneekugel aus dem Schaufenster und neben ihr lag der Brief, den Nils mir in die Hände gedrückt hatte.

Eine Welle der Überforderung überkam mich und ich weinte, wiedermal. So hatte ich mich selber lange nicht erlebt, aber wahrscheinlich war es einfach an der Zeit, dass alles aus mir herausgespült wurde, was ich lange Zeit einfach nur unterdrückt hatte.

18.

15. August 2013

Liebe Sofia,

heute haben wir den fünfzehnten August 2013 und meine Gefühle sind so aufgewühlt, wie das Meer vor meinen Füßen. Es regnet und es ist kalt, obwohl es Mitten im August ist. Ich sitze gerade hier an der Stelle, an der wir genau vor einem Jahr unser schönes Picknick hatten und ich mich wie der glücklichste Mann auf Erden gefühlt habe.

Was würde ich dafür geben, wenn Du jetzt bei mir wärst und ich all das rückgängig machen könnte, was ich zwischen uns kaputt gemacht habe. Wie gerne würde ich dir erklären, weshalb ich mich Dir gegenüber so häufig benommen habe, wie der letzte Idiot, der auf der Welt herum läuft. Doch dafür ist es jetzt leider ganz offensichtlich zu spät, denn wie ich feststellen musste, bist du weggezogen von hier und ich habe keine Ahnung, wo ich nach dir suchen soll.

12. Dezember 2016

Meine Hände zitterten, als ich begann, die ersten Zeilen von Nils Brief zu lesen. Auch ich hatte an diesem 15. August 2013 am Meer gesessen und an unseren wunderschönen gemeinsamen Tag gedacht. Allerdings in Neapel, also über zweitausend Kilometer von unserem kleinen Strandstück entfernt.

Ich hatte damals einfach weg gemusst, musste einen Schlussstrich unter unsere verkorkste Geschichte ziehen und einen Neuanfang wagen. Da ich das Angebot bekommen hatte, eine Lehre zur Meisterköchin bei Marco Benotti, einem der renommiertesten Köche Italiens, zu machen, hatte ich nicht lange überlegt und zugesagt. Leicht fiel mir der Abschied von Nonna, Lene und all meinen anderen lieb gewonnenen Freunden nicht, aber mein Herz war zerbrochen und ich hielt es einfach nicht aus, tagtäglich auf Orte, Dinge und Situationen zu stoßen, die mich immer wieder an Nils erinnerten. So würde mein Herz niemals Heilung erfahren, also packte ich am fünfundzwanzigsten Juli 2013 meine Koffer und flog nach Neapel.

15. August 2013

Weißt du Sofia, ich habe in meinem Leben nie viel Glück gehabt. Weder privat noch beruflich. Egal, wie sehr ich mich auch angestrengt habe, scheinbar hat es für andere, insbesondere für meine Eltern, nie gereicht. Schon wenn ich aus der Schule nur mit mittelmäßigen Noten nach Hause kam, hagelte es erst Vorwürfe und anschließend verächtliches Schweigen. Wie oft musste ich mir anhören, dass aus mir nie etwas Gescheites würde und dass ich somit auch nur schwer eine Frau finden würde, der ich würdig sein könnte. Und was immer ich auch tat, wie sehr ich auch mein Bestes gab, ich scheiterte stets und das schien ihre Vermutungen somit immerzu zu bestätigen. Der Job als Versicherungsfritze, wie ich es gerne nannte, brachte mir wenigstens ein klein wenig Anerkennung bei meinem Vater ein und so war ich froh, zumindest in diesem Bereich ein paar Punkte sammeln zu können.

Frauen hatte ich tatsächlich so einige gehabt, doch sie alle wollten mich entweder ausschließlich an ihrer Seite haben, weil sie meinen Körper so toll fanden und bei ihren Freunden, Bekannten, etc. mit meinen Muskeln angeben konnten. Oder aber sie wollten an mein Geld, wollten ein Leben in Luxus, ohne selbst etwas dafür tun zu müssen (denn Geld verdiente ich durchaus sehr gut). Und ganz nebenbei wollte mich keine von ihnen einfach so, wie ich war, sondern stets versuchten sie, mich zu verändern oder zu erziehen. Ich fand das schrecklich, doch gewöhnte ich mich daran, dass ich scheinbar nichts anderes, nichts Besseres verdient hätte.

Und dann, nach so vielen Enttäuschungen, traf ich auf dich und von einem auf den nächsten Moment war einfach nichts mehr so, wie es vorher war! Deine natürliche Art, dein charmantes Lächeln und deine unglaublich braunen Augen, die mich anstrahlten, wie die Sonne persönlich, haben mich direkt bei unserer ersten Begegnung sprachlos gemacht. Und auch, wenn ich mir sicher war, so eine wundervolle Frau wie du, würde sich niemals mit mir abgeben, wollte ich mein Glück unbedingt herausfordern.

12. Dezember 2016

Eine Träne tropfte auf das Papier und ich tupfte sie schnell vorsichtig weg, damit nichts von den kostbaren Worten, die ich hier las, verwischte. Ich wusste, dass Nils` Verhältnis zu seiner Familie, mittlerweile hatte er nur noch seinen Vater und seine Geschwister, nicht das Beste war, aber dass er sich scheinbar häufig schon als Kind so gequält hatte, um nur ein klein wenig Anerkennung zu bekommen, das hatte ich nicht gewusst. Natürlich erklärte dies auch, weshalb der Wunsch von Nils, sich mit einem Café oder ähnlichem selbstständig zu machen, für ihn einfach ein Wunsch bleiben sollte. Er hatte seinen Beruf des Versicherungsmaklers nur seinem Vater zuliebe ergriffen. Aber dass er damit alles andere als glücklich war, hatte sein Verhalten mir gegenüber damals oft genug gezeigt. Wie oft hatte Nils schlechte Laune gehabt, wenn wir uns trafen, war genervt, gereizt und beinahe unausstehlich. Wenn ich dann versuchte, ihn dazu zu ermuntern, doch etwas anderes zu machen, schrie er mich an und gab mir jedes Mal deutlich zu verstehen, dass ich mich aus seinen Angelegenheiten raus halten und ihn in Ruhe lassen sollte. Ich respektierte seinen Wunsch, litt aber weiterhin unter seinen miserablen Launen zwischendurch und konnte nicht verstehen, weshalb ein Mensch einen Beruf ausübte, der ihm dermaßen missfiel.

Auch, dass er vor mir einige Frauen hatte, überraschte mich keinesfalls, schließlich, das hatte ich auf Fotos gesehen, hatte er immer schon phantastisch ausgesehen. Allerdings war dies nie der Grund, weshalb ich mich in ihn verliebt hatte. Er hatte einfach einen unglaublich starken Charakter und ein gutes Herz, auch, wenn er das gerne vor anderen versuchte, zu verbergen. Ich sah diesen Mann hinter seinen Masken, so, wie er war und genauso liebte ich ihn vom ersten Moment an.

Dass er in mir auch von Beginn an etwas Besonderes gesehen hatte, berührte mein Herz jetzt auf eine Weise, die mich unglaublich glücklich machte.

15. August 2013

Als du dann, nachdem ich dir meine Nummer gegeben hatte, tatsächlich irgendwann anriefst, hatte ich mich über alle Maßen gefreut! Das kannst du dir gar nicht vorstellen!

Ich erinnere mich noch an unser erstes Date, als wäre es erst gestern gewesen, und natürlich besonders an unseren wundervollen Kuss, als ich dich nach Hause gebracht hatte. Wie unglaublich zart du geschmeckt hast. Noch nie zuvor hat eine Frau mein Herz mit einem Mal so zum Schmelzen gebracht wie du. Das war auch der wahre Grund, weshalb ich mich tagelang danach nicht bei dir gemeldet habe. Ich hatte gar keinen geschäftlichen Termin, aber meine Gefühlswelt war auf einmal dermaßen durcheinander gewirbelt worden, dass ich erstmal wieder einen klaren Kopf bekommen musste. Es tut mir so leid, dass ich dich diesbezüglich angelogen habe, aber ich hatte Angst, dir die Wahrheit zu sagen, weil du mich dann vielleicht für ein dummes Weichei gehalten hättest.

Ich hatte, ehrlichgesagt sogar vor, mich nie wieder bei dir zu melden, weil ich einfach nicht zulassen wollte, dass ein anderer Mensch mein Leben so sehr auf den Kopf stellt, wie du es vom ersten Moment an getan hast.

Doch etwas in mir musste dich dennoch unbedingt wiedersehen, also schrieb ich dir erstmal eine Nachricht, um vorsichtig herauszufinden, wie deine Reaktion ausfallen würde. Die meisten Frauen hätten nach einem solchen Verhalten entweder gar nicht mehr geantwortet oder wären ausfallend geworden. Aber du hattest dich scheinbar wirklich gefreut, etwas von mir zu hören, hattest mir keinerlei Vorwürfe gemacht und das hatte in meinem Herzen kleine Funken ausgelöst.

12. Dezember 2016

An dieser Stelle wurde mir flau im Magen, denn ich hatte damals schon ein bisschen die Ahnung gehabt, dass der geschäftliche Termin, den Nils erwähnte, gelogen war. Aber für mich zählte in dem Moment nur, dass er sich wieder gemeldet hatte und mich wiedersehen wollte, weil ich ihn einfach unheimlich gern gewonnen hatte.

Ich hielt den Brief fest in meinen Händen und hatte ein wenig Angst, weiterzulesen, denn dieses

Verhalten von Nils, sich ständig mit irgendwelchen Ausreden von mir zurückzuziehen, hatte im Laufe der weiteren gemeinsamen Zeit immer mehr zugenommen. Es hatte mich innerlich sehr geschmerzt, doch nie hatte ich es gewagt, ihn wirklich deshalb zur Rede zu stellen. Zu groß war meine Angst gewesen, ihn dann für immer zu verlieren. Lieber hatte ich in Kauf genommen, nur alle paar Tage etwas von ihm zu hören, zu lesen oder ihn gelegentlich zu sehen.

15. August 2013

Liebe Sofia, du kannst dir jetzt vielleicht vorstellen, was dann erst unser gemeinsamer Picknick-Ausflug in mir auslöste, als du mir während unserer Vereinigung quasi den Himmel auf die Erde geholt hast. Glaub mir, so etwas habe ich vorher noch niemals in einer solchen Intensität erlebt.

Als ich dich später vor deiner Haustür abgesetzt und in deine wundervollen, zauberhaften Augen geblickt habe, überfiel mich plötzlich aus unerklärlichen Gründen die blanke Panik. Also erfand ich auf der Stelle die Notlüge, dass ich am kommenden Tag für zwei Wochen in den Urlaub nach Spanien flöge und dass dieser Urlaub schon seit Monaten gebucht war.

Selbst da hast du mir noch eine schöne Reise gewünscht, statt sauer darüber zu sein, dass ich es nicht vielleicht schon vorher mit einem Wort erwähnt hatte.

Und so fand ich immer wieder neue Ausflüchte, mir eine Auszeit von dir, von uns zu nehmen. Denn das war für mich die einzige Chance, dich überhaupt noch treffen zu können, weil mir deine Nähe jedes Mal den Boden unter den Füßen wegzog, ohne dass ich wusste, weshalb. Wenn ich nach Hause kam, konnte ich keinen klaren Gedanken mehr in meinem Kopf fassen. Ich hatte das Gefühl, nur noch aus Emotionen zu bestehen, mein Verstand war gänzlich außer Gefecht gesetzt. Für mich war das schrecklich, denn es fühlte sich an, als wäre ich durch und durch nackt. Ich kannte mich selber nicht mehr und das machte mir eine Heidenangst.

Und dann spürte ich auch immer mehr die immense Angst, dass ich dich auf Dauer vielleicht, nein, bestimmt gar nicht glücklich machen könnte. Einer Frau wie dir, würde ich auf Dauer sicherlich nicht genügen. Der Gedanke, dich also eines Tages zu verlieren, im schlimmsten Fall noch an einen anderen Mann, machte mich halb wahnsinnig. Dafür wollte ich meine Freiheit nicht riskieren.

12. Dezember 2016

Meinte Nils dass wirklich alles genauso, wie er es hier schrieb? Ich war geschockt, überrascht, sprachlos und verwirrt.

Zugegeben, auch mich hatten immer wieder Panik-Attacken, Nils vielleicht irgendwann verlieren zu können, überrollt. Doch statt mich von ihm zurückzuziehen, ging ich eher in die Offensive, drängte ihn bald regelrecht, sich mit mir zu treffen, alleine schon weil ich Angst hatte, er hätte vielleicht längst eine andere Frau gefunden, die er als Passender für sich empfand. Hätte ich gewusst, dass ihm genau dieses Verhalten meinerseits so zu schaffen machte, hätte ich versucht, mich ihm gegenüber entspannter und geduldiger zu verhalten. Hätte er doch einfach mit mir über seine Ängste und Zweifel gesprochen, dachte ich nun. Aber ich hatte es ja andererseits ebenso wenig getan.

15. August 2013

Sofia, ich könnte noch so vieles schreiben. Ich könnte dir noch tausend Mal sagen, wie leid mir alles tut und was für ein besonderer Mensch du für mich bist.

Ich wünschte, ich könnte dir noch einmal beweisen, wie viel du mir bedeutest. Denn eines habe ich mittlerweile erkannt. Doch was das ist, das möchte ich dir gerne persönlich sagen und bete dafür, dass ich eines Tages vielleicht doch noch die Chance dazu bekomme!

Solange stelle ich mir einfach vor, wie ich dir, während ich dir meine Worte zuflüstere, in deine wunderschönen Augen blicke und du mich glücklich anlächelst.

Dein Nils

P.S. die Sache mit deiner Schneekugel tut mir ganz besonders Leid und ich hoffe, dass du mir diesen Fehler jemals verzeihen kannst! Wenn ich es wieder gutmachen könnte, würde ich es tun!

12. Dezember 2016

Ja, meine Schneekugel… Das war ein besonders bitteres Kapitel in unserer Geschichte.

Ich legte den Brief beiseite und nahm stattdessen die Schneekugel zur Hand, die Nils mir an diesem Abend vorbeigebracht hatte. Was hatte das wohl alles zu bedeuten? Wie kam er an dieses Stück, dass es doch laut Nonna wahrhaftig nur ein einziges Mal auf der Welt gegeben hatte?

Er würde es mir erklären müssen, vielleicht schon morgen. Wir hatten uns ja darauf geeinigt, dass ich mich bei ihm melden würde, wenn mir danach war. Dafür hatte er mir seine neue Handynummer gegeben.

Ein Blick auf die Uhr verriet mir, dass es fast Mitternacht war. Ein weiteres Kapitel aus Nonnas Buch hatte ich bereits gelesen, bevor ich überhaupt in der Lage war, mich dem Brief von Nils zu widmen. Doch irgendwie war ich noch immer zu wach, um ins Bett zu gehen. Also schnappte ich mir erneut das Buch, nahm es mit in mein Zimmer und begann mich dem fünften Kapitel daraus zu widmen.

19.

20. Dezember 1946

Hatte Francescas Vater gerade tatsächlich gesagt, was sie verstanden hatte? Das konnte doch nicht wirklich sein. In ihrem Kopf drehte sich alles. Sie konnte durch das Rauschen in ihren Ohren nur noch wie aus der Ferne hören, dass Gläser aneinander stießen und immer wieder die Worte „alla salute“ gesprochen wurden. Wie betäubt hielt auch sie ihr Glas in der Hand, doch ohne auch nur einen winzigen Tropfen von dem Wein zu kosten. Ihr Blick war starr auf den Boden gerichtet und sie war unfähig, sich zu rühren.

****

„Wir sind alle eingeladen“, hatte Herr Rossa gut gelaunt am Mittagstisch verkündet.

„Wer lädt uns denn ein?“ hatte seine Frau gefragt „Und wer sind wir alle?“

„Na, Liebes, wir, die Familie Rossa und dein Bruder mit seiner gesamten Familie. Wir werden heute Abend bei Familie Halström erwartet."

Bei dem Namen *Halström* durchfuhr Francesca ein warmes Gefühl. Noch hatte sie ihren Eltern bisher nicht gebeichtet, dass sie sich nicht mehr vorstellen konnte, Carlo zu heiraten, weil sie sich in Lasse verliebt hatte. Natürlich wären sie nicht sonderlich erfreut darüber, das war ihr schon klar. Denn zum einen waren die Viscontis tolle Nachbarn und wirklich gute Freunde, zum anderen hätte Herr Rossa dann auch keinen Nachfolger mehr für das Weingut, wenn er einmal in Rente ging. Lasse, so war Francesca der festen Überzeugung, hätte sicherlich kein Interesse daran, diesen Beruf zu ergreifen.

Trotzdem war sie sich sicher, dass ihre Eltern ihr keine Steine in den Weg legen würden, denn schließlich liebten sie sie und wollten stets, dass sie glücklich war, das wusste sie sehr genau.

Ein paar Anläufe hatte Francesca durchaus schon gestartet, um zunächst ihrer Mutter von sich und Lasse zu erzählen, doch ständig wurden sie unterbrochen, weil entweder jemand kam und sie störte, oder ihre Mutter immer dann gerade zu beschäftigt war, um sich in Ruhe mit ihrer Tochter zu unterhalten. Ihrem Vater wollte es Francesca lieber erst anschließend sagen. Ihre Mutter, so hoffte sie, würde sie dann ein wenig dabei unterstützen können.

Francesca nahm sich zunächst fest vor, noch an diesem Tag das Gespräch mit Beiden zu suchen, denn schon am Abend waren sie bei Lasses Eltern zum Essen eingeladen.

Aber dann überlegte sie, ob sie nicht vielleicht doch erst mit Lasse sprechen sollte. Hinterher wollte er sie gar nicht wirklich an seiner Seite haben und dann hätte sie ihre Eltern nur unnötig in Aufruhr versetzt. Doch Carlo zu heiraten schien ihr nun auch einfach keine Option mehr zu sein.

Und dann, nach langem, reiflichem Überlegen, entschied Francesca, tatsächlich erst den Abend abzuwarten und Lasse, wenn es möglich war, ein paar Minuten allein zu sprechen. Seit ihrem wundervollen Zusammentreffen in Frederikshavn hatte sie ihn nicht mehr gesehen. Er musste den ganzen Tag lang arbeiten und sich nebenbei auf eine wichtige Prüfung vorbereiten. Aber Francesca war sich sicher, dass er am Abend ebenfalls da sein würde. Andernfalls, so war sie sich sicher, würde sie vor Sehnsucht langsam eingehen. Sie vermisste ihn in jeder freien Minute und hatte sein Gesicht und seinen starken Körper stets vor Augen.

Die Zeit bis zum Abend schien an diesem Tag endlos zu sein. Francesca hatte mit ihren Cousinen bis zum Mittag einen kurzen Ausflug in den kleinen Ortskern von Ålbæk unternommen, war anschließend noch alleine eine Runde an den Strand gegangen und hatte einige Postkarten für ihre Freundinnen in Calenzano geschrieben. Dennoch war es gerade mal vier Uhr am Nachmittag. Sie schnappte sich ihr Notizbuch und setzte sich in ihr Zimmer an einen kleinen runden Holztisch. Bereits in den letzten Tagen hatte sie sich ihr Büchlein immer wieder vorgenommen und poetische Gedichte geschrieben, die von ihr und Lasse handelten. Ja, sie wusste selber, dass es kitschig klang, doch für sie waren es im Moment die schönsten Wörter, die sie je zu Papier gebracht hatte. Wie kreativ sie auf einmal war. Die Ideen flossen einfach nur so und Francesca sah schon den Tag vor sich, an dem sie ihre Werke einmal veröffentlichte.

„*Cara*", rief ihre Mutter aus dem Flur. „Bist du soweit? Wir wollen los, sonst kommen wir noch zu spät."

Hatte sie jetzt etwa die Zeit vergessen? Gerade war es doch erst vier Uhr gewesen. Allerdings hatte sie wohl das letzte Mal vor zwei Stunden nach der Zeit geschaut. „Mist", sagte sie leise zu sich selbst. Sie hatte sich bisher nicht einmal umgezogen. „*Sarò lì*! Ich komme gleich!"

Schnell zog sie sich ihr Lindfarbenes Wollkleid an, öffnete die Spange in ihrem Haar und ließ es in sanften Wellen ihre Schultern umspielen. Schnell trug sie noch etwas Rouge auf und rannte hinaus. Dabei hatte sie es so eilig, dass sie bald ihren Mantel vergaß.

„Meinst du nicht, dass das ein wenig zu frisch ist?" fragte ihr Vater und zog belustigt eine Augenbraue nach oben.

„Ah, sì. Bin gleich da."

Schon als sie das Haus betraten, roch es herrlich nach Rotkraut und Schweinekamm in dunkler Soße. Herr und Frau Halström führten ihre Gäste in das große Esszimmer, in dem der Tisch schon festlich gedeckt war. Es gab edles Geschirr mit einem zarten Goldrand und silbernes Besteck. Die Gläser waren aus feinem Kristallglas und auf dem Tisch brannten überall Kerzen in goldenen Leuchtern. Unweigerlich musste Francesca dabei schon an die Weihnachtsfeiertage denken, denn dann gab es auch bei ihnen so besondere Gedecke.

„Nehmt doch bitte Platz", schlug Herr Halström vor. „Annette wird uns zur Vorspeise eine heiße Tomatencremesuppe mit Mandelblättchen servieren."

Francesca bemerkte, wie sich eine leichte Traurigkeit in ihr auszubreiten begann, denn weder Lasse noch seine Brüder waren bisher anwesend. Ob sie sich dann vor ihrer Abreise in wenigen Tagen gar nicht mehr sehen würden? Dieser Gedanke schnürte Francesca die Kehle zu, denn es gab doch noch so viel zu klären.

„Meine Söhne Linus und Torben lassen sich für heute entschuldigen. Sie hatten bereits andere Pläne."

Und Lasse?, hätte Francesca am Liebsten gefragt, wartete aber geduldig, ob Herr Halström noch etwas hinzufügen würde.

In diesem Moment erschien Lasse in der Esszimmertür, lächelte den Gästen höflich zu und gab jedem von ihnen einzeln die Hand. Francescas Inneres beruhigte sich allmählich wieder. Zumindest was die Angst anging, er könne vielleicht ebenso verhindert sein, wie seine Brüder. Das verliebte Kribbeln, das sie stets in Lasses Gegenwart spürte, blieb allerdings.

Wie es der Zufall so wollte, entschied sich Francescas kleiner Cousin, den Platz an ihrer Seite, den er eingenommen hatte, zu verlassen und stattdessen lieber neben seiner Mutter zu sitzen. Also musste Lasse wohl oder übel neben ihr Platz nehmen. Ein glückliches Lächeln umspielte beider Lippen, als er sie höflich fragte: „Darf ich?" und dabei eine kurze Handbewegung Richtung des freien Stuhls machte.

„Natürlich", erwiderte sie und errötete leicht.

Es war für Lasse bald unerklärlich, was für Gefühle Francesca in ihm auslöste. In ihrer Gegenwart fühlte er sich einfach nur glücklich und hätte sich gewünscht, dieses Glück würde für immer anhalten. Doch er wusste, dass sie bereits in wenigen Tagen abreisen würde und bei diesem Gedanken versetzte es ihm einen solchen Stich im Herzen, dass er sein Gesicht für einen Moment schmerzverzerrt zusammenkrampfte.

„Ist alles in Ordnung, Lasse?" Seine Mutter sah ihn besorgt an.

„Ja, alles bestens", log er und konnte sich selber nicht erklären, was da gerade mit ihm los war. Was würde er dafür geben, wenn Francesca bei ihm bliebe. In den letzten Tagen hatte er immer wieder mit dem Gedanken gespielt, sie zu fragen, ob sie seine Frau werden wollte. Doch kam er sich irgendwie albern dabei vor. Wer fragte schon einen anderen Menschen, ob er sein komplettes Leben mit ihm verbringen würde, wenn er ihn noch gar nicht wirklich kannte. Das war doch absurd. Andererseits war er sich seiner Gefühle so sicher, dass er auf der Stelle hätte schwören können, sein komplettes Leben mit ihr teilen zu wollen.

Verstohlen warf er einen Blick zur Seite und augenblicklich stieg ihm ein Hauch ihres weichen Veilchenparfüms in die Nase, was ihm weiche

Knie verschaffte. Darüber hinaus war er fasziniert von dem Anblick, den sie ihm bot, denn in dem Lindfarbenen Kleid sah sie einfach bezaubernd aus. Und ihre Haare, die sie zum ersten Mal, seit sie sich kannten, offen trug, glänzten wie schwarzes Gold.

Schnell wandte er seinen Blick wieder ab, denn sonst wäre er noch Gefahr gelaufen, sie einfach so zu berühren. Vielleicht sollte er es nach dem Essen einfach wagen, Francesca für einen Moment nach draußen zu bitten und sie zu fragen, ob sie das gleiche für ihn empfand, wie er für sie. Insgeheim war dies sein größter Wunsch und so nahm er sich felsenfest vor, dass er sie um ihre Hand bitten würde, wenn sie ihm nur ein klein wenig Hoffnung machte. Er würde sogar mit ihr nach Italien kommen, wenn sie nicht hier bei ihm leben wollte. Ihm war es egal, wo er wohnen würde, solange sie an seiner Seite wäre. Und mehr als zuvor spürte er, dass er Francesca wirklich ohne jeden Zweifel liebte. Er liebte sie so sehr, wie er niemals hätte einen anderen Menschen lieben können, da war er sich sicher.

Nach gut einer Stunde des Beisammenseins, trugen die Frauen die Vorspeisenteller ab und servierten den Hauptgang. Auch Francesca hatte geholfen und nahm nun wieder Platz, als Lasse sie für einen Bruchteil einer Sekunde am Arm berührte, sie ansah und flüsternd fragte, ob sie nach dem Essen kurz mit an die frische Luft käme.

Francesca war das natürlich mehr als Recht, denn dann konnte sie all ihren Mut zusammen nehmen und ihn fragen, was er für sie empfand. Doch bis dahin würde es vermutlich noch ein wenig dauern, denn es gab auch noch ein typisches, dänisches Dessert.

„Ich möchte ein paar Worte sprechen", sagte Herr Halström feierlich, erhob sich mit seinem Weinglas in der Hand und wartete geduldig, bis auch die Kinder ganz still waren und ihm zuhörten. „Es ist gerade ein paar Wochen her, da bestellte ich einen wunderbaren Wein bei einem Winzer, der sich sogar bereit erklärte, mir die Ware persönlich zu liefern." Nun nickte er Francescas Vater zu. „Lieber Eduardo, es ist mir eine große Freude, dich und deine wunderbare Familie kennengelernt und Zeit mit euch verbracht zu haben. Ich kann, denke ich behaupten, dass wir schnell so etwas wie Freunde geworden sind und finde das ganz wunderbar."

Lasse verfolgte die Worte seines Vaters voller Freude, denn er war sich sicher, dass seine Eltern bestimmt nichts dagegen hätten, wenn sie bald nicht nur mehr Freunde der Familie Rossa, sondern sogar Teil davon würden. Natürlich vorausgesetzt, Francesca wäre einverstanden. Aber irgendwie war er sich sicher, dass sie ihn tatsächlich heiraten würde.

Herr Halström wollte den Anwesenden gerade zuprosten, als auch Herr Rossa sich von seinem Stuhl erhob und ebenfalls das Wort ergriff. „Danke. Das hast du sehr treffend gesagt, mein lieber Bruno. Nun lasst mich auch noch etwas sagen.“ Herr Rossa sah einmal komplett in die Runde und nickte langsam. „Ich bin sehr froh, dass ich die Weinlieferung selbst übernommen habe. Zum einen, weil wir so unsere liebe Verwandtschaft einmal wieder gesehen haben, zum anderen, weil auch ich es als eine Ehre ansehe, so liebe Menschen wie euch kennenzulernen.“ An dieser Stelle hätte Francescas Vater seine Rede im Grunde beenden können, doch Francesca wusste, dass er es liebte, Reden zu halten und sich nun mitten in seinem Element befand. Zumal er bereits leicht vom Weingeist eingehüllt war.

„Wisst ihr“, führte er also fort und hielt sein Glas dabei hoch erhoben. „Ich bin mit Haut und Haaren ein waschechter Italiener und habe nie verstanden, was meinen Schwager hierher in das kalte Dänemark gezogen hat. Nichts für ungut, meine liebe Marta. Aber wenn es hier noch ein paar mehr Menschen gibt, die so gastfreundlich, fröhlich und so offenherzig sind, wie ihr, dann leuchtet es mir jetzt auf alle Fälle ein. Es ist nur schade", holte er aus und sah dabei schelmisch zu Francesca und Lasse hinüber. „dass meine Tochter in nur wenigen Wochen heiraten wird. Sonst hätten wir sie und euren Sohn Lasse einfach miteinander verkuppeln können. Das wäre eine lustige Familienerweiterung gewesen."

Alle Anwesenden lachten, doch in Lasses Ohren rauschte es nur noch. Hatte er das gerade richtig verstanden? War Francesca tatsächlich verlobt? Er traute sich kaum, sie anzublicken, doch musste er wissen, ob das die Wahrheit war. Also wandte er seinen Kopf in ihre Richtung. Sie sah verschämt zu Boden, mied es offenbar, ihn anzusehen. Es stimmte also. Francesca würde bald heiraten und hatte es ganz offensichtlich nicht für nötig gehalten, ihm gegenüber auch nur ein einziges Wort darüber zu erwähnen.

Auf einmal stieg eine unbändige Wut in ihm hoch, oder war es Trauer? Er wusste es nicht. Er wusste nur, dass er hier so schnell wie möglich weg musste. Weg aus diesem Haus und weg von Francesca. Niemals mehr wollte er sie wiedersehen. Wie hatte er nur annehmen können, dass ihr auch etwas an ihm gelegen hatte?! Gut nur, dass er sie noch nicht hatte fragen können, ob sie seine

Frau werden wollte. Diese Schmach war ihm glücklicherweise erspart geblieben.

20.

12. Dezember 2016

Er fühlte sich elendig, als er seine Wohnung betrat und sich ein Bier aus dem Kühlschrank nahm.

Ja, er hatte es tatsächlich wieder getan, war einfach so gegangen, ohne das Gespräch mit Sofia zu suchen, obwohl er es sich so fest vorgenommen hatte. Und sie hatte scheinbar auch nichts anderes von ihm erwartet, wie ihre Reaktion unmissverständlich aussagte. Scheinbar hielt sie ihn wirklich für das letzte Trampeltier, das zu feige war, sich wie ein richtiger Mann seinen Fehlern zu stellen.

Doch damit hätte sie Unrecht. Er hatte in den Jahren, in denen sie fort war, seine Fehler nach und nach schmerzlich erkannt und er würde ihr noch einmal unter die Augen treten und ihr alles, aber auch wirklich alles erklären. Wenn sie ihm nur die Chance dazu ließe, nachdem sie seinen Brief gelesen hatte. Er konnte nur hoffen, dass sie ihn auch tatsächlich las.

Was für ein merkwürdiges Gefühl es gewesen war, ihr nach vier scheinbar endlosen Jahren wieder gegenüber zu stehen. Sie sah immer noch so unbeschreiblich gut aus, trug immer noch dasselbe Rosenparfüm und zauberte immer noch die wildesten Schmetterlinge in seinen Bauch.

Ob sie sich vielleicht ein kleines bisschen über seinen Besuch gefreut hatte, fragte er sich und nahm einen großen Schluck aus seiner Bierflasche. Die Schneekugel hatte ihr jedenfalls auf Anhieb große Freude bereitet, auch, wenn sie im ersten Moment sehr irritiert wirkte. Er war sich sicher, dass sie tausend Erinnerungen in ihr wachgerufen hatte und leider waren das nicht nur schöne Erinnerungen.

Denn hier lag wohl der größte Scherbenhaufen zwischen ihnen, der damals alles in ein bodenloses Loch gerissen hatte.

****

8. Dezember 2012

Mit denkbar schlechter Laune war er an diesem 8. Dezember zu Sofia gefahren, weil sie ihn unbedingt sehen wollte. Lust hatte er jedoch keine, denn zum einen hatte sein Chef ihm wiedermal die Hölle heiß gemacht, weil schon wieder potentielle Kunden hatten Verträge, die er hatte unter Dach und Fach bringen sollen, platzen lassen. Er solle sich mehr Mühe geben, sich mehr in die Materie einarbeiten, hatte Herr Svensson gesagt und ihm ordentlich den Kopf gewaschen.

Zum anderen fing Sofia langsam aber sicher immer mehr an, ihm auf die Nerven zu gehen. Wieso konnte sie ihm nicht einfach ein kleines bisschen mehr Freiraum lassen? Ständig wollte sie ihn sehen und Zeit mit ihm verbringen. Natürlich genoss er ihre Gegenwart, denn sein Verlangen nach ihr wuchs dann ins Unermessliche und am liebsten hätte er dann einfach nur genialen Sex mit ihr gehabt und wäre anschließend wieder zu sich nach Hause gefahren, um wieder von seinem hohen Hormonspiegel herunterzukommen. Doch sie wollte lieber kuscheln, wollte reden und immerzu Händchen mit ihm halten. Das wurde ihm allerdings alles schnell zu viel und kaum war er eine kurze Zeit lang bei ihr, stritten sie sich wegen Kleinigkeiten und er suchte das Weite, ohne überhaupt Sex mit ihr gehabt zu haben. Verrückt spielten seine Hormone trotzdem und das ging ihm gehörig gegen den Strich.

Er mochte sie wirklich sehr, aber er fühlte, dass Sofia ihn auf eine Beziehung festnageln wollte, auch, wenn sie dies nie so sagte. Doch die Rechnung hatte sie ohne ihn gemacht. Mit einer so anstrengenden, ihn einnehmenden Frau wollte er unter gar keinen Umständen eine Beziehung führen, schließlich wusste er genau, wie es sich anfühlte, wenn einem die eigene Partnerin nur noch unmissverständlich zu verstehen gab, dass man ihr gehörte und sich nichts eigenes mehr gönnen durfte.

Gesagt hatte er ihr das natürlich ebenfalls nie. Sie hätte schließlich auch selbst darauf kommen können, dass er nur eine Art Affäre mit ihr eingehen wollte, ohne jegliche Verpflichtungen. Doch Sofia war hartnäckig und klebte mittlerweile an ihm wie ein lästiges Kaugummi. Zumindest empfand er es gerade so, als er vor ihrer Tür stand und klingelte. Fehlte nur noch, dass jetzt ihre Großmutter öffnete und ihn in ein höfliches Gespräch verwickelte. Nicht, dass er sie nicht mochte, aber er fand es schon ein wenig seltsam, dass eine erwachsene Frau immer noch bei ihrer Großmutter wohnte und hatte gar keine Lust, dieser ständig zu begegnen, wenn er Sofia besuchen kam.

Doch er hatte Glück. Sofia öffnete ihm die Tür und drückte ihm direkt einen Kuss auf den Mund. Sie konnte es einfach nicht lassen. „Komm rein", strahlte sie ihn an und in dem Moment wusste er wieder, weshalb sie ihm so gefiel. Sie hatte einfach das strahlendste Lächeln, das er jemals gesehen hatte und zudem war sie scheinbar stets gut gelaunt.

Er hatte in dem gemütlichen Sessel Platz genommen und starrte Gedankenverloren aus dem Fenster. „Möchtest du etwas trinken?“ hatte sie ihn gefragt und er hatte sich ein Wasser beordert. Natürlich merkte sie schon, dass er ein wenig gereizt war, doch das kannte sie mittlerweile bereits von ihm und ignorierte es. Alleine das machte ihn jetzt wütend. Ihm ging es schlecht und sie ignorierte es. Doch als er so rein gar nicht mehr von sich gab, holte sie die Schneekugel, die sie über alles liebte aus der Vitrine, setzte sich neben ihn auf die Sessellehne und schüttelte sie ein wenig.

„Schau“, sagte sie, „das Pärchen hier in der Kugel ist so glücklich. Und du siehst aus, als ob es in deinem Leben nur noch Hagel gibt.“

Hatte sie gerade Pärchen gesagt? Sie hielt sie beide doch nicht hoffentlich schon ernsthaft für ein Paar?!

„Sofia“, setzte er an. Doch zu mehr kam er nicht, denn da hatte sie schon wieder das Wort ergriffen

„Weißt du, mein Lieber, ich habe wirklich das Gefühl, es ist an der Zeit, dass du dir einen anderen Job suchst. Du bist doch so nicht glücklich.“

Er kochte nun innerlich vor Wut. Wie oft hatte er ihr schon zu verstehen gegeben, dass sie sich aus seinen Angelegenheiten raus halten sollte?! War es wirklich so schwierig, ihn einfach mal in Ruhe zu lassen? Nicht nur, dass sie nicht respektierte, dass er keine Beziehung mit ihr wollte, nein, sie schien gar nichts zu respektieren, was ihn betraf.

Und dann passierte es. Er war tatsächlich so voller Wut, dass er Sofia die Kugel aus der Hand riss und sie voller Wucht an die Wand warf, wo sie in tausend Scherben zerbrach und klirrend zu Boden fiel. „Da hast du dein glückliches Paar!" schrie er sie noch an, ehe eine, fast unerträgliche Stille einsetzte.

Einen Moment lang hörte man wirklich nichts mehr. Nichts. Doch dann vernahm er ihr Schluchzen. Wie betäubt war sie zu dem Scherbenhaufen gekrochen, hatte das goldene Pärchen aus dem Inneren liebevoll in ihre Hände genommen und sie an ihre Brust geführt. Er sah, dass sie in Tränen aufgelöst und kaum in der Lage war zu atmen.

Jetzt wurde ihm schmerzhaft bewusst, was er getan hatte. Er hatte etwas zerstört, das ihr mit das liebste auf der Welt war.

Sofia hatte ihm erzählt, dass sie die Schneekugel als kleines Mädchen bei ihrer Großmutter im

Schrank entdeckt hatte und vom ersten Moment an fasziniert davon war. Sie hatte damals für sich beschlossen, dass dieses glückliche Pärchen ihre Eltern darstellten, die sich auch immer so eng umschlungen geküsst hatten. Die Kugel hatte ihr Kraft und Trost gespendet in all den Jahren, in denen sie ihre Eltern, die bei einem Autounfall ums Leben gekommen waren, immer mal wieder schmerzlich vermisst hatte.

Oh, was war er nur für ein gottverdammter Idiot! Langsam ging er auf sie zu, wollte sie berühren und sie in den Arm nehmen, um ihr zu zeigen, wie leid es ihm tat. Doch schon bei der ersten Berührung hatte sie wild mit den Armen um sich geschlagen und geschrien, er solle sie unter keinen Umständen anfassen. So hatte er Sofia noch niemals erlebt. Es zerbrach ihm bald das Herz. „Süße, es tut mir so leid", sagte er immer wieder, doch sie reagierte überhaupt nicht. Also versuchte er noch einmal, sie sanft in den Arm zu nehmen. Wie eine Wahnsinnige stürzte sie sich jetzt auf ihn und schlug auf ihn ein. „Verschwinde, du Mistkerl! Und nimm alles mit, was noch dir gehört. Ich will dich nie mehr wiedersehen!"

****

12. Dezember 2016

Mit Tränen in den Augen trank er jetzt seine Bierflasche leer, um sich gleich darauf eine weitere zu öffnen. Der Schmerz, der auch schon damals seinen gesamten Körper in Beschlag genommen hatte, drohte ihn jetzt abermals zu zerreißen.

So waren sie damals tatsächlich auseinandergegangen. Wie ein geprügelter Hund war er vom Hof gefahren. Und in diesem Moment war ihm zum ersten Mal schmerzlich bewusst geworden, wie viel Sofia ihm wirklich bedeutete. Er fühlte seine ganze Liebe zu ihr, die er die ganze Zeit lang nicht hatte annehmen und aushalten können. Ein so tiefer Schmerz erfasste ihn, gepaart mit einer solchen Übelkeit, dass er seinen Wagen zum Stehen bringen und sich an der nächsten Straßenlaterne übergeben musste. Er hatte plötzlich alles verloren, von dem er bisher nicht einmal gewusst hatte, dass es alles war, was ihm jemals wirklich etwas bedeutet hatte.

Die Zeit ohne Sofia, die ihm nach diesem Vorfall bevorstand, hatte ihn verändert. Das erste Jahr war das Schlimmste gewesen. Teilweise hatte er solche Herzschmerzen in seiner Brust verspürt, dass er einen Arzt aufgesucht hatte. Doch dieser sah ihn nur verständnislos an, weil er nichts feststellen konnte. „Sie sind Topfit", hatte er behauptet, nur gefühlt hatte er sich nicht so.

Den 15. August des Jahres 2013 hatte er an dem hübschen kleinen Strandstück verbracht und Sofia einen langen, emotionalen Brief geschrieben. Sie war einfach irgendwann abgereist, wie er zufällig erfahren hatte. Doch wohin sie gegangen war, das wusste er nicht.

Aber an diesem Tag im August, als er sich alles von der Seele geschrieben hatte, hatte er sich vorgenommen, sein Leben von Grund auf zu ändern. Er wollte einen Job finden, der ihn erfüllte, wollte Dinge tun, die ihm Spaß bereiteten, wollte aufhören, so ein oberflächlicher Stinkstiefel zu sein und wollte niemandem mehr etwas beweisen. Wirklich niemandem? Doch, einem Menschen wollte er unbedingt noch etwas beweisen: Sofia! Denn vielleicht, so hoffte er von ganzem Herzen, würde sie irgendwann wiederkommen und dann würde er alles dafür tun, um noch eine Chance bei ihr zu haben. Egal, wie lange es dauern würde.

Und nun war sie tatsächlich wieder da. So vieles gab es, was er ihr heute Abend hätte sagen wollen. Aber nach vier Jahren war das alles gar nicht so einfach. Wo hätte er anfangen sollen und wie? *Hi, hier bin ich. Ich wollte dir mal sagen, wie sehr du mir gefehlt hast und ich wie hart ich in den letzten Jah-*

ren an mir gearbeitet habe? Nein, so funktionierte das bestimmt nicht. Aber der Brief war vielleicht ein guter Anfang. Dann könnte sie sich in Ruhe überlegen, ob sie noch einmal mit ihm sprechen wollte. Und wenn nicht? Diese Option hatte er noch gar nicht bedacht! Blanke Panik stieg in ihm auf. Er brauchte dringend noch ein Bier.

21.

13. Dezember 2016

Ich konnte mich nicht daran erinnern, wann ich das letzte Mal so schlecht geschlafen hatte, wie in dieser Nacht. Was war bloß los mit mir?

Gerade mal ein paar Wochen war ich wieder hier und mit einem Schlag holte mich scheinbar meine komplette Vergangenheit wieder ein. Dabei war ich der festen Meinung, mein Leben in den letzten Jahren, in denen ich in Italien gewesen war, von Grund auf aufgeräumt und die Geschichte mit Nils innerlich abgeschlossen zu haben. Doch nun wurde ich scheinbar eines besseren belehrt.

Viel hatte ich mir ursprünglich für diesen Tag vorgenommen. Ich wollte das Geschirr in meiner Café-Bar auspacken und spülen, mich mit Lene auf einen Kaffee treffen, wie wir es in der Regel jeden Dienstag taten, und ich wollte ein neues Gericht ausprobieren, das ich Nonna anschließend ins Krankenhaus zur Kostprobe vorbeibringen wollte. Aber jetzt entschied ich mich anders. Heute brauchte ich einfach einmal ausschließlich Zeit für mich. Ich musste über so viele Dinge nachdenken, dass ich gar nicht wusste, wo ich anfangen sollte.

Nach einem Kaffee am frühen Morgen, schnappte ich mir meinen Wintermantel, schaltete mein Handy aus und machte mich auf den Weg über die Dünen zum Strand. Die Sonne war noch gar nicht wirklich aufgegangen, aber mir war das egal, denn ich musste einfach nur raus.

Und kaum hatte ich das stürmische Meer vor mir, machten sich die ersten Gedanken in meinem Kopf Luft. Ich musste an den Tag denken, an dem zwischen Nils und mir alles zu Bruch gegangen war.

****

8. Dezember 2012

Es war am späten Nachmittag gewesen, als Nils an diesem Tag vor der Tür stand. Draußen war es kalt und regnerisch. Schon als ich ihm öffnete, konnte ich sofort erkennen, dass seine Laune dem Wetter angepasst war, wie so häufig in der letzten Zeit. Trotzdem empfing ich ihn mit einem fröhlichen Kuss und hoffte, dass ich ihn dadurch ein wenig aufheitern konnte. Ich konnte nicht ahnen, dass sich meine Fröhlichkeit in der kommenden

Stunde in Luft auflösen sollte und danach nichts mehr in meinem Leben sein würde, wie bisher.

Ja, in dem Moment, in dem die Schneekugel jäh an der Wand zerschellte, war ich so dermaßen wütend auf Nils gewesen, dass ich ihn auf der Stelle aus dem Haus gejagt hatte. Er hatte genau gewusst, was mir diese Kugel bedeutete, denn ich hatte ihm davon erzählt, wie meine Eltern, als ich noch ein kleines Mädchen war, ums Leben gekommen waren und wie ich in Nonnas hübscher Glasvitrine die Schneekugel mit dem goldenen Pärchen darin entdeckte, das mich so sehr an das gemeinsame Glück meiner Eltern erinnerte.

Bis zu meinem achtzehnten Lebensjahr hatte sie die Kugel immer an derselben Stelle stehen und wenn ich sie mir ansehen wollte, so musste ich ihr hoch und heilig versprechen, dass ich gut auf sie Acht gab, weil sie etwas ganz besonderes war. Ein Schatz, den es auf der ganzen Welt nur ein einziges Mal gäbe. Und natürlich war ich vorsichtig, denn auch für mich war sie zu einer unbezahlbaren Kostbarkeit geworden. Wann immer ich einmal traurig war und meine Eltern vermisste, nahm ich sie aus der Vitrine, schüttelte seicht den Schnee in ihr auf und betrachtete das sich unter dem Mistelzweig küssende Paar. Dann dauerte es nicht lange und meine Traurigkeit verschwand wieder wie von Zauberhand.

An meinem achtzehnten Geburtstag passierte dann etwas, mit dem ich niemals gerechnet hatte. Als ich morgens meine Geschenke auspackte, erblickte ich in einer der Geschenkschachteln Nonnas Schneekugel. Ungläubig und voller Freude strahlte ich meine Großmutter an. „Aber es ist doch deine. Die wolltest du doch immer behalten", entfuhr es mir. Sie sah mich daraufhin mit einem unendlich liebevollen Blick an und strich mir mit ihrer Hand über die Wange. „Ich weiß, dass sie bei dir in guten Händen ist. Sie gehört ab jetzt dir."

Von dem Tag an passte ich noch viel besser auf sie auf, weil ich Nonna unter keinen Umständen enttäuschen wollte. Ich hütete sie wahrlich wie meinen Augapfel. Bis zu diesem Tag Anfang Dezember.

Zunächst schwiegen Nils und ich uns wie so häufig eine Weile an, ehe ich dann den Versuch unternahm, ihn doch noch von einem Jobwechsel zu überzeugen. Schließlich merkte ich, wie schlecht es ihm in seinem Beruf erging und ich wollte doch nur, dass er wieder glücklich war. Ja, ich hatte schon öfter mit ihm darüber gesprochen und er hatte mir jedes Mal zu verstehen gegeben, dass ich mich in diese Angelegenheiten nicht einzumischen hatte. Vielleicht hätte ich diesen Wunsch einfach respektieren und meinen Mund halten sollen. Aber es kam einfach so über meine

Lippen, ohne, dass ich ihn damit hatte erzürnen wollen.

Doch genau das hatte ich getan. Ich hatte wieder einmal einen Punkt überschritten, den er mir bereits einige Male zuvor gesetzt hatte und das brachte sein Fass diesmal erbarmungslos zum Überlaufen. Ohne jegliche Vorwarnung hatte er mir die wunderschöne Schneekugel aus der Hand gerissen und sie mit voller Wucht an die Wand geworfen. Ich hatte Mühe, zu realisieren, was da gerade passiert war und hoffte innerlich, es wäre nur ein böser Traum gewesen. Nils schrie noch etwas, doch ich hörte nichts mehr von seinen Worten. Da war nur noch erschreckende Stille in mir, bis ich mein eigenes Schluchzen hörte. Wie gut, dass Nonna nicht im Haus war. Es hätte ihr ebenso das Herz zerrissen, wie mir.

****

13. Dezember 2016

Bis heute hatte ich Nonna nicht gebeichtet, dass es unsere einzigartige Kugel nicht mehr gab, denn ich hatte es einfach nicht übers Herz gebracht.

Glücklicherweise hatte sie auch niemals danach verlangt, sie zu sehen.

Nils, den ich damals mit Sack und Pack aus dem Haus geschmissen hatte, hatte zuvor noch versucht, mir zu verdeutlichen, wie leid ihm sein Fehler tat, doch ich wollte es nicht hören. Ich war so unendlich verletzt und schockiert, dass ich mir in dem Moment, als er die Tür hinter sich zuzog, sicher war, ihn nie mehr wiedersehen zu wollen.

Es hatte Wochen gedauert, bis meine Wut einer gewissen Trauer gewichen war und ich mehr und mehr begann, Nils ganz furchtbar zu vermissen. Die Tatsache, dass ich ihn mit meinem klammernden, überbemutternden Verhalten, regelrecht in den Wahnsinn getrieben hatte, verschlimmerte diesen Schmerz noch um ein Vielfaches, denn für mich deutete plötzlich alles darauf hin, dass ich schuld daran war, dass zwischen uns alles in Schutt und Asche lag.

Und auf einmal fühlte ich mich nur noch hundeelend. Lange Zeit hatte ich hin und her überlegt, ob ich zu ihm fahren und mich bei ihm entschuldigen sollte, doch ich traute mich nicht. Stattdessen entschloss ich mich dazu, ihm eine Nachricht zu schicken, in der Hoffnung, er würde vielleicht von sich aus ein Treffen vorschlagen. Doch wie ich feststellen musste, hatte Nils wohl kurzerhand seine Telefonnummer, unter der ich ihn gespeichert hatte, gegen eine andere ausgetauscht.

An dem Tag wurde mir schmerzlich bewusst, dass es zwischen Nils und mir scheinbar nichts mehr gab, was uns noch miteinander verband und es auch keine Chance mehr auf eine Aussprache geben würde. Ja, an diesem Tag brach mein Herz in zwei Teile und ich musste versuchen, mit nur noch einer Hälfte zu leben.

Und auf einmal tauchte er wie aus dem Nichts wieder in meinem Leben auf und führte mir schmerzhaft vor Augen, dass ich mir in den letzten Jahren scheinbar etwas vorgemacht hatte. Nichts von meinem aufgeräumten Leben war gerade noch spürbar, nichts von Nils` und meiner Geschichte abgeschlossen.

Ganz im Gegenteil. Ich hatte das Gefühl, mein Herz klaffte gerade wieder auf wie eine offene Wunde. Doch diesmal wusste ich, ich könnte nicht davor weglaufen, denn egal, wo auch immer ich hinrennen würde, diese Geschichte würde mich so lange verfolgen, bis ich mich ihr wirklich gestellt hatte.

Alleine die schockierende Bewusstheit darüber, welches Datum wir schrieben, als die Schneekugel zu Bruch ging, ließ nicht einmal mehr einen winzig kleinen Zweifel daran, dass all das, was mir in den letzten Tagen widerfahren war, wirklich nichts, aber auch rein gar nichts mehr mit Zufall zu tun hatte. Das Datum des achten Dezembers hatte sich wie ein Knotenpunkt in meinem Leben festgesetzt und ich musste herausfinden, was das alles zu bedeuten hatte.

Am besten, schlussfolgerte ich, ginge ich jetzt zurück ins Haus und nähme mir Nonnas Buch noch einmal vor. Denn auch diese Geschichte hatte ganz offensichtlich etwas mit mir zu tun, auch, wenn ich noch nicht erkennen konnte, was es war.

Und wie gerne hätte ich jetzt einfach jemanden zum Reden gehabt. Jemanden, der mich nicht gleich für völlig verrückt erklärte, mir zuhörte und mich vielleicht einmal fest in den Arm nahm. Doch so jemanden gab es gerade nicht, denn Nonna lag im Krankenhaus und wusste nicht einmal, dass ich ihr Buch gefunden hatte. Von der zerbrochenen Schneekugel ganz zu schweigen. Und Lene eignete sich für solche Liebesthemen einfach nach wie vor nicht.

Wie überrascht ich doch war, als ich auf unsere Haustür zusteuerte und dort eine Frau auf einem Koffer sitzen sah. Konnte das wirklich sein? Meine Schritte wurden immer schneller, so schnell, dass ich am Ende lief und ihr glücklich in die Arme fiel.

22.

26. Dezember 1946

Die vergangenen Tage waren für Francesca unglaublich qualvoll gewesen. Nach dem Abend bei den Halströms hatte sie Lasse nicht ein einziges Mal mehr gesehen. Kurz nach dem Dessert hatte er sich bei allen höflich mit den Worten entschuldigt, er müsse noch für eine schwierige Prüfung lernen und war dann einfach gegangen. Er hatte sie keines Blickes mehr gewürdigt, geschweige denn irgendetwas zu ihr gesagt. Natürlich waren sie nach der Offenbarung durch Herrn Rossa, dass seine Tochter heiraten würde, nicht mehr gemeinsam vor die Tür gegangen, um zu reden.

Insgeheim hatte Francesca noch bis zum Tag ihrer Abreise gehofft, Lasse hätte sich bei ihr gemeldet und sie hätte ihm alles erklären können. Sie wollte Carlo schließlich gar nicht mehr als Mann an ihrer Seite, sie wollte ihr Leben nur noch mit ihm, mit Lasse teilen.

„Aber *principessa*", hatte ihr Vater am Heiligen Abend zu ihr gesagt, „du läufst nun schon seit Tagen wie eine düstere Regenwolke durch die Gegend. Kannst du nicht ausnahmsweise jetzt an den Feiertagen noch ein bisschen gut gelaunt sein? Schau, in gut vier Tagen hast du deinen Carlo ja schon wieder."

„*Come*? Wie?" Dachte ihr Vater wirklich, dass sie so betrübt war wegen Carlo? Das war ja kaum zu fassen. Carlo war im Moment der letzte Mensch, an den sie dachte oder weswegen sie so deprimiert war. Insgeheim schämte sie sich sogar dafür, dass er ihr auf einmal so gleichgültig war, doch konnte sie das gerade einfach nicht ändern. Überhaupt wusste Francesca beim besten Willen nicht, wie ihr Leben ab jetzt weiter gehen sollte. Sie wusste nur, dass ihr Herz für immer zerbrochen sein würde, wenn sie Ålbæk ohne ihren Liebsten verlassen müsste und ihn dann vermutlich nie mehr wiedersehen würde.

Das Wetter am Tag ihrer Abreise war unglaublich schön. Die Sonne schien und der Himmel war nahezu Wolkenfrei. Man hätte fast denken können, der Frühling hätte schon Einzug gehalten, doch die Temperaturen waren eindeutig dem tiefsten Winter zuzuordnen. Francesca liebte solche Wetterverhältnisse, doch an diesem Tag konnte sie die Sonne nicht ein kleines bisschen aufheitern, denn in ihrem Herzen regnete es, weil Lasse sich wohl tatsächlich nicht einmal mehr von ihr verabschieden wollte.

Das Gepäck hatten sie bereits komplett verstaut und waren schon im Begriff, sich von Onkel Giuseppe, Tante Marta und den Kindern zu verabschieden, als ein schwarzer Wagen in die Einfahrt bog.

Ein kleines, hoffnungsvolles Lächeln legte sich auf Francescas Lippen. *Jetzt wird doch noch alles gut,* dachte sie, denn aus dem Auto stieg Familie Halström, um sich von ihnen zu verabschieden. Auch Lasse war mitgekommen und Francesca war voller Hoffnung, dass sie jetzt noch die Gelegenheit nutzen würden, sich auszusprechen.

„Bruno", begrüßte Herr Rossa das Familienoberhaupt der Halströms. „Wie schön, euch doch noch einmal zu sehen."

„Na, hör mal", erwiderte dieser gespielt beleidigt. „Denkst du, wir würden euch einfach so fahren lassen? Wir wollten euch noch einen Korb mit ein paar Köstlichkeiten für unterwegs bringen."

„Das ist aber wirklich sehr aufmerksam von euch. Vielen lieben Dank." Herr Rossa nahm den Korb entgegen und verstaute ihn im Inneren des LKWs.

„Lasst uns doch noch einen Moment hineingehen", hatte Onkel Giuseppe spontan vorgeschlagen und so fanden sie sich kurze Zeit später noch einmal im Wohnzimmer ein. Immer wieder sah Francesca zu Lasse hinüber, doch er würdigte sie keines Blickes. Ihr Herz wurde immer schwerer und sie wünschte sich, es möge sich doch einfach ein Loch unter ihr auftun, das sie mit Haut und Haar verschlucken würde. Dann müsste sie sich keine Gedanken mehr darum machen, was sie zu Hause in Calenzano erwartete und sie würde auch den furchtbaren Schmerz in ihrer Brust nicht mehr spüren, den Lasses Missachtung ihr gegenüber, in ihr auslöste. Wie Nadelstiche, die sie überall malträtierten, fühlte es sich an. Als sie bemerkte, dass die Tränen, die ihr irgendwann unweigerlich in die Augen traten, drohten, über die Ufer zu fließen, erhob sich Francesca und ging Richtung Haustür. „Ich glaube, ich habe die Wagentür offen gelassen", sagte sie noch zur Erklärung, damit niemand bemerkte, wie schlecht es ihr gerade ging und sie weinen sah.

Sollte er ihr wohl nachgehen? Bestimmt, so vermutete Lasse, war die offene Wagentür nur eine Ausrede gewesen und Francesca suchte wegen ihm das Weite. Schließlich hatte er sie nicht mehr besonders nett behandelt seit dem Abend bei seinen Eltern. Aber sie hätte ihm auch nicht so schöne Augen machen müssen, wo sie wusste, dass es keine gemeinsame Zukunft für sie beide geben würde. Da musste sie sich im Grunde gar nicht wundern, dass er nun so schlecht auf sie zu sprechen war. Doch irgendwie tat sie ihm gerade ein wenig leid, denn er war sich sicher, sie hätte beim Hinausgehen Tränen in den Augen gehabt und nun fühlte er sich irgendwie schlecht. Aber seit der Rede ihres Vaters hatte er sie einfach nicht mehr ansehen können, war geflüchtet, weil es ihm den Boden unter den Füßen weggezogen hatte, zu hören, dass sie verlobt war. Vielleicht wäre es wirklich besser gewesen, er wäre nicht mit zur Verabschiedung gekommen, aber seine Eltern hatten darauf bestanden. Sie konnten ja nicht wissen, dass es ihm das Herz brechen würde, seine Francesca vom Hof und damit auch aus seinem Leben fahren zu sehen.

Denn egal, ob sie verlobt war oder nicht, er liebte Francesca, auch, wenn er sich immer wieder verboten hatte es zu tun. Doch Liebe ließ sich nicht einfach abstellen wie der Motor eines Autos oder ein tropfender Wasserhahn, wie er mit Schrecken feststellte. Selbst in dem Moment, in dem er erfahren hatte, dass sie heiraten würde, waren seine Wut und seine Trauer längst nicht so groß gewesen wie die Liebe, die er tief in sich für sie empfand.

Wie oft hatte er in den letzten Tagen überlegt, ob er noch einmal zu ihr fahren und sie von ihren Hochzeitsplänen abbringen sollte. Aber er war ein Gentleman, zumindest hielt er sich in gewisser

Weise für einen und ein Gentleman ließ seine Liebste ziehen, wenn dies ihr Wunsch war. Er wollte sie nicht in Zweifel stürzen, also entschied er sich dafür, sie in Ruhe zu lassen.

Allerdings musste er Tag und Nacht pausenlos an Francesca denken. Es war schrecklich und er hoffte, dass es irgendwann wieder aufhören würde.

In der zweiten Nacht, in der er partout nicht einschlafen konnte, ging er in sein kleines Atelier, das er sich in seiner Wohnung eingerichtet hatte. Hier widmete er sich häufig seinen künstlerischen Gaben. Wann immer er einmal die Zeit dazu fand, widmete er sich seinem kreativen Hobby. So hatte er beispielsweise schon einige Gefäße aus Ton gefertigt, Gläser kunstvoll geschliffen und Bilder mit Blattgold verziert.

Und in dieser Nacht hatte er eine ganz besondere Idee gehabt. Er wollte etwas ganz Außergewöhnliches für sich anfertigen, etwas, das ihn immer an Francesca und ihre schönen gemeinsamen Momente erinnern sollte.

Nun stand sie hier draußen in der Kälte vor dem beladenen LKW und wischte sich die Tränen von den Wangen, die sie nicht mehr hatte aufhalten können. Sie hatte das Gefühl, Lasse, der Mann, den sie liebte, hasste sie. Ja, scheinbar so sehr, dass er ihr nicht einmal mehr in die Augen blicken konnte. Warum, so fragte sie sich, hatte ihr Vater seine Rede an diesem Abend nicht kurz und knapp halten können? Warum musste er Dinge erwähnen, die niemanden etwas angingen?

Sie erschrak bald zu Tode, als ihr jemand die Hand auf die Schulter legte und sie langsam zu sich herumdrehte. Es war Lasse. Ihr Lasse. Der Mann, der ihr Herz zum Schmelzen gebracht hatte und der sie nun ganz offensichtlich hasste. Sie schaffte es nicht, ihn anzusehen, denn sie hätte es nicht ertragen, in sein erzürntes Gesicht zu blicken.

Doch Lasse hob liebevoll ihr Kinn an und sah ihr fest in die Augen. Wieder liefen ihr die Tränen über die Wangen, ohne, dass sie es hätte verhindern können und leise flehte sie ihn an. „Bitte hass mich nicht."

Diese Worte brachen ihm fast das Herz. Wie kam sie denn auf so absurde Gedanken?! Ja, er war sauer gewesen, das war aber doch schon alles gewesen.

„Aber Francesca, ich hasse dich doch nicht." Seine Stimme klang so rau, als hätte er sie mit einem ordentlichen Schuss Whiskey geölt. Es war schlimm für ihn, sie weinen zu sehen, vor allem, wenn er der Grund für ihre Tränen war. Und nun wurden auch seine Augen feucht. Er kam sich furchtbar unbeholfen vor, ja, diese Situation überforderte ihn gerade eindeutig. Doch er musste sich zusammennehmen, musste stark sein, damit sie nicht bemerkte, wie sehr ihm das Herz bei dem Gedanken blutete, dass sie bald schon wieder die Lippen eines anderen Mannes küssen würde.

„ So etwas darfst du niemals denken, hörst du! Niemals könnte ich dich hassen."

Behutsam nahm er sie in seine Arme und küsste sie ein letztes Mal auf ihre zarten Lippen und auf den Hals. So wollte er sie für immer in seiner Erinnerung behalten.

Wie wunderbar vertraut es sich anfühlte, als er sie küsste. Sie wollte, dass sie sich jetzt auf der Stelle aussprachen, wollte, dass sie sich gegenseitig ihre Liebe gestanden und ihren Familien von ihren gemeinsamen Zukunftsplänen berichteten.

Von drinnen klangen Stimmen an ihr Ohr, die unaufhaltsam näher kamen und nach Aufbruch klangen. Auch Lasse schien zu hören, dass die Familien wieder hinaus kamen und dass es Zeit war, Abschied zu nehmen, denn abrupt ließ er von ihr ab. Noch ehe sie etwas zu ihm sagen konnte, sah sie, wie er seine Jacke öffnete und etwas daraus hervor holte.

Es war eine wunderschöne kleine Schneekugel, die auf einem roten Sockel stand, der mit goldenen Sternen bemalt war. In dem Inneren der Kugel stand ein goldenes Pärchen unter einem Mistelzweig, das sich eng umschlungen küsste.

„Damit du mich niemals vergisst, meine Liebste."

Hatte er gerade *Liebste* gesagt?

„Die ist wunderschön", hauchte sie ihm entgegen. „Wo hast du denn etwas so wundervolles gefunden?"

„Ich habe sie selber gemacht." Einen kurzen Moment hielt er inne, bevor er weiter sprach. „Schau, die Beiden dort im Schneegestöber, das sind wir."

Ein heiß-kalter Schauer lief ihr über den Rücken und sie hatte eine Gänsehaut am ganzen Körper.

Die Stimmen ihrer Familienangehörigen kamen immer näher und sowohl Francesca, als auch Lasse ahnten, dass an dieser Stelle nichts mehr übrig blieb, als sich Lebewohl zu sagen. Doch Francesca wollte nicht Lebewohl sagen, unter keinen Umständen. Sie sah nur noch eine einzige Möglichkeit, um das Blatt an dieser Stelle vielleicht noch zu wenden. Voller Hoffnung sah sie Lasse an. „Ich liebe dich."

„Ich liebe dich auch, meine Liebste. Aber nun musst du gehen." Mit diesen Worten nahm er Francesca noch ein letztes Mal in seine starken Arme. „Ich wünsche dir alles Gute. Dein Mann hat großes Glück, dass er dich bekommt und ich hoffe, dass er es zu schätzen weiß."

„Aber", setzte sie noch einmal an, doch Lasse hatte sich bereits umgedreht, ihren Eltern die Hände zum Abschied gereicht und sich dann zu dem Wagen begeben, mit dem er und seine Familie gekommen waren. In wenigen Minuten wäre sie fort und ihm bliebe nichts mehr von ihr als die Erinnerung, die er ein Leben lang in seinem Herzen bewahren würde. Selbst die schöne Schneekugel, die er eigentlich für sich selbst angefertigt hatte, hatte er Francesca noch zum Abschied geschenkt. Insgeheim hoffte er, sie würde ihn so vielleicht nicht ganz vergessen.

Der LKW setzte sich in Bewegung und verließ mit lautem Motorengeräusch den Hof. Francesca war unendlich traurig und war sich sicher, niemals mehr glücklich werden zu können, denn sie hatte gefühlt, gerade alles verloren, was ihr Lieb und Teuer war. Mit Tränen überströmtem Gesicht blickte sie aus dem Wagenfenster hinaus und spürte einfach nur noch Leere in sich. In der Hand hielt sie die wundervolle kleine Schneekugel und wusste, dass sie alles war, das ihr von ihrem geliebten Lasse noch blieb.

23.

13. Dezember 2016

„Ach, Sofia“, hauchte Rosalie, nachdem ich ihr zunächst von den Ereignissen der letzten Tage berichtet und ihr dann aus Nonnas Buch vorgelesen hatte. An dem Punkt, an dem Francesca die Schneekugel von Lasse geschenkt bekommen hatte, unterbrachen wir, weil da plötzlich etwas war, das uns beide vollkommen sprachlos machte. „kein Wunder, dass du so durcheinander und aufgewühlt bist.“

****

Rosalie hatte tatsächlich mit ihrem Gepäck vor unserer Haustür gestanden und auf mich gewartet.

„Was machst du denn hier?“ fragte ich ganz außer Atem und überglücklich, sie in den Armen zu halten.

Mit großen Augen sah sie mich an. „Na, du bist gut. Erst schickst du mir eine so verzweifelte

Nachricht und dann wunderst du dich darüber, dass ich hier bin?"

Jetzt war ich es, die große Augen machte, denn ich konnte mich an keine Nachricht erinnern, die ich Rosalie geschickt hatte. Ich kramte mein Handy aus der Tasche, stellte fest, dass ich es ja am frühen Morgen ausgeschaltet hatte und steckte es zunächst wieder weg. Schließlich wollten Rosalie und ich hier nicht in der Kälte stehen bleiben.

Ich erinnerte mich daran, dass ich irgendwann in der Nacht, als ich nicht schlafen konnte, eine Flasche trockenen Rotwein geöffnet und meine Trauer, meine Wut und all meine Gedanken darin ertränkt hatte. Vermutlich hatte ich Rosalie aus einer Weinlaune heraus geschrieben. Doch so unangenehm es mir auf der einen Seite war, umso mehr freute es mich auf der anderen Seite, dass sie sich tatsächlich in das nächste Flugzeug gesetzt hatte und hergekommen war. Das konnte wirklich nur Rosalie einfallen und dafür liebte ich meine Freundin sehr.

„Möchtest du einen Kaffee trinken?"

„Unbedingt", strahlte sie mich an. „Am liebsten einen doppelten Espresso. Und wenn du zufällig Orangen da hast, würde ich mich sehr über einen frisch gepressten Saft freuen."

Ich hatte zufälligerweise wirklich noch vier große Orangen im Haus, die ich für uns beide auspresste und zu dem köstlich duftenden Espresso reichte. Zu Essen bereitete ich uns schnell ein paar Vanille-Muffins mit Zitronencreme. Ganz nebenbei erzählte ich Rosalie, dass ich letzte Nacht wohl etwas viel getrunken hatte und mich zu meiner Schande nicht daran erinnern konnte, dass, und vor allem, was ich ihr geschrieben hatte.

Daraufhin zückte sie unverzüglich ihr Handy, öffnete meine Nachricht und las: *„Ach, liebste Rosa"*, so nannte ich sie manchmal, *„meine Welt bricht gerade auseinander und ich habe niemanden, mit dem ich reden kann. Ich vermisse dich so schrecklich und wünschte mir nichts sehnlicher, als dich hier zu haben und einen Rat von dir zu bekommen. Es fühlt sich gerade an, als wäre ich ganz alleine. Ciao."*

Auweia, da hatte ich meinen Gefühlen aber mal ernsthaft kurz Luft gemacht.

„Du hast mir einen ganz schönen Schrecken eingejagt", sagte sie und musterte mich dabei besorgt.

„Scusa", sagte ich leise und augenblicklich brach ich ungewollt in Tränen aus. „das habe ich nicht gewollt."

Rosalie trat zu mir an den Küchentresen, nahm mich in ihre Arme und strich mir liebevoll über mein langes Haar und meinen Rücken. „Oh, Süße“, schluchzte sie jetzt auch beinahe. „Es muss dir doch nicht leidtun! Mir tut es leid, dass es dir so schlecht geht und ich es einfach nicht gewusst habe. Ich wäre doch viel früher gekommen, wenn ich es auch nur geahnt hätte. Und jetzt möchte ich, dass du mir alles in Ruhe erzählst.“ Sie zog mich mit sich zum Sofa im Wohnbereich. „Aber die Muffins“, protestierte ich noch, denn die waren noch nicht in den Ofen geschoben worden.

„Das machen wir anschließend, denn das ist jetzt nicht wichtig. Wichtig bist im Moment nur du. *E basta*.“

Rosalie wartete geduldig, bis ich mein Schluchzen unter Kontrolle hatte und erzählen konnte. „Ich habe dir doch damals von diesem Mann erzählt, weshalb ich dringend eine räumliche Veränderung brauchte“, begann ich.

„Ja, ich erinnere mich. Nils hieß er, glaube ich?“

„Genau.“

Und dann erzählte ich ihr die ganze Geschichte. Ich berichtete ihr von dem 8. Dezember diesen Jahres, als ich die Schneekugel, die aussah, wie meine, in dem Schaufenster entdeckt hatte und wie Nils plötzlich hier mit ebendieser Kugel aufgetaucht war. Ich erzählte ihr von Nonnas Herzinfarkt und von dem Buch, das ich in ihrem Schrank entdeckt hatte. Und natürlich erwähnte ich auch, dass sich das Datum, nämlich der 8. Dezember, wie ein roter Faden sowohl durch meine, als auch durch Nonnas Geschichte zog.

Nachdem Rosalie sich alles, ohne mich ein einziges Mal zu unterbrechen, in Ruhe angehört hatte, nahm sie meine Hände fest in ihre und blickte mich eindringlich und mit Tränen in den Augen an. „Weißt du, Sofia, du kennst mich. Du weißt, dass ich ganz fest daran glaube, dass das Leben etwas Mystisches ist. Ich habe durch meine Krebserkrankung gelernt, dass das Leben ein einmaliges und großartiges Geschenk ist und jeder auf seine ganz eigene Weise daran erinnert wird. Deine Geschichte ist so unglaublich, dass ich dich für einen der größten Glückspilze auf der gesamten Erde halte." Ihre Tränen liefen jetzt ihre Wange hinunter und ich wusste, es waren reine Freudentränen. Allerdings fühlte ich mich im Moment alles andere als besonders freudig. Was war schon ein Geschenk daran, wenn man nach Jahren wieder so vehement an seinen eigenen Schmerz, an seine Schuld und überhaupt an alles erinnert wurde, an das man sich nie mehr erinnern hatte wollen?! Ich sagte nicht, was ich gerade dachte, doch Rosalie kannte mich gut genug, um mich auch ohne Worte zu verstehen. Stattdessen nahm sie mich, bevor ich ihr aus Nonnas Buch vorlas, einfach noch einmal eine Zeit lang in den Arm und versicherte mir, dass schon alles gut würde. Woher sie diese Sicherheit nahm, das wusste ich nicht. Aber ihre

Worte waren so überzeugend, dass auch ich irgendwann das Gefühl hatte, dass sie Recht hatte.

****

„Ja, das ist alles irgendwie so …", ich suchte nach den passenden Worten.

„Magisch", ergänzte Rosalie und wir versanken für einen kurzen Moment beide in unsere Gedanken. Vermutlich hätte ich eher andere Worte gewählt. So etwa wie „unglaublich" oder „merkwürdig".

„Kannst du mir die Schneekugel einmal zeigen?" bat Rosalie dann. „Ich kenne sie bisher nur aus deinen Erzählungen und ich wüsste gerne, ob sie tatsächlich so aussieht, wie in meiner Phantasie."

Wie betäubt nickte ich, stand auf und ging hinauf in mein Zimmer, wo ich die Kugel auf mein Nachtschränkchen gestellt hatte. Fast ehrfürchtig nahm ich sie in die Hände und betrachtete sie eine ganze Weile. Das Pärchen in dieser Kugel, das ich in meiner Phantasie einfach immer für meine Eltern gehalten hatte, hatte es wirklich gegeben. Und nicht nur das. Es stellte meine Nonna und einen Mann dar, den sie einmal vor meinem Großvater von ganzem Herzen geliebt hatte. Und jetzt verstand ich langsam, weshalb meine Großmutter sie mir viele Jahre lang nicht schenken wollte, obwohl ich sie als kleines Mädchen immer wieder darum gebeten hatte. Wie schwer war es ihr vermutlich gefallen, sie mir doch eines Tages zu übergeben. Aber sie hatte es aus Liebe getan. Sie wusste, wie sehr ich meine Eltern auch nach Jahren manchmal immer noch vermisste und wie viel Trost mir ihre Kugel jedes Mal schenkte. Doch sie hatte vermutlich Angst, dass ich sie aus kindlicher Unachtsamkeit hätte zerbrechen können und das hätte ihr das Herz gebrochen, weil es vielleicht die letzte Erinnerung an diesen Mann, an Lasse war. So genau wusste ich es ja noch nicht, denn Nonnas Geschichte war an dieser Stelle noch nicht zu Ende gewesen.

Ich begab mich zurück ins Wohnzimmer, reichte Rosalie die Schneekugel und ging rasch in die Küche, um nun endlich die Muffins in den Backofen zu schieben.

„Sie ist wunderschön", flüsterte Rosalie. „Wie sehr muss er sie geliebt haben, wenn er mit seinen eigenen Händen etwas so schönes geschaffen und es dann nicht einmal für sich selbst behalten hat." Liebevoll glitt sie mit ihren Fingern über die Glaskuppel und betrachtete die filigranen Details, die diese Kugel ausmachten.

Aber diese Kugel hier war nicht das Original, wie mir dann schmerzlich bewusst wurde. Das

Original war in Tausende Scherben zerschellt und anschließend unsanft im Mülleimer gelandet. Wie gut, dass ich Nonna niemals gebeichtet hatte, dass es ihre Schneekugel nicht mehr gab. Wie schmerzhaft wäre diese Tatsache wohl für sie gewesen!

Diese Schneekugel hier ähnelte dem Original jedoch so unglaublich, dass ich mich fragte, wie so etwas denn überhaupt sein konnte. Hatte Lasse damals vielleicht doch noch eine weitere davon für sich selbst angefertigt, die nun aus unerklärlichen Gründen in Nils Kaffeeladen gelandet war? Oder hatte Lasse Francesca vielleicht angelogen und sie doch irgendwo gekauft? Dann wäre es vielleicht eine Schneekugel aus einer Massenproduktion gewesen und somit gar nichts wirklich Besonderes.

„Vielleicht gibt es nur eine Möglichkeit, mehr zu erfahren", sprach Rosalie in meine Gedanken hinein. Es war manchmal schon unheimlich, wie gut sie mich kannte und in mir lesen konnte wie in einem Buch. Kurz überlegte ich, was sie damit wohl gemeint hatte, doch dann wusste ich, worauf sie hinaus wollte.

„Ja, vielleicht hast du Recht. Möchtest du das nächste Kapitel lesen?"

Und schon hatten wir wieder Nonnas wundervolles Buch zur Hand genommen, um weiter darin einzutauchen. Es bereitete Rosalie auch keinerlei

Schwierigkeiten, darin zu lesen, denn es war durch und durch auf Italienisch geschrieben.

24.

29. September 1947

Als man Francesca das kleine Bündel, gewickelt in eine weiche Decke, in die Arme legte, schmolz ihr Herz bald dahin. „Es ist ein Mädchen", hatte die Schwester zu ihr gesagt. „Ein kerngesundes Mädchen." Bei diesen Worten hatte sie Francesca angestrahlt, als wäre es ihr eigenes Kind.

Vorsichtig schob Francesca die Decke ein wenig beiseite, damit sie das Gesicht ihrer Tochter einmal in Ruhe betrachten konnte. Was für eine süße Stupsnase sie hatte und wie zart und rosafarben ihre Haut war. Ihre Augen hatte sie geschlossen, aber ihr Mund öffnete sich immer wieder ganz leicht und ließ ein erschöpftes Gähnen erahnen. Dabei streckte sie dann ihre winzig kleinen Fingerchen in die Luft und Francesca war einfach überwältigt von diesem Anblick.

„Ich werde jetzt Ihren Mann herein bitten, wenn es Ihnen recht ist."

Francesca nickte der Schwester zu und atmete einmal tief durch, bevor Carlo das Krankenzimmer betrat.

******

Noch recht zu Anfang des Jahres, der April hatte gerade begonnen, plagte Francesca sich mit einer üblen Grippe herum. Sie hatte Fieber gehabt und eine schlimme Halsentzündung. Nebenher klagte sie auch stets über Übelkeit und übergab sich alleine schon, wenn sie nur jegliches Essen roch.

„Das liegt vermutlich nicht an der Grippe", hatte der Hausarzt ihr gesagt. Vielleicht sollten Sie damit lieber einen Gynäkologen aufsuchen."

Francesca verstand zwar nicht, wieso ein Frauenarzt ihr bei einer Magenverstimmung weiterhelfen könnte, doch vereinbarte sie dennoch einen Termin.

Dr. Calzoni bat Francesca, ihren Bauch frei zu machen, damit er eine Ultraschalluntersuchung durchführen konnte.

„Ist es denn wohl etwas Schlimmes?" fragte sie ein wenig beunruhigt.

„Das denke ich nicht", zwinkerte Dr. Calzoni ihr zu und sie fragte sich, was ihn zu dieser merkwürdigen Geste trieb. Hielt er sie vielleicht etwa für eine Hypochonderin?

Als die kleine Kamera über ihren eingeschmierten Bauch fuhr und der Arzt auf seinen Bildschirm sah, nickte er kurz, sah Francesca dann an und gratulierte ihr. Aber wozu denn überhaupt? Er schien an ihrem Blick zu bemerken, dass sie tatsächlich keine Ahnung davon hatte, was er ihr gerade durch die Blume mitgeteilt hatte. Also sagte er es ganz offen heraus. „Sie sind schwanger, Frau Visconti."

Oh, mein Gott, dachte sie. Hatte er das gerade wirklich gesagt? Das konnte doch nicht sein. Sie hatte Carlo erst vor zwei Wochen das Ja-Wort gegeben und auch, wenn sie natürlich die Hochzeitsnacht miteinander verbracht hatten, wusste Francesca, dass man nach so kurzer Zeit unmöglich eine Schwangerschaft feststellen konnte. Zumal ergänzte Dr. Calzoni seine Aussage noch. „Wenn ich es recht beurteile, müssten sie etwa Mitte des dritten Monats sein."

Und nun schluckte sie schwer, denn das konnte nur eines bedeuten: der Vater ihres noch ungeborenen Kindes war nicht Carlo, sondern Lasse. Plötzlich überrollte sie eine Lawine der Übelkeit und sie übergab sich direkt auf den Fußboden vor der Untersuchungsliege. Dr. Calzoni nahm es gelassen und beorderte eine Schwester, die sich um das Missgeschick kümmerte. Francesca zog sich indessen wieder an, nahm eilig ihre Handtasche und rannte hinaus.

Die Sonne schien an diesem Tag durch einige Schleierwolken und ein laues Lüftchen umwehte Francesca, als sie auf dem Ponte Vecchio ganz außer Atem stehen blieb und ihren Blick auf den Arno richtete, der unter ihr floss. Sie war extra nach Florenz gefahren, weil man ihr gesagt hatte, dass Dr. Calzoni ein äußerst guter Gynäkologe war. Doch da war sich Francesca gerade gar nicht sicher. Bestimmt hatte er sich vertan und sie sollte sich womöglich noch eine Meinung von einem weiteren Arzt einholen. Andererseits passte die Zeitrechnung Dr. Calzonis schon sehr genau. Vor etwa dreieinhalb Monaten hatte sie mit Lasse geschlafen. Aber man wurde doch nicht gleich beim ersten Mal schwanger. Oder eben doch?! Und so unpassend es bestimmt in diesem Moment war, Francesca begann zu schluchzen, als gäbe es kein Morgen mehr.

„Scusi, Signora, tutto bene?“ sprach sie eine ältere Dame an, die sie voller Mitgefühl anblickte.

„Ja, danke. Es geht schon wieder“, log Francesca, damit die Dame schnell weiter ging. Dann wandte sie ihren verschleierten Blick zurück auf den Fluss. Glücklicherweise hatte sie an diesem Tag kaum etwas gegessen, sonst hätte sie sich bestimmt schon wieder übergeben müssen, so übel wie ihr schon wieder wurde.

Ihre Gedanken wanderten zurück zu dem Nachmittag, als Lasse sie mit in seine Wohnung genommen hatte. Wie unglaublich zärtlich er sie berührt hatte und wie sie gemeinsam miteinander verschmolzen waren. Doch nichts war ihr bis zu diesem Zeitpunkt wirklich davon geblieben. Nichts außer ihrer bittersüßen Erinnerungen und die Schneekugel, die Lasse ihr geschenkt hatte. Und jetzt gab es etwas, das sie ihren Lasse niemals wieder vergessen machen könnte. Natürlich hätte sie ihn auch so niemals in ihrem ganzen Leben vergessen, das wusste sie genau, denn er war ein Teil von ihr geworden, ein Teil, der ihr jetzt so sehr fehlte, wie amputierte Gliedmaße oder lebenswichtige Organe. Wie gerne hätte sie ihm jetzt in die Augen geblickt und ihm gesagt, dass sie ein Baby von ihm erwartete. Und was hätte sie darum gegeben, dieses Baby mit ihm an ihrer Seite großzuziehen. Aber nun war alles anders.

Kaum waren Francesca und ihre Eltern aus Dänemark zurückgekehrt, schmiedeten ihre und Carlos Eltern Hochzeitspläne. „Ach, was hat meine Francesca dich vermisst“, sagte ihr Vater mit stolzer Brust zu seinem zukünftigen Schwiegersohn. „Ganz traurig ist sie gewesen, je länger sie von dir getrennt war, desto schlimmer wurde es. Also schauen wir, dass ihr noch im Februar oder März vor den Traualtar tretet.“

Carlo hatte sich sichtlich über die Aussage von Herrn Rossa gefreut, denn er errötete leicht und warf Francesca einen verstohlenen Blick zu. Diese sah ihn an, lächelte verhalten zurück und fragte sich, was das gerade alles sollte. Aber sie hatte es ja so gewollt. Sie hatte Carlo ein Versprechen gegeben und Lasse wollte sie scheinbar nicht, obwohl er sie liebte. Also ergab sie sich in ihr Schicksal und ließ die Planungen über sich ergehen, ohne sich rege daran zu beteiligen. Die Hochzeit fand an einem äußerst regnerischen und stürmischen Tag statt und Francesca sah dies als ein Zeichen dafür, dass der Himmel sich auf diese Weise solidarisch zeigte und mit ihr weinte. An ihre Zukunft mochte sie nicht denken, schob sie so weit wie möglich beiseite und hoffte, dass sie Carlo zumindest eine einigermaßen gute Ehefrau sein könnte, denn das hätte er verdient. Sie wusste, dass er sie wirklich mochte. Doch ob er sie tatsächlich liebte, vermochte sie nicht zu beurteilen. Aber sie, sie liebte tief in ihrem Herzen einen anderen Mann, das wusste sie sehr genau.

In der Kirche hielt der Pastor am 25. März 1947 eine rührende Predigt, die die Gäste schluchzen ließ. Auch Francesca vergoss einige Tränen, jedoch nicht vor Rührung. Sie weinte, weil nicht, wie erhofft, Lasse, sondern Carlo an ihrer rechten Seite kniete. Und weil es ebenfalls nicht Lasse, sondern Carlo war, der ihr den Ring an den Finger steckte. Der Chor sang ein *Amazing Grace* vom Feinsten, als das Brautpaar aus der kleinen Kapelle schritt. Die vielen kleinen Bambini warfen mit Reis und Blütenblättern um sich. Francesca lächelte, wie es sich für eine Braut gehörte, aber es war ein aufgesetztes Lächeln. Das schien jedoch niemand zu bemerken, nicht einmal ihre Eltern, die sie nun schon seit siebzehn Jahren kannten. Vielleicht, dachte Francesca, wollten sie aber auch einfach nicht sehen, dass sie unglücklich war. Ihr Vater hatte jetzt ja immerhin einen Nachfolger für sein Weingut und ihre Mutter freute sich jetzt schon auf eine Schar an Enkelkindern.

Das Schlimmste an diesem Tag war für Francesca allerdings nicht der Moment, in dem der Pastor Carlo und sie für Mann und Frau erklärte, sondern das Szenario nach Mitternacht, als alle Gäste gegangen waren und der frisch gebackene Ehemann das erste Mal seine Ehefrau in voller Schönheit sehen wollte. Natürlich war es sein gutes Recht, das war Francesca durchaus klar, aber nie hatte sie sich vorher Gedanken darüber gemacht, dass dieser Teil der Ehe im Normalfall einen Großteil ihres gemeinsamen Lebens ausmachen würde. Ihr wurde wieder einmal bewusst, dass sie in Carlo immer mehr einen Bruder, als einen Ehemann gesehen hatte. Und mit seinem Bruder schlief man nicht. Wie zwei Fremde standen sie sich plötzlich im Kerzenschein gegenüber und sagten kein einziges Wort. Carlo begutachtete Francesca ausgiebig und berührte sie wie ein kleiner Schuljunge, dem man eine undefinierbare Masse vor die Füße gesetzt hatte. Er war aufgeregt, sie war versteinert. „Weißt du“, begann er, „ich habe keine Ahnung, was ich tun soll. Aber ich denke, es ist das Beste, wenn ich dir erstmal dein Kleid hinten öffne." Sie nickte stumm und ließ ihn das geschnürte Band lockern. Nachdem er fein säuberlich an den Fäden gezogen hatte, rutschte das Kleid wie von selbst zu Boden. Einen Büstenhalter trug sie nicht darunter, lediglich einen Slip aus weißer Baumwolle. „Ui", entfuhr es ihm, als er zunächst ihren freien Rücken, der sich direkt vor ihm befand, betrachtete. Mit seinen Fingern strich er ihr langsam über die Wirbelsäule, ehe er den Mut aufbrachte, sie zu sich umzudrehen. Sie sah an seinem Blick, dass ihm gefiel, was sie ihm darzubieten hatte. Und sie sah es nicht ausschließlich an seinem Blick, sondern auch an seiner gewölbten Hose. Es war ihm peinlich, doch was sollte er tun? Sie erregte ihn nun mal und das war ja auch Sinn und Zweck in diesem Moment. Bevor er sich seiner Kleidung entledigte, küsste er sie behutsam und etwas ungeschickt auf den Mund. Francescas Gedanken waren nicht im Hier und Jetzt, nein, sie dachte an Lasse und wie gut es sich bei ihm angefühlt hatte. Und in diesem Moment hatte sie sich etwas vorgenommen, etwas, das ihr als die einzige Möglichkeit erschien, ihren ehelichen Pflichten in diesem Bereich überhaupt nachkommen zu können. Sie stellte sich ab jetzt einfach immer vor, dass nicht Carlo, sondern Lasse sie in diesen intimen Momenten berührte.

Carlo ließ sich nicht viel Zeit, ihren Körper ausgiebig zu erkunden, sondern drang direkt in sie ein, kam und ließ sich schwer auf ihr nieder. Francesca fühlte sich merkwürdig. Während Carlo augenblicklich in einen Tiefschlaf fiel, lag sie einfach nur da und mochte sich nicht vorstellen, dass das jetzt jedes Mal so sein könnte. Wären sie doch einfach nur die Freunde geblieben, die sie ihr Leben lang gewesen waren.

Wie sollte Francesca, wenn sie wieder zu Hause war, erklären, dass sie ein Kind erwartete? Ein Kind, das nicht von ihm war! Ihr Kopf dröhnte und ihr Magen rebellierte unaufhörlich. Mit schweren Schritten, ging sie zur nächsten Bushaltestelle und wartete auf die Linie 13, die fast direkt vor ihrer Türe halten würde. Lange warten musste sie zum Glück nicht, denn ihre Beine gaben langsam nach und sie fühlte sich einfach nur elend.

Als sie die Haustür aufschloss, war Carlo nicht da und sie war erleichtert. Ein Blick auf die Uhr verriet ihr, dass es erst kurz nach halb Sechs am frühen Abend war, doch das hielt sie nicht davon ab, sich in ihr Nachthemd zu kleiden und sich ins Bett zu legen. Sie war so erschöpft, dass sie einschlief, kurz nachdem sie ihre müden Knochen unter der leichten Tagesdecke verstaut und die Augen geschlossen hatte. Mitten in der Nacht erwachte sie für einen kurzen Moment. Carlo lag neben ihr und schnarchte leise vor sich hin. Im Mondlicht betrachtete sie ihn und beschloss, ihm zunächst nichts von der Schwangerschaft zu erzählen.

Natürlich hatte er sie am nächsten Morgen gefragt, was der Arzt gesagt hatte und sie antwortete ihm, dass es wohl doch einfach eine leichte Magenverstimmung sei.

Allerdings hielt die Verstimmung noch über etliche Wochen an und irgendwann konnte Francesca das Bäuchlein, das sich unter ihren Kleidern mehr und mehr wölbte, nicht mehr verstecken.

„Aber *cara*", entfuhr es ihrer Mutter, „das hast du uns ja noch gar nicht erzählt." Dabei strahlte sie, als hätte sie gerade einen großen Lottogewinn erhalten. Francesca tat überrascht.

„Was meinst du denn, Mamma?"

Ihr Vater, Carlo und auch ihre Schwiegereltern, die sich an diesem Tag zu einem gemeinsamen Essen zusammengefunden hatten, schauten gespannt zu Francesca und ihrer Mutter, denn sie hatten scheinbar nicht gesehen, was Frau Rossa gesehen hatte.

„Na, unsere liebe Francesca ist schwanger. Das sieht man doch."

Und jetzt wurde Francesca von allen Seiten begutachtet und alle Anwesenden nickten zunächst und fielen sich dann freudig in die Arme. Carlo strahlte über das ganze Gesicht, denn dass seine wenigen Bemühungen, die er bisher veranstaltet hatte, tatsächlich schon Früchte getragen hatten, erfüllte ihn mit Stolz und Freude.

Natürlich hielt die Freude nicht besonders lange an, denn in den nächsten Wochen und Monaten wuchs Francescas Bauch so rasant, dass allseits Zweifel aufkamen, dass das mit rechten Dingen zuging. Und als Francesca dann Ende September mit Wehen in die Klinik eingeliefert wurde, wurde Carlo schmerzlich bewusst, dass dieses Kind unmöglich von ihm sein konnte. Doch er sagte kein Sterbenswort, machte Francesca keine Szene oder Vorhaltungen und hielt ihre Hand bis hin zum Kreissaal.

****

Mit einem bunten Blumenstrauß in der Hand betrat Carlo das Krankenzimmer. Francesca hielt immer noch das kleine Bündel in ihren Armen und lächelte das Kind glücklich an. Carlo nahm sich einen Stuhl und stellte ihn neben Francescas Bett. „Darf ich?" fragte er höflich und wartete, bis sie mit einem Nicken ihr Einverständnis gab. Einen kurzen Moment war es still zwischen ihnen, doch dann fragte Carlo, ob er sich das kleine Mädchen einmal genauer ansehen dürfe. Wieder schob Francesca die Decke ein wenig beiseite und ließ Carlo begutachten, was ein Anderer, anstatt seiner, fabriziert hatte. Er zeigte wahrlich Größe und Francesca verstand in diesem Moment zum ersten Mal, dass Carlo sie ebenfalls wirklich liebte. Sicherlich anders als Lasse, aber er liebte sie, daran hatte sie nun keinen Zweifel mehr.

„Sie ist wunderschön", sagte er mit belegter Stimme. „Hast du schon einen Namen für sie?"

Francesca lächelte warm, denn einen Namen hatte sie schon ausgesucht, da war ihr kleines Mädchen noch in ihrem Bauch. „Sie soll Luisa heißen."

„Ja, Luisa ist schön. Luisa Visconti." Er zögerte einen Moment. „Wenn es dir recht ist."

Francesca legte ihre Hand auf seinen Arm und war ihm unendlich dankbar. Andere Männer hätten ihre Frau verlassen und sie in Schande leben lassen, aber Carlo bekannte sich zu diesem Kind, obwohl nicht einmal zu leugnen war, dass es nicht von ihm sein konnte. Nicht nur, dass Luisa ihrem leiblichen Vater wie aus dem Gesicht geschnitten war, nein, sie hatte auch von Anfang an blonde Haare und die stammten weder von Francesca noch von Carlo.

25.

13. Dezember 2016

Mir war übel. Schon als Rosalie das Kapitel las, flossen meine Tränen wieder mal in Strömen. Man hätte mich wirklich langsam für eine Heulsuse halten können, aber das war einfach alles etwas zu viel für meine Nerven. Ich erfuhr hier grad quasi auf einen Schlag, dass mein Großvater, den ich nie kennengelernt hatte, gar nicht mein Großvater war und dass meine Mutter einen Mann vergötterte, den sie für ihren Vater gehalten hatte und der es nun ganz offensichtlich nicht gewesen war. Zudem hatte meine Nonna einen Mann verloren, den sie über alles geliebt hatte und das schmerzte mich, auch, weil es mich so sehr an mich und Nils erinnerte. Ich wusste, wie schlimm es sich anfühlt, wenn man plötzlich ohne den Mann seines Herzens dastand und in ein Leben zurückgeworfen wurde, das einem von einem auf den anderen Moment nicht mehr lebenswert erschien.

Rosalie legte das Buch auf den Tisch und schien natürlich auch jetzt wieder genau zu wissen, was in mir vor sich ging. Die Eieruhr klingelte und kündigte das Ende der Backzeit für die Muffins an. Ich wollte gerade aufstehen, da hielt sie mich zurück. „Ich mach das schon“, sagte sie und begab sich in die Küche. Als sie zurückkehrte, sah sie mich nachdenklich an. „Denkst du, dass Lasse noch lebt?“

Irgendwie fiel es mir schwer, das zu glauben, denn Nonna hätte sonst bestimmt Kontakt zu ihm gehabt. „Ich denke eher nicht.“ Wir schwiegen eine Weile. „Aber vielleicht ist sie ja wegen ihm hierher gezogen“, überlegte ich plötzlich laut. „Ich meine, wieso verlässt man sonst seine Familie und zieht so viele Kilometer weit weg an einen Ort, an dem man einst seine große Liebe getroffen hat?“

„Aber wenn er wirklich nicht mehr lebt? Was macht es dann für einen Sinn?“

„Vielleicht“ mutmaßte ich, „hatte sie das Gefühl, ihm hier einfach näher zu sein als in Italien, selbst, wenn es ihn nicht mehr gab.“

„Ja, das könnte sein.“

Nonna musste diesen Lasse ohne jeden Zweifel über alles geliebt haben. So sehr, dass sie selbst ihre einzige geliebte Tochter und deren Familie zurückgelassen hatte.

Rosalie, die abermals in die Küche gegangen war, kam mit den erkalteten Muffins mit Zitronencreme zurück und reichte mir einen Teller damit.

Lustlos stocherte ich in dem kleinen Küchlein herum. Mein Appetit war auch schon mal größer gewesen.

„Aber stell dir mal vor, es gäbe ihn noch", sinnierte Rosalie nun. „Dann hättest du ganz unverhofft einen Großvater."

Die Vorstellung gefiel mir, zumal ich bisher nie einen gehabt hatte. Carlo Visconti war vor vielen Jahren verstorben und der Vater meines Vaters lebte ebenfalls schon nicht mehr, als ich auf die Welt kam. Ich hatte nur Nonna. Sie war meine komplette Familie.

Bis zum späten Abend waren Rosalie und ich noch in all diese, irgendwie miteinander zusammenhängenden, Geschichten von Nonna und mir vertieft. Natürlich ging es auch noch einmal um die Schneekugel, denn die war, neben dem achten Dezember, das wichtigste Bindeglied, ein weiterer Knotenpunkt in unser beider Leben.

„Du solltest Nils fragen, woher er die Schneekugel hat", bemerkte Rosalie, als ich ihr noch einmal ganz ausführlich schilderte, wie ich diese in dem Schaufenster entdeckt hatte und sie auf einmal wie von Zauberhand verschwunden war, bevor Nils am vorigen Abend damit bei mir auftauchte.

„Ja, das sollte ich", seufzte ich, denn auf diese Idee war ich auch schon gekommen. „Aber ich habe Angst, ihm noch einmal zu begegnen."

„Aber warum denn?" Rosalie sah mich prüfend an. „So verunsichert kenne ich dich ja gar nicht."

Und das stimmte. Diese Seite an mir, die Ängstliche, Verunsicherte, die kannte Rosalie tatsächlich nicht. Als wir uns vor drei Jahren in Neapel kennenlernten, hatte ich schon einiges an Selbstvertrauen dazugewonnen und genoss mein Leben, so gut es mir zum damaligen Zeitpunkt möglich war. Vermutlich war diese Tatsache, dass sie mich bisher als recht selbstbewusste Person erlebt hatte, auch der Grund gewesen, weshalb sie sich sofort in ein Flugzeug hierher gesetzt hatte. Denn wenn ich ihr eine solche Nachricht schrieb, konnte sie davon ausgehen, dass es mir wirklich nicht gut ging.

Sollte ich jetzt ehrlich sein? Vermutlich hätte ich die Wahrheit bei jedem anderen Menschen für mich behalten, doch ich wusste, dass ich Rosalie vertrauen konnte und dass sie mich weder für verrückt erklären, mich auslachen oder gar verurteilen würde für meine Gründe. Also entschied ich mich dazu, ihr die Wahrheit zu sagen. „Weil ich immer noch etwas für ihn empfinde und ich Angst habe, dass es bei ihm nicht mehr so ist." Alleine bei dem Gedanken, Nils könnte mich nicht mehr gern haben, wurde mein Herz gefühlt einen Zentner schwerer. Nach einer kurzen Pause fügte ich hinzu: „Weißt du Rosa, ich weiß nicht, ob ich es noch einmal verkraften würde, Nils wieder zu verlieren."

Wieder dachte ich an die Zeit damals vor über vier Jahren, wie schlimm es für mich gewesen war, als Nils quasi unerreichbar für mich geworden war und ich mit Sack und Pack nach Italien gegangen war, weil ich es in meiner normalen Alltagsumgebung einfach nicht mehr ausgehalten hatte. Als ich in Neapel ankam, war ich wie ein Wrack, das irgendwo tief auf den Meeresboden gesunken war. Marco, der Koch, bei dem ich lernte, sah mir sofort an, dass ich eine gescheiterte *Amore* hinter mir hatte und drückte mich an seine starke Brust. „Mädchen, das wird schon wieder. Sollst mal sehen, wir päppeln dich schon wieder auf."

Und er hatte recht damit gehabt. So eigenartig er auch sein mochte und das war er zweifelsohne, so wunderbar lebensfroh und weise war er ebenfalls. Damit ich ein wenig Fuß in meiner neuen Heimat fassen konnte, drückte er mich seinem Sohn Matteo aufs Auge. Matteo war ein Jahr älter als ich und ein absoluter Frauenschwarm. Alleine sein Aussehen machte die komplette Damenwelt verrückt und er genoss das in vollen Zügen. Eine feste Freundin hatte er nicht, was ich überhaupt nicht verstehen konnte, so attraktiv wie er war. Anfangs war Matteo wirklich nicht besonders erfreut über die Bitte seines Vaters, sich meiner ein wenig anzunehmen. Und ich konnte es verstehen, schließlich strotzte ich nicht gerade vor Lebensenergie und um mein Aussehen hatte ich mich auch schon mal besser gekümmert. Trotzdem legte er keinen Widerspruch ein und versprach seinem Vater, mir die Gegend zu zeigen und mich mit den einen oder anderen Leuten bekannt zu machen.

Gesagt, getan. Gleich in der zweiten Woche nach meiner Ankunft holte er mich vom Restaurant, in dem ich gut ein Jahr lang zunächst ein kleines Zimmer zum Wohnen hatte, ab und fuhr mit mir auf seinem Roller in die Stadt.

„Was haben wir vor?“ fragte ich ein wenig unsicher, denn Matteo war so zielstrebig, dass ich mir sicher war, er hatte schon einen genauen Plan im Kopf.

„Wir gehen da jetzt rein“, sagte er und zeigte auf eine Boutique, in der es ausschließlich Damenbekleidung gab.

„Aber ich habe nur ein wenig Geld dabei“, stammelte ich. Zudem war es mir unangenehm, in meinen Shorts, Flip Flops und Null Acht Fünfzig T-Shirt dort hineinzugehen. Doch Matteo blieb hartnäckig. „Geld spielt grad keine Rolle. Aber wir müssen dich mal etwas“, er suchte die passenden Worte. „naja, sagen wir mal, etwas aufhübschen.“

Ich kam mir unsagbar blöd vor, aber er hatte ja Recht. Meine Kleidung entsprach nicht gerade den neuesten Modetrends und wirkte undefinierbar zusammengewürfelt. Also traten wir in den Laden, in dem uns sogleich ein Glöckchen ankündigte und eine unglaublich hübsche Italienerin auf uns zusteuerte. Natürlich schenkte sie ausschließlich Matteo Beachtung und himmelte ihn nahezu an. „Was kann ich denn für Sie tun, *Signore*?"

„Wissen Sie, meine Freundin hier", er sah dabei zu mir, „braucht dringend ein paar taugliche Kleidungsstücke. Sie ist von weit her angereist und hat unterwegs leider ihr ganzes Gepäck verloren."

Sollte ich jetzt lachen oder wütend auf ihn sein, fragte ich mich. Als die Verkäuferin mich nun mit einem mitleidigen Blick bedachte, funkelte ich Matteo böse an. Doch irritierte ihn das in keiner Weise, im Gegenteil, er hatte einen Heidenspaß an der ganzen Situation und genoss es sichtlich, wie die Verkäuferin in der nächsten Stunde ihr Bestes gab, mich neu einzukleiden.

Mit voll bepackten Tüten verließen wir die Boutique und Matteo steuerte auf die gegenüberliegende Straßenseite zu.

„Und was hast du jetzt vor?"

Doch die Frage konnte ich mir schnell selbst beantworten, als ich das Schild vor dem Laden las, vor dem wir stehen blieben. „Ein Frisör?“ fragte ich ungläubig.

„Genau“, erwiderte er. „Mein Freund Girome wird dir mal ein bisschen was Gutes für die Haare tun.“

Eigentlich hatte ich das nicht für nötig gehalten, doch als ich in den großen Spiegel vor mir sah, vor den man mich gesetzt hatte, hatte ich ein Einsehen. Meine langen braunen Haare waren in den letzten Monaten ganz stumpf geworden und hatten eher Ähnlichkeit mit einem großen Vogelnest, als mit einer Frisur.

„Oha“, war Giromes erster Kommentar, als er sich meiner annahm. „Liebes, was ist dir denn in die Haare gefahren?“

Matteo, der im Wartebereich saß und uns belustigt zuschaute, musste sich ein Lachen verkneifen. Ich hingegen fühlte mich gerade einfach nur mies. Wieso hatte mich die urplötzliche Trennung von Nils so dermaßen aus der Bahn geworfen, dass ich mir selbst mittlerweile vollkommen fremd geworden war? Ich hatte immer Wert auf mein Äußeres gelegt und nun musste ich mich hier verspotten lassen? Und das auch noch zu Recht, wie ich resigniert feststellte. „Ach, keine Sorge“, flötete Girome. „das kriegen wir schon wieder hin.“

Und dann machte er sich an die Arbeit. Er schnitt hier und da ein wenig, zauberte mit einem

Messer geschickt ein paar Stufen in die Längen und verpasste mir ein paar blonde Strähnchen als Highlights. Anschließend bekam ich zunächst noch eine ordentliche Haarwäsche inklusive Intensivkur, ehe Girome mit einem Föhn und mit einem Glätteisen sein Kunstwerk vollendete. Ich schaute erneut in den Spiegel und war verblüfft. Auch Matteo, der zwischendurch schon ein kleines Nickerchen gehalten hatte, schaute mich an und war sichtlich erfreut über das Ergebnis.

„Alessandra", rief Girome seine Mitarbeiterin heran, die auch sofort zu uns eilte. „Bitte verpass der jungen Dame doch noch ein schönes Make-Up, dann ist unsere Mission erfüllt." Dabei zwinkerte er Matteo zu und widmete sich, fröhlich pfeifend, seinem nächsten Kunden. Ich beobachtete ihn noch eine Weile, denn er hatte eine unglaubliche Präsens, die es einem unmöglich machte, ihn nicht einmal genauer zu betrachten. Er hatte vermutlich bereits die Fünfzig überschritten, wirkte jedoch durch seinen sportlichen Kleidungsstil noch recht jugendlich. Seine Haare waren blau gefärbt und wie ein Igel nach oben gestylt. Seine braunen Augen sprühten vor Energie und mit seinem Elan unterhielt er spielend die komplette Kundschaft in seinem Salon.

Die Prozedur des Schminkens dauerte nun auch noch einmal eine halbe Stunde und so langsam hatte ich wirklich die Nase voll, denn ich war einfach nur noch hungrig.

„So, *Signora*, wie gefällt es Ihnen?“ fragte Alessandra mich, als sie auch den letzten Pinselstrich getätigt hatte. Und was sollte ich sagen? Ich war überwältigt, denn ich sah das erste Mal seit Monaten wieder aus wie ein Mensch. Es fühlte sich toll an. Matteo kam zu uns herüber und grinste breit. „Schau mal einer an“, sagte er. „So siehst du also wirklich aus.“ Dabei zwinkerte er mir zu und zückte seine Geldbörse. Es war mir unangenehm, dass er so viel Geld für mich ausgab und ich versicherte ihm, dass ich ihm das alles zurückzahlen würde, sobald wir wieder im Restaurant wären.

„Das geht schon in Ordnung“, meinte er. Dabei verschwieg er, dass sein Vater die kompletten Kosten für meine Verwandlung trug. „Und nun gehen wir schön etwas essen. Schließlich will ich jetzt noch ein wenig mit dir angeben, wo du dich in einen so hübschen Schwan verwandelt hast.“ Dabei lächelte er mich charmant und ein wenig frech an.

Von diesem Tag an waren Matteo und ich eng befreundet. Wir unternahmen vieles gemeinsam und hatten eine Menge Spaß zusammen. Ich war ihm unendlich dankbar dafür, dass er mich aus meinem inneren Sumpf gezogen hatte, obwohl er sich anfangs lieber davor gedrückt hätte, seine Zeit mit mir zu verbringen. Marco hatte vom ersten Moment an gewusst, dass sein Sohn genau der Richtige war, um mir immer wieder einen leichten Tritt in den Allerwertesten zu geben. Matteo hatte eine Menge von seinem Vater in seinen Genen, das ließ sich nicht leugnen. So war er mindestens genauso direkt und charmant wie Marco und verstand es ebenfalls, sein Leben in vollen Zügen zu genießen. Wir hatten oft die wunderbarsten und tiefsten Gespräche und in seiner Gegenwart fühlte ich mich stets wohl und einfach gut aufgehoben. Ich war mir sicher, Marco hatte immer ein bisschen die Hoffnung, dass aus seinem Sohn und mir eines Tages noch ein Paar würde, doch diesen Gefallen taten wir ihm nicht. Uns war unsere Freundschaft zueinander zu wichtig, als dass wir diese hätten aufs Spiel gesetzt. Zudem war der Platz in meinem Herzen noch immer besetzt, obwohl Nils vermutlich für immer Geschichte war.

Doch mit der Zeit verblasste Nils immer ein bisschen mehr. Allerdings nur deshalb, weil ich mir vehement verbot, an ihn zu denken. Stattdessen genoss ich das italienische Leben, hängte mich mit voller Hingabe in meine Lehre und malte mir nebenbei aus, wie ein gutes Konzept für ein eigenes Lokal aussehen sollte, denn eines Tages wollte ich ein eigenes Restaurant führen. Auch dabei war mir Matteo eine große Hilfe, denn er hörte sich in aller Ruhe meine Ideen und Gedanken an und gab mir ein Feedback dazu.

„Meine liebe Sofia“, hörte ich Rosalie sagen, „denkst du, Nils wäre hier bei dir aufgetaucht und hätte dir seinen Brief gegeben, wenn du ihm egal wärst?“

Ich überlegte einen Moment. „Nein, vermutlich nicht. Aber ich habe mich verändert in der Zwischenzeit und vielleicht würde die heutige Sofia sein Herz nicht mehr so zum Schmelzen bringen wie die damalige.“

Rosalie schüttelte ungläubig den Kopf. „Das kann ich mir nicht vorstellen.“ Sie nahm meine Hände in ihre und drückte sie fest. „Soll ich dir sagen, was ich glaube?“

Ich nickte.

„Ich habe dir ja schon gesagt, dass ich das Leben für ein großes Geschenk und dich für einen der größten Glückspilze halte. Denn weißt du, welches Geschenk dem Leben noch die Krönung aufsetzt?“

„Welches?“ fragte ich und wusste nicht, worauf sie hinaus wollte.

„Na, die Liebe, meine liebste Sofia. Nach allem, was du mir jetzt berichtet hast und was ich mir vorher schon immer ein wenig zusammenreimen konnte, bin ich mir ganz sicher, dass du und Nils füreinander bestimmt seid. Dieser Mann liebt dich über alle Maße und Liebe vergeht nicht einfach so. Das hast du ja jetzt auch schon festgestellt.“ Dabei zwinkerte sie mir vielsagend zu und es stimmte ja auch. Meine Liebe für Nils war nie verschwunden, ich hatte sie lediglich in die Tiefen meiner Seele verbannt. Bis er vor zwei Tagen plötzlich wieder vor mir stand und all meine Gefühle, all meine Liebe für ihn wie auf Knopfdruck wieder da waren.

„Ruf ihn doch einfach an oder schick ihm eine Nachricht, um ein Treffen zu vereinbaren. Ihr solltet euch wirklich einmal aussprechen, um alle Missverständnisse zu klären. Und wie gesagt, du solltest ihn auch fragen, woher er die Schneekugel hat. Vielleicht findest du so heraus, ob es diesen Lasse noch gibt.“

„Du hast Recht, Rosa, ich muss mit Nils sprechen.“ Mit diesen Worten erhob ich mich und holte mein Handy, das noch immer ausgeschaltet in meiner Jackentasche lag. Als ich es anschaltete, hatte ich zig Anrufe in Abwesenheit und einige Nachrichten von Lene.

„Oh, shit!“ entfuhr es mir. „ich habe Lene und Nonna vergessen.“ Natürlich machten sie sich

Sorgen, denn in der Regel kam es nie vor, dass ich nicht erreichbar war. Nonna wollte ich im Krankenhaus besuchen und mit Lene war ich auf einen Kaffee verabredet gewesen. Aber wieso hatten sie nicht auf dem Festnetz angerufen? Ich ging zur Telefonstation und sah, dass das Gerät daneben lag und keine Akkukapazität mehr hatte. „Mist!“ rief ich noch einmal und schaute auf die Uhr. Es war kurz nach halb Zehn. Konnte ich jetzt wohl noch im Krankenhaus anrufen?

26.

13. Dezember 2016

Rosalie und ich hörten beide, wie das Schloss der Haustür bedient und nur einen Moment später die Klinke heruntergedrückt wurde. Ich hatte gerade die Nummer von Nonnas Krankenhaustelefon gewählt, als diese plötzlich persönlich durch die Haustür trat und auf uns zukam. Mir blieb für einen Moment der Atem stehen, denn ich fragte mich, was sie um diese Uhrzeit hier machen würde. Das war nicht die übliche Zeit, wo man Patienten aus einem Krankenhaus entließ.

Mit angespannten Gesichtszügen und Sorge in den Augen, sah sie mich an. „Kind, ist alles in Ordnung mit dir?"

Auf der Stelle erfasste mich das schlechte Gewissen, denn es war ja klar, weshalb sie hier war. Ich hatte Nonna versprochen, an diesem Tag vorbeizukommen, doch das hatte ich nicht getan. Und nicht nur das, ich hatte sie nicht einmal angerufen, hatte mein Handy einfach ausgeschaltet und war auch sonst nicht zu erreichen gewesen. Da war es nur natürlich, dass sie sich Sorgen machte. Aus diesem Grund wollte ich sie jetzt schließlich gerade noch anrufen, doch das brauchte ich ganz offensichtlich nicht mehr.

„Oh, Nonna", stammelte ich und fiel ihr in die Arme. „Ich habe dich heute einfach vergessen." Die letzten Worte kamen nur noch als ein Flüstern über meine Lippen, denn es war die schreckliche Wahrheit. Ich hatte Nonna tatsächlich vergessen, weil ich so mit mir selbst beschäftigt war. Liebevoll strich sie mir über die Wange, denn sie merkte, dass mich etwas bedrückte.

„Wie bist du denn hierhergekommen?" fragte ich und weinte dabei stumme Tränen.

„Ich habe mir ein Taxi genommen. Im Krankenhaus war man von meiner eigenmächtigen Abreise nicht besonders erfreut, aber ich versicherte ihnen, dass ich schon auf mich aufpassen würde."

Ja, so war sie, meine Nonna. Sie hatte immer schon einen guten Instinkt dafür gehabt, wenn etwas nicht in Ordnung war. Nie konnte ich ihr lange etwas verheimlichen, denn entweder fand sie selber schnell heraus, was los war oder sie bohrte so lange nach, bis ich ihr freiwillig erzählte, was mich bedrückte. Und nun hatte sie tatsächlich alles stehen und liegen gelassen, ihre Gesundheit aufs Spiel gesetzt, nur, weil ich mich nicht bei ihr gemeldet hatte.

„So, und nun möchte ich, dass du mir erzählst, was mit dir los ist, mein Schatz. Was bedrückt dich so, dass du sogar deine gute alte Nonna vergisst?" Sie wollte mich ein wenig aufheitern mit ihrem kleinen lockeren Spruch, doch nun begann ich erst richtig zu schluchzen. „*Cara mia*", sagte sie nun, „das war doch nur ein kleiner Scherz. Ich weiß, dass du mich nie vergessen würdest." Sie wischte mir die Tränen aus dem Gesicht und gab mir einen Kuss auf die Stirn. In diesem Moment schien sie erst zu bemerken, dass ich nicht alleine war.

„Oh, *ciao* Rosalie", begrüßte sie meine Freundin. Die beiden kannten sich, denn Nonna hatte mich einmal zwischendurch besucht, als Rosalie und ich uns zusammen eine Wohnung über den Dächern von Neapel teilten. „Das ist ja eine Überraschung."

„*Ciao,* Francesca." Zu mehr kam Rosalie nicht, denn plötzlich fiel Nonnas Blick auf den Wohnzimmerzisch und sowohl Rosalie als auch ich hielten die Luft an. Dort entdeckte sie es nämlich, das Buch, das ich aus ihrem Schrank genommen und in dem ich, nein, genauer gesagt, wir gestöbert hatten. Für einen kurzen Moment herrschte Schweigen und ich hatte furchtbare Angst, Nonna würde gleich vor Wut in die Luft gehen, denn sie hatte allen Grund, sauer zu sein, weil ich ohne zu Fragen an ihre Sachen gegangen war.

„Nonna", begann ich meine Erklärung. „Ich habe das Buch gefunden, als ich deinen Ausweis gesucht habe. Es war so wunderschön, da musste ich es mir einfach ansehen."

Sie nickte und ein kleines unsicheres Lächeln schlich sich auf ihre Lippen. „Ja, es ist ein wundervoller Ledereinband. Ich habe es vor vielen Jahren in einem Schreibwarenladen in Frederikshavn gekauft." Langsam ging sie darauf zu und fuhr mit ihren Fingern liebevoll über die hübschen Verzierungen. „Dann hast du es gelesen?"

Schuldbewusst sah ich sie an und nickte langsam. „Aber nicht alles", versicherte ich ihr.

„Nein?" Sie sah mir direkt in die Augen. „Bis wohin hast du denn, beziehungsweise habt ihr es gelesen?"

Wahrheitsgemäß antwortete ich ihr, dass wir bis zur Geburt von Luisa gekommen waren.

Ein schweres Seufzen ihrerseits war zu hören und sie ging mit langsamen Schritten auf das Sofa zu, um sich zu setzen. Es war zu merken, dass sie im Grunde gerade nicht hierher, sondern in ihr Krankenbett gehörte, so schwach wirkte sie auf einmal. „Sofia, sei so gut und hole mir ein Glas Wasser."

Das tat ich auf der Stelle und hatte Angst, dass diese Situation ihren gesundheitlichen Zustand wieder dermaßen verschlechtern würde, dass ich sofort einen Notarzt rufen müsste. „Nonna, es tut mir so leid, dass ich dir solchen Kummer bereite.“ Dabei reichte ich ihr das Glas mit lauwarmem Wasser, so, wie sie es immer gerne trank, und setzte mich neben sie. „Soll ich einen Arzt rufen, der dich zurück in die Klinik bringt? Ich kann dich auch selber fahren.“

„Liebes, es geht mir gut“, versicherte sie mir. „Dir muss gar nichts leidtun. Mir tut es unendlich leid, dass du einen Teil deiner Familiengeschichte aus einem Buch erfahren musstest, statt dass ich dir selber darüber erzähle. Aber weißt du“, sie nahm meine Hände in ihre. „ich wollte nicht, dass du ein schlechtes Bild von mir bekommst.“ Sie senkte ihren Blick und verstummte.

„Aber Nonna“, sagte ich eindringlich und drückte ihre Hände ein wenig fester. „Wie könnte ich jemals ein schlechtes Bild von dir haben? Und weshalb auch? Weil du einen Mann so unendlich geliebt hast, dass es dir bald das Herz zerrissen hätte?“

Nun spürte ich, wie eine Träne aus ihrem Auge direkt auf meinen Handrücken tropfte.

„Nein“, krächzte sie. „eher dafür, dass ich deiner Mutter nie erzählt habe, dass ihr Vater gar nicht ihr richtiger Vater war.“

„Du wirst deine Gründe dafür gehabt haben. Und ich weiß, dass Mamma ihren Vater von ganzem Herzen geliebt und vergöttert hat. Das zeigt doch nur, dass er ihr ein guter Vater gewesen sein muss und dass du diese Beziehung zwischen den beiden nicht zerstören wolltest."

Ob es nun moralisch richtig oder falsch war, wollte und konnte ich nicht beurteilen. Doch eines wusste ich, weil ich es ohne jeden Zweifel spürte. Nonna hatte sich ihre Entscheidung, es ihrer Tochter nicht zu sagen, nicht leicht gemacht.

„Sì, meine wunderbare, kluge Sofia. Carlo war Luisa ein liebevoller Vater, der sie von Anfang an behandelt hat, als wäre es sein eigenes kleines Mädchen. Sie war sein größter Schatz und dafür war ich ihm immer unendlich dankbar."

Eine lange Zeit saßen wir drei einfach nur da, starrten auf die Flammen im Kamin und füllten den Raum mit Schweigen. Über Nils und die Schneekugel und den achten Dezember verlor ich an diesem Abend kein Wort mehr, denn ich fand, dass es sowohl für Nonna als auch für mich schon genug Aufregung an diesem Tag gewesen war.

„Ein Kapitel gibt es noch", unterbrach Nonna irgendwann unsere Stille. „Möchtet ihr, dass ich es euch vorlese?"

Diese Frage brauchte sie uns sicherlich kein zweites Mal stellen, denn natürlich waren wir neugierig, ob Francesca, also Nonna, ihrem Lasse noch einmal begegnet war.

27.

22. September 1948

Francesca sah aus dem Zugfenster und starrte in die vorbeiziehende Landschaft. Sie war vollkommen in ihre Gedanken versunken, bemerkte nicht, wie die Menschen um sie herum sich unterhielten, ein- und wieder ausstiegen. Es kostete sie große Mühe, darauf zu achten, wann sie selber wieder aussteigen und erneut den Zug wechseln musste, um ihrer Heimatstadt Calenzano wieder etwas näher zu kommen.

Vor acht Tagen war sie zu ihrem Onkel Giuseppe und ihrer Tante Marta gereist, um für Luisa ein paar Kleidungsstücke und Spielsachen von ihren jüngeren Cousins und Cousinen abzuholen. In nur wenigen Tagen feierte ihr kleines Mädchen bereits ihren ersten Geburtstag und Francesca konnte noch gar nicht glauben, wie dieses letzte Jahr nur so dahin geflogen war. Sie hatte die Reise alleine mit dem Zug angetreten und Luisa bei Carlo und ihrer Familie auf dem gemeinsamen Gut gelassen. Ihr Mann hätte sie in dieser Zeit unmöglich begleiten können, da Mitte September die Weinlese begann und er somit alle Hände voll zu tun hatte. Und Luisa war für eine so lange Fahrt einfach noch zu klein. Doch Tante Marta hatte darauf bestanden, dass die Sachen noch vor Luisas Geburtstag abgeholt würden, damit sie auch wirklich als Geschenke galten. Also hatte sich Francesca alleine auf den Weg begeben. Und wenn sie ehrlich war, war sie ganz froh gewesen, ohne Anhang zu reisen, denn für den Fall, dass sie den Mut fände, würde sie auch Lasse einen Besuch abstatten wollen.

Nun allerdings war ihr kurzer Urlaub hier oben im hohen Norden Dänemarks vorbei und in etwa acht Stunden würde sie wieder Zuhause bei ihrem Mann und ihrem Kind sein. Bei ihrem Mann und ihrem Kind, ging es ihr immer wieder durch den Kopf. Überhaupt ging ihr, seit sie in Ålbæk den Zug betreten hatte, so vieles durch den Kopf, dass ihr vom vielen Denken schon ganz schwindelig wurde. In Frederikshavn, wo sie das erste Mal umsteigen musste, hatte sie noch so viel Zeit gehabt, bis ihr Anschlusszug kam, dass sie noch einen Abstecher in einen kleinen Schreibwarenladen in der Nähe vom Bahnhof machen konnte. Dort hatte sie vor wenigen Tagen ein wunderschönes Schreibbuch in verziertem Ledereinband gesehen, das ihr auf Anhieb gefallen hatte. Leider hatte sie an diesem Tag nur wenige Kronen bei sich und konnte es sich nicht kaufen. Doch nun, am Tag ihrer Abreise, hatte sie beschlossen, es noch zu holen, sofern es noch dort war. Und sie hatte Glück, es lag nach wie vor in einem der Regale. Als Francesca damit an der Kasse stand, schaute der Verkäufer sie aufmunternd an. „Da haben Sie sich aber etwas sehr hübsches ausgesucht. Und seit gestern haben wir es sogar im Preis reduziert." In diesem Moment war Francesca froh, dass sie beim letzten Mal nicht genügend Geld dabei gehabt hatte, denn wie sich herausstellte, kostete es jetzt nur noch die Hälfte vom ursprünglichen Preis. Sie legte das Geld passend auf den Tresen, packte das Buch in ihre Handtasche und beschloss spontan, da sie ja nun noch etwas Geld übrig hatte, noch einen Füllfederhalter dazu zu kaufen. Sogar hier ließ der Verkäufer ein wenig im Preis nach und Francesca freute sich über ihre erstandenen Käufe.

Acht Stunden noch, stellte sie erneut fest und richtete ihren Blick wieder starr hinaus. Und ganz plötzlich, so wie aus dem Nichts heraus, hatte sie einen Entschluss für sich gefasst.

****

Ob Lasse wohl da sein würde, fragte sie sich und steuerte ein wenig unsicher und mit einem leichten Gefühl der Übelkeit auf seine Wohnung zu, wo sie vor über eineinhalb Jahren gemeinsam Zeit verbracht hatten. Ihr Herz raste. Was, wenn er tatsächlich da wäre? Was sollte sie ihm sagen?

Dass sie nun verheiratet war? Dass sie ein Kind hatte? Ein Kind von ihm?

Wieso hatte sie sich vorher keine wirklichen Gedanken darüber gemacht, fragte sie sich nun, denn auf einmal schien es ihr absolut absurd, ihn aufsuchen zu wollen. Doch etwas in ihr zog sie förmlich zu ihm, zu Lasse, ihrem Lasse. Ja, die Gefühle waren nach wie vor da. Sie waren so stark, wie sie es niemals für möglich gehalten hatte und sie wusste, sie liebte ihn noch immer. Der Signalton einer einfahrenden Fähre ertönte in der Ferne, über ihr kreisten schreiende Möwen und ihr Herz schlug nun so laut in ihrer Brust, dass sie es tatsächlich hören konnte. Ihre Hände waren feucht, als sie unmittelbar vor dem Haueingang stand und ihr Blick über die Klingelschilder fuhr. Damals hatte sie genau darauf geachtet, welcher Knopf es war, den man drücken musste, wenn man zu Lasse Halström wollte. Es war der zweite von links oben. „Kurt Tomme", las sie. Vielleicht hatte sie sich damals vertan, vielleicht war es gar nicht der zweite Knopf links oben, sondern rechts. Doch auch hier stand ein anderer Name, ebenso wie auf allen anderen Schildern. Einen Lasse Halström gab es hier nicht mehr. Die innere Aufregung, die Francesca eben noch plagte, wich nun einer inneren Panik. Wieso wohnte Lasse nicht mehr hier? War er zurück zu seinen Eltern gezogen? Sie wusste es nicht, aber sie hatte das dringende Bedürfnis, es auf der Stelle herauszufinden. Wann fuhr der nächste Bus nach Skagen? Sie hatte Glück. In nur zehn Minuten würde einer abfahren und den würde sie nehmen.

Während sie auf einer der hinteren Sitzreihen Platz genommen hatte, überlegte sie, was sie sagen würde, wenn Herr oder Frau Halström die Tür öffneten. Oder vielleicht sogar Lasse selbst. Ihr fiel nichts ein, doch wenn es soweit war, so sagte sie sich immer wieder, würden ihr die passenden Worte schon über die Lippen kommen. Vielleicht hätte sie nicht bis zum letzten Tag vor ihrer Abreise damit warten sollen, Lasse einen Besuch abzustatten, denn sollte er eventuell in eine andere Stadt gezogen sein, hätte sie nun keine Zeit mehr, auch noch dorthin zu fahren. Aber er war bestimmt nicht weg gezogen, sagte sie sich. Wohin auch? Er hatte ihr doch erzählt, dass er in der Bank in Frederikshavn nach seiner Ausbildung eine Festeinstellung bekommen würde. So eine Chance ließ man sich nicht entgehen.

Ja, sie hätte Lasse schon gleich zu Anfang besuchen sollen, dann hätten sie vielleicht auch noch einmal ein bisschen Zeit zusammen verbracht. So wie damals, als sie sich berührt und heiß und innig geliebt hatten. Aber sie hatte sich einfach nicht getraut, zu ihm zu fahren, denn sie lebte jetzt ein anderes Leben, eines, in dem sie die Ehefrau eines anderen Mannes war. Eines, in dem es ein kleines Kind gab, von dem die Welt um sie herum dachte, es wäre Carlos Kind. Zumindest taten sie alle so, als wenn sie es dachten. Carlo hatte Luisa angenommen wie seine eigene Tochter und wenn jemand fragte, weshalb Luisa bereits so wenige Monate nach der Hochzeit geboren worden war, erklärten sie stets, dass sie eine Frühgeburt gewesen wäre und sie froh und dankbar sein könnten, dass ihr kleines Mädchen so kerngesund sei. Die Leute nickten dann und dachten sich vermutlich trotzdem ihren Teil, denn Luisa war und blieb blond und hatte mit ihrem angeblichen Vater nicht im Entferntesten eine Ähnlichkeit.

„Nächste Haltestelle Skagen Innenstadt", ertönte die Ansage des Busfahrers. Francesca stieg aus und ging die letzten paar Meter bis zum Haus der Halströms zu Fuß. Regen peitschte ihr ins Gesicht und sie zog ihren Mantel so dicht an ihren Körper, wie es ihr möglich war, um zumindest das Gefühl zu haben, sie könne sich vor der kalten Nässe schützen.

Schon von weitem sah sie das hübsche gelbe Haus der Halströms und wieder überfiel sie dieselbe Übelkeit wie etwa eine Stunde zuvor. Sie atmete tief durch, ging direkt auf die Haustür zu und wollte gerade auf den Klingelknopf drücken, als ein junger Mann mit einem Hund heraustrat. „Oh, guten Tag", begrüßte er Francesca. „Wollen Sie zu mir?"

Francesca war irritiert. „Ähm, nein", stammelte sie. „Ich wollte zu Familie Halström."

„Das tut mir leid", hörte sie ihn sagen. „Die Halströms sind vor etwa einem halben Jahr weggezogen. Meine Frau und ich haben das schöne Haus von ihnen gekauft." Dabei strahlte er über das ganze Gesicht.

In Francescas Ohren rauschte es. Hatte er gerade wirklich gesagt, dass die Familie Halström nicht mehr hier lebte? „Wo sind sie denn hingezogen?" fragte sie nun wie betäubt.

„Tut mir leid, das weiß ich nicht. Aber sie sind auf jeden Fall hier aus der Gegend weggezogen. Ich meine, Herr Halström hat einen neuen Job irgendwo angenommen."

„Ach so", sagte Francesca, ihre Worte klangen mechanisch. „Danke."

Er wünschte ihr noch einen wundervollen Tag und machte sich mit seinem Hund auf den Weg. Hätte er gewusst, was für eine schreckliche Nachricht er ihr soeben unterbreitet hatte, hätte er sich diesen Wunsch gespart. Der Regen peitschte unaufhörlich und unnachgiebig auf Francesca ein. Es war ihr egal. Sie fühlte die Nässe auf ihrer Haut, doch war diese bei weitem nicht so unangenehm wie die schreckliche Leere, die sich nun in ihr ausbreitete.

Was hatte sie sich eigentlich dabei gedacht, fragte sie sich erneut, Lasse überhaupt aufzusuchen? Sie wusste, dass es eine unnötige Frage war, denn alles in ihr hatte sich danach gesehnt, dass Lasse sie, in dem Moment, in dem sie ihm gegenüberstand, einfach in seine Arme gezogen und sie nie wieder losgelassen hätte. Einfach, weil sie sich liebten. Sie war sich sicher, er hätte sich über die Tatsache gefreut, dass er Vater einer kleinen Tochter war, die noch dazu aussah, wie er. Sie war sich ebenfalls sicher, er hätte sie auch noch gewollt, selbst wenn sie jetzt verheiratet war. Ehen konnte man wieder scheiden lassen, auch, wenn es eine Schande war. Wen würde es schon interessieren, wenn sie ihr Heimatland verließe und hier oben mit Lasse ein neues Leben begönne? Und selbst wenn sie sich nur für eine kurze, innige Vereinigung wiedergetroffen hätten, wäre sie schon glücklich gewesen.

Doch nun war alles vorbei. Jegliche Träume, jegliche Hoffnung, alles in Schutt und Asche. Die Tränen, die Francesca in Strömen über die Wangen liefen, vermischten sich mit dem prasselnden Regen und sie fühlte sich, als wäre die Sonne in ihrem Leben gerade in diesem Moment für immer untergegangen.

****

Mit zittrigen Fingern kramte Francesca in ihrer Handtasche und zog die wunderschöne Schneekugel daraus hervor. Langsam und bedächtig schüttelte sie diese und ließ den Glitzerschnee um das, sich küssende Paar tanzen. Dann drehte sie sie einmal komplett auf den Kopf, denn auf dem Boden war eine Gravur eingearbeitet, die sie sich hätte stundenlang anschauen können. Es waren nur zwei Worte, aber für Francesca waren es Worte, die einfach alles für sie bedeuteten. *Elsker – evigt.* Liebe – für immer. In diese Worte hatte sie ihre ganze Hoffnung gelegt, hatte ihren kompletten Mut zusammengenommen und war dann vor Lasses Tür gescheitert.

Aber eines wusste Francesca mittlerweile. Sie wusste, dass Liebe kein Verfallsdatum hatte und dass diese Liebe zwischen Lasse und ihr, wahrlich für immer war. Und nun hatte sie einen Entschluss gefasst. Sie würde jetzt zurückkehren zu Carlo und an seiner Seite bleiben, so, wie sie ihm das Versprechen dazu vor dem Traualtar gegeben hatte. Das, so sagte sie sich, war sie ihm schuldig. Mittlerweile hatte sie auch begriffen, dass sie auch ihn liebte. Nicht so, wie eine Frau ihren Mann lieben sollte, sondern so, wie eine Frau ihren Bruder liebte. Doch das war immerhin besser, als gar keine Liebe. Sie würde ihm eine gute Ehefrau sein, sich um Haus, Hof und Familie kümmern.

In ihrem Herzen, das wusste Francesca, würde sie immer nur Lasse so lieben, wie jemanden, für den man auf der Stelle sterben würde und wenn das Schicksal es gut mit ihnen meinte, dann fänden sie sich vielleicht eines Tages wieder und könnten zumindest so etwas wie Freunde sein. Diesen Gedanken schob sie allerdings schnell wieder beiseite, denn sie wusste, dass sie niemals hätte einfach nur mit Lasse befreundet sein können.

Behutsam packte sie die Schneekugel zurück in ihre Tasche und zog stattdessen das Lederbuch heraus. Lasse hatte in seinem Kunstwerk seiner ganzen unendlichen Liebe zu ihr Ausdruck verliehen. Und genau das wollte Francesca jetzt auch tun. Sie wollte etwas erschaffen, das ihre Liebe für die Ewigkeit festhielt. Sie wollte ihre wundervolle Liebesgeschichte auf Papier schreiben, so, dass alle Welt sie einmal lesen könnte. Vielleicht sogar Lasse, dachte sie. Damit auch er wüsste, dass ihre Liebe zu ihm ebenfalls für immer galt. Ehrfürchtig schlug sie die erste Seite des Buches auf. Wie wundervoll weiß sie noch war. Da war noch Platz und Raum für tausende Gedanken. Doch auf dieser Seite wollte Francesca noch nicht beginnen. Hier sollte Platz bleiben, vielleicht für eine Widmung oder so etwas Ähnliches. Darum blätterte sie die zweite Seite auf, zog ihren Füllfederhalter heraus und schrieb den Titel des Buches, welches sie nun schreiben wollte, hinein: *Amore – per sempre*.

28.

14. Dezember 2016

Gemeinsam saßen Lene, Rosalie und ich an diesem Abend in meiner Café-Bar und weihten einen kleinen Teil des neuen Geschirrs ein. Die Zeit zum selber kochen hatte ich nicht mehr gefunden, also bestellten wir eine Kleinigkeit beim Griechen um die Ecke und machten es uns an einem der Tische gemütlich.

„Und jetzt möchte ich bitte wissen, was gestern mit dir los war, Sofia. Ich habe mir solche Sorgen gemacht, dass ich schon persönlich bei dir vorbeifahren wollte."

Genau wie Nonna hatte ich Lene in Angst und Schrecken versetzt, weil ich am vorigen Tag nichts von mir hatte hören lassen. Im Normalfall wäre das zumindest bei Lene kein Problem gewesen, aber da wir am Nachmittag verabredet gewesen waren, veränderte das die Sachlage natürlich enorm. Und dass ich mein Handy komplett ausschaltete, war auch eher untypisch für mich.

„Weißt du Lene, es gibt da wirklich etwas, was ich dir erzählen muss."

Neugierig sah sie erst mich, dann Rosalie an. Rosalie und Lene kannten sich bis zu diesem Abend noch nicht. Lene wollte mich zwar mal in Neapel besuchen, doch kam es irgendwie nicht dazu und so kannte sie meine Rosa bisher nur aus Erzählungen. Obwohl die beiden Frauen nicht dieselbe Sprache sprachen, mochten sie sich auf Anhieb und ich gab mir große Mühe, immer alles bestmöglich zu übersetzen, damit wir eine gemeinsame, flüssige Konversation führen konnten.

„Na, sag schon, was hast du angestellt? Ist dir der neue Gasherd in der Küche explodiert oder hast du mich einfach, nachdem dein Besuch von so weit her angereist ist, vergessen?"

„Nein, nichts von beidem", schüttelte ich langsam den Kopf. Ich zögerte, weiterzusprechen, weil ich wirklich Angst hatte, Lene von Nils und all den mysteriösen Zufällen zu erzählen. Meine Liebe zu ihm war für sie immer ein rotes Tuch gewesen, vielleicht auch, weil sie damals ein bisschen eifersüchtig auf ihn gewesen war. Natürlich verbrachte ich gerne Zeit mit ihm und dafür sagte ich auch hin und wieder mal eines unserer Treffen ab. Irgendwann schrieb sie nur eine beleidigte Nachricht, dass ich mir ab jetzt eine andere beste Freundin suchen könnte. Das war kurz bevor die Sache zwischen Nils und mir zu Bruch ging. Ich hätte sie damals wirklich gebraucht, aber Lene war und blieb hart. Sie antwortete auf keine Nachrichten und ging auch nicht ans Telefon. Ich hatte also nicht nur Nils, sondern auch noch meine beste Freundin verloren. Erst als ich schon eine ganze Weile in Italien war, hatte Lene wohl ein Einsehen gehabt und schrieb mir einen Brief, in dem sie sich entschuldigte. Seitdem war unsere Freundschaft wieder reanimiert worden und wir hatten wieder häufiger Kontakt. Seitdem ich wieder hierher zurückgezogen war, war alles wieder wie früher. Alles, bis auf die kleine Tatsache, dass wir über Beziehungen und Liebe nicht mehr sprachen. Aber genau hier lag jetzt der entscheidende Knackpunkt.

Rosalie warf mir nun einen aufmunternden Blick zu. Ich holte tief Luft, sah Lene dann direkt in die Augen und sagte ihr, dass Nils einer der Gründe war, weshalb ich nichts hatte von mir hören lassen.

„Der Nils?“ fragte sie daraufhin und zog eine Augenbraue nach oben.

„Ja, genau, der Nils.“ Und dann erzählte ich ihr alles. Rosalie saß derweil neben uns und kratzte zunächst die Reste ihres Gyros zusammen, ehe sie anschließend mit dem Wachs der brennenden Kerze spielte. Natürlich wusste sie, was ich Lene gerade berichtete, doch verstand sie kein einziges Wort, da Dänisch für sie ebenso unverständlich war wie Chinesisch, Türkisch oder sonst eine Sprache, die sie nicht sprach.

Aber ich wusste, es machte ihr nichts aus, dass meine kleine Erzählung etwas länger dauern würde. Schließlich war in den letzten Tagen viel passiert. Und nicht nur in den letzten Tagen, auch am heutigen Nachmittag gab es noch ein Ereignis, das ich Lene nicht verschwieg, sondern ebenfalls haarklein davon berichtete.

****

Über vier Jahre war es her gewesen, dass Nils und ich gemeinsam in dem Café an der Spitze Dänemarks gewesen waren. Als ich ihn am gestrigen Abend eine Nachricht zurück geschrieben und ihn nach einem Treffen gefragt hatte, hatte es nicht einmal zwei Minuten gedauert, bis ich eine Antwort von ihm erhielt. Sich in diesem Café zu treffen war sein Vorschlag gewesen und ich war einverstanden damit. Er bot mir auch an, mich abzuholen, doch für den Fall, dass unser Gespräch nicht so gut verlief, wollte ich lieber alleine fahren.

Gefühlt hatte ich stundenlang mit Rosalie vor meinem Kleiderschrank gestanden und überlegt, was ich wohl anziehen sollte. Im Grunde war es eigentlich egal, denn ich musste Nils schließlich nicht gefallen. Doch andererseits wollte ich schon gerne gut aussehen.

„Ach, Sofia“, seufzte Rosalie, „du tust dich echt ganz schön schwer mit deiner Kleiderwahl. Dabei hast du nur schöne Sachen, die dir alle unheimlich gut stehen.“

„Ich möchte halt gut aussehen“, verteidigte ich mich. „Aber es soll auch nicht den Eindruck machen, dass ich mich extra für ihn chic anziehe.“

„Dann nimm doch die hübsche blaue Tunika mit den weißen Schneesternen darauf und eine enge Jeans. Dazu diese bequemen hellblauen Boots und ein weißes Halstuch.“

Und mit dieser Auswahl war ich dann auch endlich zufrieden. Als ich mich gegen viertel vor Vier von Rosalie verabschiedete und in meinen Wagen stieg, schlug mir mein Herz bis zum Hals.

„Das wird schon gut laufen“, munterte sie mich auf. „Und wenn du wieder kommst, will ich alles ganz genau wissen.“ Sie strahlte mich an, schloss die Tür und ich startete den Motor.

Als ich auf den Parkplatz an der Nordspitze bog, standen dort nur drei Autos. Im Sommer tummelten sich hier die Touristenscharen, doch im Winter zog es hier nur sehr vereinzelt Leute hin. Auch das Wetter am heutigen Tag war nicht besonders einladend. Es war unglaublich stürmisch und unangenehm kalt. Ob einer der Wagen wohl

Nils gehörte, fragte ich mich noch und in dem Moment stieg er auch schon aus einem der Autos aus.

„Hallo Sofia", begrüßte er mich, als er meine Fahrertür öffnete und ich ausstieg. Ein Hauch seines Aftershaves zog an mir vorbei und weckte tausende Erinnerungen in mir. Es war noch dasselbe, das er bereits vor über vier Jahren benutzt hatte.

Gemeinsam betraten wir das Café und suchten uns einen gemütlichen Platz am Fenster mit Blick aufs Meer.

„Schön, dass du Zeit hast", sagte ich und zog meine Jacke aus. Nils tat es mir gleich. Er trug einen dunkelblauen Pullover mit Rollkragen und verwaschene Jeans dazu. Die grauen Schatten unter seinen Augen schienen noch eine Nuance dunkler geworden zu sein, seit wir uns am vorgestrigen Abend gesehen hatten. Es wirkte, als hätte er in der letzten Zeit kaum Schlaf gehabt und zudem schien er ein wenig verkatert.

„Gut siehst du aus", bemerkte er und schenkte mir ein unsicheres, aber dennoch charmantes Lächeln.

„Danke, du aber auch", antwortete ich und beide wussten wir, dass es nicht ganz der Wahrheit entsprach.

Eine kurze Stille trat ein und Nils kaute nervös auf seiner Lippe herum. Das hatte er damals schon getan, als wir unser erstes Date hier hatten. Doch die Nervosität heute war wohl eine andere. Zumindest, wenn ich von meiner eigenen ausging.

In dem Café waren wir so ziemlich die einzigen Gäste. Lediglich am anderen Ende des Raumes saß ein älterer Herr, der in seine Zeitung vertieft war. Zu seinen Füßen lag ein wunderschöner Schäferhund, der entspannt an einem Knochen kaute. Mein Blick haftete eine Weile auf dem Tier und ich überlegte, wie ich wohl das Gespräch anfangen sollte. Wo fing man an, wenn man zwar offiziell nur eine ganz simple Information bekommen wollte, einem im Grunde aber so viel mehr auf der Seele lag?

„Hast du meinen Brief gelesen?" fragte Nils nun stattdessen und brach somit unser Schweigen.

„Ja, ich habe ihn gelesen", nickte ich.

Bevor ich weiter darauf eingehen konnte, kam die Bedienung an unseren Tisch und fragte, was es denn für uns sein dürfe.

„Bringen Sie uns bitte zwei Kaffee und zwei Stückchen Pflaumenkuchen."

Er hatte scheinbar nicht vergessen, was wir damals hier gegessen hatten und ich lächelte heimlich in mich hinein.

Die Bedienung verschwand wieder Richtung Küche. „Ich hoffe, es ist dir Recht?“ fragte er mich. „Oder hat sich dein Geschmack mittlerweile verändert?“

Kurz überlegte ich. Hatte sich mein Geschmack verändert? Nicht wesentlich, würde ich sagen. Das einzige, was ich mittlerweile aß, obwohl ich es mein Leben lang bisher nicht gemocht hatte, waren Oliven. Allerdings nur die Schwarzen, die Grünen mochte ich nach wie vor nicht. „Nein, alles bestens“, antwortete ich. „Das war eine gute Wahl.“

Nun lächelte Nils erneut, diesmal ohne Unsicherheit dabei.

Es war merkwürdig, so mit ihm hier zu sitzen, denn diese Hoffnung, dass wir jemals wieder an irgendeinem Tisch zusammen sitzen würden, hatte ich vor Jahren längst aufgegeben gehabt. Ein schmerzhaftes Ziehen durchzuckte meine Brust und mein Magen krampfte sich zusammen. Ich war nervös und angespannt, so wie Nils ebenfalls, das konnte ich ihm ansehen und ich konnte es spüren. Er wagte einen vorsichtigen Blick in meine Augen und legte seine rechte Hand auf meine linke, die ich locker vor mir auf dem Tisch abgelegt hatte. Ein vertrautes Gefühl durchzog nun meinen Körper, ich musste aufpassen, dass ich normal atmete, damit mich meine Emotionen nicht überrollten.

„Du hast ihn also gelesen", wiederholte er langsam und leise und meinte damit den Brief, bei dem wir stehen geblieben waren, bevor die Kellnerin unsere Bestellung aufgenommen hatte.

Vereinzelt schossen mir wieder die Worte in den Kopf, die ich gelesen hatte. Es erfüllte mich mit Wehmut, wenn ich daran dachte, wie viel damals zwischen uns schief gelaufen war, ohne, dass wir beide es in irgendeiner Art und Weise bemerkt oder gar beabsichtigt hätten. Wir hatten uns gegenseitig, ohne es auch nur ansatzweise zu ahnen, die größten Schmerzen zugefügt und niemals darüber geredet, was in uns vor sich ging. Auf der einen Seite kam ich mir immer wieder unheimlich schäbig vor, weil ich ihn an diesem achten Dezember einfach so hinausgeworfen hatte. Nicht nur aus dem Haus, sondern direkt aus meinem Leben. Andererseits war ich auch einfach enttäuscht darüber gewesen, dass er meine Liebe immer wieder so abgeblockt und meine Gefühle mit Füßen getreten hatte. So lange Zeit konnte ich es nicht verstehen, machte mir immer wieder die größten Vorwürfe. Und dann, nach über vier endlos langen Jahren, schenkte er mir mit diesem Brief einen kleinen Einblick in seine Gefühlswelt. Es hatte mich überrumpelt, hatte alle Schmerzen erneut in mir hochgeholt und mich erschüttert, weil es mir auf einmal so sinnlos erschien, dass wir auseinandergegangen waren.

Betretenes Schweigen lag zwischen uns. Was sollte ich jetzt sagen? Sollte ich sagen, dass ich unglaublich berührt war von seinen Worten, was ich zweifelsohne war? Sollte ich ihm jetzt Vorwürfe machen, dass er damals nicht um mich gekämpft hatte, nach dem Rauswurf? Das hätte ich mir gewünscht. Doch ich sagte nichts dergleichen.

„Danke", hörte ich mich stattdessen selber leise sagen und sah dabei auf die blau-weiß-karierte Tischdecke, um nicht seinem Blick zu begegnen. „Danke, dass du mir mit diesem Brief deine Gedanken und deine Gefühle anvertraut hast." Meine Stimme war hauchdünn. All meine Wut, all meine Enttäuschung, alles, was ich Nils vielleicht noch vor Monaten, Tagen oder auch Stunden gerne um die Ohren geschleudert hätte, war einer inneren Stille gewichen. Einer Stille aus einer Erkenntnis heraus, die mir ganz klar zu verstehen gab, dass niemand von uns beiden an den Umständen damals eine Schuld trug.

Stille auch gerade wieder zwischen uns. Wieso sagte er nichts? Sollte ich ihn jetzt ansehen? Vielleicht dachte er, ich würde ihn mit meinen Worten veralbern wollen, doch das wollte ich ganz bestimmt nicht. Ich spürte, wie er meine Hand fester drückte, hörte, wie er schwer atmete und wagte ganz vorsichtig einen Blick in sein Gesicht. Da saß er, Nils, die Liebe meines Lebens, der stärkste und männlichste Mann, den ich je kennengelernt hatte.

Mit Tränenüberströmtem Gesicht saß er da und rang um Fassung. Die Kellnerin, die uns gerade mit dem Kaffee und dem Kuchen versorgen wollte, merkte, dass der Zeitpunkt eher schlecht dafür war und entfernte sich noch einmal galant. Jetzt blutete mein Herz und auch ich war den Tränen nahe.

„Oh, Sofia, es tut mir alles so schrecklich leid", platzte es jetzt aus ihm heraus. Schnell zog er seine Hand zurück und vergrub sein Gesicht darin. „Wenn du wüsstest, wie sehr ich dich all die Zeit vermisst habe und mir nichts sehnlicher gewünscht habe, als dass ich all meine Fehler wieder rückgängig hätte machen können. Ich war so ein riesen Vollidiot."

Meine Hände tasteten nach seinen, umfassten sie und ich sah ihm fest in die Augen.

„Nein, das bist du nicht", sagte ich und streichelte sanft seine Finger. „Und das bist du auch nie gewesen. Mir tut es leid, dass ich dich so eingeengt und dich so genervt habe, dass du gar keine andere Wahl mehr hattest, als dich mir gegenüber so zu verhalten." Nun rannen auch endlose Tränen über meine Wangen und ich war froh und dankbar, dass wir mittlerweile die einzigen Gäste hier in dem Café waren. Der ältere Herr mit seinem Schäferhund hatte bereits vor einigen Minuten das Weite gesucht und die Kellnerin hatte scheinbar ganz wichtige Arbeiten hinter dem Tresen zu erledigen, die ihre volle Aufmerksamkeit verlangten.

„Warum haben wir nicht einfach über alles reden können?“ fragte Nils schwermütig.

Einen Moment lang dachte ich über die Frage nach, doch eigentlich war ich mir sicher, die Antwort bereits gefunden zu haben. Vielleicht war sie mir gerade erst bewusst geworden, vielleicht aber hatte ich es auch vorher schon geahnt. „Ich denke, weil wir uns gegenseitig nicht verletzen wollten.“

Nun stand Nils von seinem Stuhl auf, kam zu mir herüber auf die Sitzbank und nahm mich fest in seine starken Arme, so fest, dass ich kaum Luft bekam. Es kam mir in diesem Moment ein bisschen vor wie ein Traum und ich hatte Angst, daraus zu erwachen und festzustellen, dass es tatsächlich nur ein Traum gewesen war. Ich schloss nun einmal bewusst meine Augen und öffnete sie wieder, nur um ganz sicher zu gehen, dass er wirklich hier war, ganz nah bei mir. Und ich war erleichtert, denn ich träumte tatsächlich nicht. Wir hielten uns eine ganze Weile so fest, als wären wir eine einzige zusammengehörige Einheit. Alles schien sich in dieser Umarmung aufzulösen. Aller Schmerz, alle Trauer, alle Fragen, einfach alles, was uns seit über vier Jahren schwer auf der Seele gelastet hatte. Diesen Moment, das wusste ich, würde ich für immer in meinem Herzen einfrieren, weil er mehr aussagte, als es tausende Worte es je gekonnt hätten.

Die nette Kellnerin sah irgendwann verstohlen zu uns hinüber und ich erlöste sie mit einem freundlichen Nicken. Sie lächelte erleichtert, nahm das Tablett mit unserer Bestellung und kam damit zu uns. „Entschuldigen Sie, ich wollte Sie nicht stören. Aber ich fürchte, der Kaffee ist jetzt kalt."

„Das ist nicht schlimm", sagte Nils und räusperte sich kurz, um wieder einigermaßen normal zu klingen. „Schütten Sie ihn einfach weg und bringen uns zwei frische Kaffee. Ich zahle das natürlich alles."

Bereitwillig nahm sie die zwei Tassen wieder mit und brachte uns umgehend Neue mit heiß dampfendem Kaffee darin.

Ich war erleichtert. Das Eis zwischen Nils und mir war gebrochen und es war unglaublicher weise, als hätte es die Zeit ohne einander nie gegeben. Natürlich war uns beiden bewusst, dass es anders war und das wir sicherlich noch einiges aufzuarbeiten hatten, aber ein Anfang war geschaffen.

„Was meinst du", fragte Nils, als wir unseren Kuchen gegessen und den Kaffee getrunken hatten. „Wollen wir noch ein paar Schritte ans Wasser gehen?"

Ich sah nach draußen. Die Sonne war schon fast untergegangen, aber ein wenig frische Luft war vermutlich nicht das schlechteste. Zumal ich Nils noch nach der Schneekugel fragen wollte. „Ja, lass uns noch etwas an den Strand gehen."

„Was wolltest du eigentlich von mir wissen?" fragte er, als wir uns auf den Weg gemacht hatten.

„Die Schneekugel, die du mir vorgestern Abend nach Hause gebracht hast, wo hast du die her?"

****

„Was?" kreischte Lene nun. „Das kann doch nicht sein. Jetzt nimmst du mich auf den Arm!"

Dass meine beste Freundin so auf meine Neuigkeiten reagieren würde, hätte ich bei Weitem nicht für möglich gehalten. Schon während ich ihr von all den Begebenheiten der letzten Tage erzählte und ebenfalls von Nonnas Geschichte berichtete, hatte Lene zig Fragen gestellt und war fassungslos, dass es scheinbar wirklich eine Liebe gab, die größer war, als alles, was man mit Worten erklären konnte. Und dass das Schicksal Mittel und Wege fand, eine solche Liebe wieder zusammenzuführen, die uns Menschen völlig absurd und unerklärlich erschienen.

„Doch, es scheint wirklich wahr zu sein", antwortete ich nun ganz ruhig und schmunzelte dabei in mich hinein. „Lasse ist ganz offensichtlich nicht nur mein Großvater, sondern irgendwie ebenfalls der von Nils."

Als ich Nils während unseres Spaziergangs am Strand gefragt hatte, woher er die Schneekugel hatte, strahlte er mich mit großen Augen an. „Ich habe sie selber gemacht."

„Was?" entfuhr es mir. „Wie, du hast sie selber gemacht?" Ich war mich sicher, er würde mich auf den Arm nehmen, denn ich wusste, dass er mit solchen „Basteleien", wie er es früher gerne nannte, nichts im Sinn hatte. Doch Nils meinte es scheinbar ernst. Er blieb plötzlich stehen, nahm meine Hand zärtlich in seine und sprach mit gedämpfter Stimme zu mir. „Weißt du, Sofia, ich wollte einfach wieder gutmachen, was ich damals aus purer Wut und dummer Unachtsamkeit kaputt gemacht habe. Ich wusste, was dir diese Schneekugel bedeutet hat und habe damals keinerlei Rücksicht auf dich und deine Gefühle genommen. Glaub mir, ich habe mich in meinem ganzen Leben niemals so schrecklich gefühlt, wie in dem Moment, als ich dich mit gebrochenem Herzen dort auf dem Boden zwischen all den Scherben hab sitzen sehen und ahnte, was ich da Grausames getan hatte. Denn wirklich bewusst wurde es mir erst, als ich bereits in meinem Wagen saß, nachdem du mich aus dem Haus geworfen hast." An dieser Stelle unterbrach Nils kurz, weil ihm seine Stimme wegbrach und erneut die Tränen liefen. Doch er fasste sich wieder, wollte weitersprechen. Ich selber hatte einen solchen Kloß in meinem Hals, dass ich bald meinte, daran ersticken zu müssen. In meiner Erinnerung sah ich mich ebenfalls dort auf dem Boden kauern, ohnmächtig vor Schmerz.

„Ich verließ euer Haus und mir war klar, dass ich dir niemals wieder unter die Augen treten konnte." Erneutes Schweigen. Wie angewurzelt standen wir da.

„Die Tatsache, dass ich dich für immer verloren hatte und auch noch selber Schuld daran war, fraß mich bald auf. Ich träumte von dir, immer und immer wieder sah ich dich inmitten der Scherben. Als ich dir den Brief geschrieben hatte, da entstand ganz plötzlich eine kleine Hoffnung in mir. Eine Hoffnung, wie ich zumindest einen winzigen Teil wieder gutmachen könnte. Einen Anfang für den Fall, dass wir uns jemals wieder begegnen würden. Ich wollte dir eine neue Schneekugel besorgen. Natürlich dachte ich zuerst, ich bräuchte nur lange genug in irgendwelchen Läden stöbern, um ein solches Exemplar zu finden. Doch dann fiel mir ein, dass du mir immer wieder ganz stolz erzählt hast, dass es diese Kugel nur ein einziges Mal auf dieser Welt gab, so, wie es auch deine Eltern nur ein einziges Mal auf dieser Welt gegeben hatte. Und damit starb die Hoffnung in mir erstmal wieder für eine Weile."

„Und dann?" hörte ich mich fragen, denn ich wollte wissen, wie es möglich war, etwas so wundervolles noch ein weiteres Mal zu erschaffen, zumal sie so Detailgetreu war, dass es schon bald an ein Wunder grenzte.

„Nun", fuhr er fort und hielt dabei immer noch meine Hand fest in seiner. „Mein Großvater mütterlicherseits, hatte einen kleinen Kunstladen in dem Ort, wo ich dir damals dein Armband gekauft habe." Nils Daumen wanderte ein Stück mein Handgelenk hinauf, an dem ich es noch immer trug. Ich hatte es nie abgelegt, jedenfalls nie für lange, höchstens mal beim Duschen oder Schwimmen gehen. Es war das, was mich stets an glückliche Tage erinnerte und von dem ich es nie geschafft hatte, mich zu trennen. Natürlich war Nils schon bei unserer ersten Wiederbegegnung aufgefallen, dass ich es noch trug und er schien sich sichtlich darüber zu freuen.

„Ehrlichgesagt, hatte ich seinen Laden nie aufgesucht, weil es mich zum einen gar nicht interessierte, was er dort so verkaufte. Zum anderen ist er auch nicht mein richtiger Großvater, denn meine Mutter wurde als Kind adoptiert und hat später den Kontakt zu ihm und seiner, mittlerweile verstorbenen Frau, abgebrochen. Also hatte ich auch immer eher wenig Kontakt zu ihm. Aber ich dachte, er könne mir vielleicht einen Rat geben, wie man eine solche Schneekugel anfertigen könnte. Ein Künstler, so dachte ich, hätte da bestimmt eine Idee."

In meiner Phantasie stellte ich mir den Laden so vor, wie all die anderen kleinen Kunstgeschäfte in Lohals. Doch ein solches Geschäft schien es bei Weitem nicht gewesen zu sein.

„Sofia, es war unglaublich", erzählte Nils. „Als ich auf den Laden zuging, sah ich im Schaufenster schon unendlich viele Schneekugeln und traute meinen Augen nicht – kleine und große, bunte und schlichte. Und ich fragte mich, wieso ich niemals vorher sein Geschäft aufgesucht hatte. In dem Inneren der Kugeln waren kleine prägnante Bauwerke aus der Gegend, wie beispielsweise der versandete Leuchtturm, die Nordspitze oder ein Stück der Wanderdüne. Es war ein so beeindruckender Anblick, dass ich mir sicher war, mein Großvater könne mir zumindest zeigen, wie ich selber so ein Kunstwerk zaubern könnte. Um die Details der Kugel machte ich mir noch keine Gedanken. Der Laden heißt übrigens >Schüttelzauber< und es gibt ihn immer noch. Allerdings gehört er jetzt seit zwei Jahren meinem Cousin Thomas, weil mein Großvater meinte, mit fünfundachtzig Jahren wäre es vielleicht doch einmal Zeit für den wohlverdienten Ruhestand und so hat er ihm den Laden übergeben.

Aber zurück zu deiner Kugel. Als ich meinen Großvater um Hilfe bat, holte er mir einen Ordner mit sämtlichen Schneekugeln, die er jemals selbst angefertigt hatte. Ich blätterte jede Seite gründlich durch, in der Hoffnung, etwas Ähnliches zu finden, wie ich es bei dir gesehen hatte. Ich erinnere mich noch daran, was mein Großvater mit Bestimmtheit zu mir sagte: >Du darfst jede einzelne dieser Schnee- oder Glitzerkugeln nachbauen. Nur die allerletzte in dem Ordner, die auf keinen Fall. Sie ist ein Einzelstück, etwas, das es nur einmal auf der ganzen Welt gibt oder zumindest gegeben hat.< Das waren exakt seine Worte und weil ich sie ernst genommen hatte, hatte ich mir diese Kugel auch erst gar nicht angesehen."

Ich begann langsam zu ahnen, was er mir gleich eröffnen würde, doch hielt ich es irgendwie für völlig absurd. Nils sprach weiter und bestätigte so meine Vermutung.

„Nachdem ich mir alle Schneekugeln genauestens angesehen, aber keine wirklich brauchbare darunter entdeckt hatte, schlug ich nun auch die letzte Seite des Ordners noch auf. Es war so unglaublich, so surreal, dass ich immer wieder meine Augen zusammenkniff, um mir selbst zu beweisen, dass ich ganz offensichtlich verrückt geworden war."

„Es war Nonnas Kugel?" fragte ich. Meine Stimme klang bald ehrfürchtig. Nils nickte.

„Das war so unglaublich! Mein Großvater hatte Skizzen als Entwürfe und für mich stand fest, dass ich die haben musste. Natürlich hatte ich auch seine Worte im Hinterkopf, dass es kein Duplikat dieser Schneekugel geben durfte. Er hatte es ausdrücklich verboten, doch jede Faser in mir schrie förmlich danach, dass ich mich seiner Anweisung widersetzen musste."

„Du hast sie heimlich angefertigt", mutmaßte ich.

„Ja, das habe ich."

„Und hast du ihn niemals darauf angesprochen, dass du das Original kanntest?"

„Nein. Mein Großvater blockte jedes Mal ab, wenn ich auch nur den kleinsten Versuch startete, ihn auf diese Kugel und ihren Hintergrund anzusprechen. Also ließ ich es bleiben und machte mich stattdessen an die Arbeit."

„Wann war die Schneekugel fertig?" wollte ich nun wissen.

„Vor etwa fünf Monaten. Ich habe zig Anläufe gebraucht, habe immer wieder neu angefangen, weil sie nie so aussah, wie ich es mir für dich gewünscht habe. Sie sollte wirklich so aussehen, wie das Original und ich habe sehr, sehr lange gebraucht, bis ich mit dem Ergebnis zufrieden war."

„Und das hast du wirklich nur für mich getan?" fragte ich ungläubig.

„Ich wollte meinen Fehler wirklich wieder gutmachen", beteuerte er noch einmal. „Als mein kleiner Kaffee-Laden im Sommer eröffnet wurde, bekam die Schneekugel einen festen Platz in meinem Schaufenster, in der Hoffnung, dass du sie dort irgendwann entdecken würdest, falls du jemals hierher zurückkämst."

„Hat super funktioniert", stellte ich mit einem Schmunzeln fest.

„Es war mein kleiner Strohhalm, an dem ich mich festgeklammert hatte."

Ich war gerührt und überwältigt. Wie Recht Rosalie doch hatte, wenn sie immer wieder behauptete, das Leben sei etwas vollkommen Magisches. Und wenn dann noch die Magie der Liebe hinzukam, entpuppte sich alles als ein einziges großes Wunder.

In meinem Kopf begannen nun, nach dieser romantischen Geschichte, die Gedanken plötzlich wild durcheinander zu schwirren, denn ich fing auf einmal an zu begreifen, was Nils mir soeben mit dieser Geschichte offenbart hatte, ohne selbst auch nur die leiseste Ahnung zu haben. Der Wind nahm an Stärke zu und es wurde ziemlich kühl. Nils wollte schon weitergehen, doch ich hielt ihn zurück. Nun musste ich ihm erzählen, was ich selbst erst am gestrigen Tag herausgefunden hatte.

„Und was hat er dazu gesagt?“ fragte Lene und ihre Stimme überschlug sich dabei fast.

„Er hat natürlich auch erst gedacht, ich würde ihm ein Märchen erzählen, doch irgendwann begriff er, dass es keines war. Wir waren nur froh, dass Nils` Mutter ein Adoptivkind war, denn sonst wären wir ja jetzt quasi verwandt und das wäre irgendwie eher eine Katastrophe statt eines Wunders gewesen.“

Rosalie, die bei dem letzten Teil unseres Gespräches wieder voll mit einbezogen wurde, sah mich prüfend an. „Und wie geht es jetzt weiter?“

29.

14. Dezember 2016

An diesem Abend fiel es Nils nicht schwer, seine Augen zu schließen. Vielleicht das erste Mal nach über vier Jahren freute er sich sogar darauf, ohne die größte Sorge, die er jemals bisher gehabt hatte, nämlich seinen Fehler von damals nie wieder korrigieren zu können, sich dem Schlaf hinzugeben. Er brauchte nicht einmal Alkohol dazu, wie er glücklich und zufrieden feststellte. Noch immer konnte er Sofia überall spüren, wie er sie im Café im Arm gehalten und sie ihn fest umklammert hatte. Es war ihm auch im Nachhinein nicht einmal unangenehm, all seinen Emotionen freien Lauf gelassen zu haben. Er hätte es auch nicht ändern können, denn wie der Schaum einer Sektflasche, die man mit einem Ruck entkorkte, floss er einfach über. Alles, was ihn seit Jahren belastet hatte, verschaffte sich an diesem Nachmittag Luft und Sofia hatte ihm auch nach all dieser Zeit keinen einzigen Vorwurf gemacht. Das hatte sie damals schon niemals getan und tat es bis heute nicht. Oh, wie sehr er sie doch liebte. Und nun huschte ein seliges Lächeln über seine Lippen, als er daran dachte, wie er sie beim Abschied zärtlich auf die Lippen geküsst hatte. Es war ein kurzer, aber doch sehr inniger Kuss gewesen und er hoffte, er dürfte ihre Lippen auch in Zukunft wieder mit den seinen berühren.

****

Im Krankenhaus in Frederikshavn begrüßte man ihn schon mit freundlichem Nicken, als er Station B5 betrat. Seit sechs Tagen kam er täglich hierher, um seinen Großvater zu besuchen. Naja, eigentlich war es ja nicht wirklich sein Großvater, was er an diesem Tag eher mit Freude als mit Wehmut feststellte, denn sonst wären Sofia und er verwandt miteinander gewesen und hätten vielleicht nie mehr die Chance gehabt, es eventuell doch noch mit einer festen Beziehung zu versuchen. Früher hatte er sich oft gewünscht, dass Lasse auch sein richtiger Opa wäre, so einer, wie andere Kinder ihn auch hatten. Doch seine Mutter hatte ihm immer wieder zu verstehen gegeben, dass in seiner Familie eben nicht alles so war wie in anderen Familien. Man hatte ihr selbst erst recht spät erzählt, dass sie nicht das leibliche Kind von Lasse und seiner Frau Tine war. Tine hatte keine Kinder bekommen können und so adoptierte das junge Paar 1951 Mathilda, ein kleines Mädchen aus einem Waisenhaus. Und auch, wenn Mathilda ihre

Eltern über alles liebte, konnte sie ihnen die Tatsache, dass sie ihr etwas so Grundlegendes verschwiegen hatten, nie ganz verzeihen. Mathildas Adoptivmutter starb im Jahr 1973, Nils war gerade mal zwei Jahre alt. Nur sporadisch hatte Nils Kontakt zu Lasse, meist an Weihnachten und Geburtstagen. Erst an dem Tag vor etwa drei Jahren, als er das kleine Geschäft mit den Schnee- und Glitzerkugeln betrat, änderte sich sein Verhältnis zu seinem Großvater und der Kontakt zwischen ihnen wurde zunehmend inniger. Nils mochte den alten Mann, er strahlte eine Ruhe und Gelassenheit aus, die ihm selbst immer völlig fremd war. Er brauchte stets Action in seinem Leben, hielt sich beschäftigt, um sich bloß nicht allzu viel mit seiner Gedanken- und Gefühlswelt auseinandersetzen zu müssen. Damit hatte er erst nach und nach begonnen, nachdem Sofia nicht mehr Teil seines Lebens war und er realisierte, dass vieles, was er in seinem Leben bis dahin für richtig gehalten hatte, ihn nur von seinem wahren Leben, seinen wahren Wünschen, abgehalten hatte. Er vermisste Sofia in jeder einzelnen Minute so schmerzlich, dass jegliche Ablenkung fehl schlug und er sich wohl oder übel mit seinem eigenen Inneren beschäftigen musste. Und dafür war sein Großvater ein wunderbares Vorbild. Mit wie viel Hingabe er sich seinen Schneekugeln widmete und jede einzelne davon zu etwas ganz Besonderem machte. Er erzählte viel von seiner, Nils`, Mutter, wie sie so als Kind gewesen war und was für eine große Bereicherung sie stets für sein eigenes Leben gewesen sei. Alles, was vor dieser Zeit, vor Mathilda existierte, blockte sein Großvater immer wieder ab, dabei hätte Nils so viele Fragen gehabt, gerade zu dieser Geschichte mit der Schneekugel, die es nur dieses eine Mal auf der Welt gegeben und die er, Nils, zerstört hatte. Ganz offensichtlich war diese Kugel nicht nur etwas Besonderes für Sofia gewesen, sondern auch für seinen Großvater. Und es schienen schmerzliche Erinnerungen für ihn daran zu hängen, sonst hätte er bestimmt darüber gesprochen.

Leise klopfte Nils an die Zimmertür und öffnete sie vorsichtig. Die Schwester, die gerade bei seinem Großvater den Puls fühlte, grüßte ihn freundlich. „Guten Abend, Herr Frellson. Es gibt leider noch keine großen Veränderungen.“ Mit einem mitleidigen Blick sah sie ihn an.

„Das wird schon“, sagte Nils zuversichtlich und sie nickte höflich. Vermutlich glaubte sie nicht wirklich daran, denn ein Mann in seinem Alter, er war mittlerweile siebenundachtzig, erholte sich nach ihren Erfahrungen nicht mehr unbedingt nach so einem schweren Herzinfarkt. Zumal er jetzt bereits seit seiner Einlieferung am achten Dezember im Koma lag.

Jetzt musste er wieder daran denken, was Sofia ihm gut eine Stunde zuvor am Strand alles berichtet hatte. Wie betäubt und mit trockenem Mund hatte er dagestanden und gedacht, sie würde ihm Märchen erzählen. Als sie ihm sagte, dass ihre Nonna vor genau sechs Tagen einen Herzinfarkt erlitten hatte, musste er sich tatsächlich für einen kurzen Moment in den kalten Sand setzen, weil es ihm bald schwarz vor Augen wurde. Die Geschichte mit ihm und Sofia war die eine Seite. Alleine das war alles schon verrückt, aber dass nun auch noch Sofias Nonna und sein, in Klammern, Großvater ebenfalls Teil dieser Geschichte waren, war doch mehr als ein verrückter Zufall. Er fragte sich, wie es sein konnte, dass zwei Menschen, die sich einmal so sehr geliebt hatten, an ein und demselben Tag das gleiche Schicksal erlitten?! So etwas gab es doch wirklich nur im Märchen.

„Ich lasse Sie jetzt mit ihrem Großvater alleine“, unterbrach die Schwester seine Gedanken und verließ leise den Raum. Nils holte sich einen Stuhl, setzte sich an das Krankenbett und nahm die Hand seines Großvaters in seine eigene.

„Opa, ich muss dir etwas erzählen“, flüsterte er ihm zu. „Das wirst du nicht glauben.“

Und dann berichtete er ihm von allem, was er an diesem heutigen Nachmittag erfahren hatte. Er erzählte auch von seiner Zeit damals mit Sofia und er beichtete ihm sogar die Sache mit der Schneekugel. Nicht nur, dass er sie vor Jahren an die Wand geschleudert, sondern auch, dass er eine neue angefertigt hatte, obwohl er, sein Großvater, es ihm ausdrücklich verboten hatte. Vielleicht fiel es ihm nun auch so leicht, darüber zu berichten, weil sein Großvater schließlich nichts dazu erwidern konnte. Vermutlich hörte er ihn nicht einmal. Obwohl man immer wieder davon sprach, dass Komapatienten alles wahrnahmen, was um sie herum passierte. Nur eben nicht so, wie Menschen, die wach waren. Insgeheim hoffte Nils, dass sein Opa alles hören würde, was er ihm berichtete, denn er hatte die leise Hoffnung, dass er dann vielleicht wieder aufwachen würde. Schließlich war hier die Rede von seiner, vielleicht größten Liebe.

****

Die Gedanken in Nils` Kopf hielten noch ein wenig an, als er seine Augen bereits geschlossen hatte. Er fühlte sich glücklich, das erste Mal seit wirklich langer Zeit. Das Leben hatte ihn mittlerweile von Grund auf verändert, zu seinem Vorteil, wie er fand. Rücksichts- und Verständnisvoller war er nun anderen und auch sich selbst gegenüber geworden. Hoffentlich, so dachte er, würde Sofia sein neues Ich auch noch genauso lieben, wie sie damals sein früheres Ich geliebt hatte. Es würde sich mit der Zeit herausstellen, aber er war sehr zuversichtlich, denn Sofia war etwas Besonderes. Sie hatte ihn immer schon so angenommen, wie er war und sie würde es vermutlich auch weiterhin tun. Er liebte sie jedenfalls noch genauso stark wie am Anfang, nein, wenn er es sich recht überlegte, liebte er sie nun noch viel mehr. Er wusste, was für einen Schatz er damals verloren hatte und er würde alles dafür tun, dass sie sich nie mehr wieder verlieren würden. Mit diesem letzten Gedanken für diesen Tag schlief er tief und fest und glücklich ein.

30.

14. Dezember 2016

Francesca war nicht mehr zurück in die Klinik gegangen, nachdem sie sich am vorigen Abend spontan selbst entlassen hatte. Ihre Dickköpfigkeit, die Dr. Mattis ihr sorgenvoll unterstellte, schrieb sie dabei ihrem italienischen Temperament zu. „Unkraut vergeht nicht", hatte sie nur zu ihm gesagt, die Papiere unterzeichnet und auf den Taxifahrer gewartet. Schon alleine das Essen in diesem riesigen Klotz empfand sie als eine Zumutung, das konnte unmöglich zur Gesundheitsförderung dienen. Da war sie doch besser Zuhause aufgehoben.

„Aber sollte sich Ihr Zustand verschlechtern", sagte Dr. Mattis, „kommen Sie ohne Umschweife zurück." Sie hatte es ihm versprochen, ihm die Hand gegeben und sich auf Nimmerwiedersehen verabschiedet. Sie war sich sicher, hätte er eine so gewissenhafte Enkelin gehabt, die bereits den ganzen Tag nicht zu erreichen war, hätte er sich ebenfalls Sorgen gemacht und vermutlich alles stehen und liegen gelassen, um nach dem Rechten zu sehen.

Zugegebenermaßen fühlte sie sich an diesem Morgen nicht unbedingt wie das blühende Leben, doch konnte man das von einem sechsundachtzigjährigen Körper wohl auch kaum erwarten. Ihr Geist hingegen war noch topfit.

Ein wenig mühevoll schwang sie ihre Beine aus dem Bett, zog ihren Morgenmantel an und ging langsamen Schrittes in die Küche, um sich einen Espresso zu kochen. Auch davor hatte der Arzt sie gewarnt, Kaffee, meinte er, sei nicht gut für ihr Herz. Doch was wusste er schon von ihrem Herzen. Das hatte schon so vieles ausgehalten in all den Jahren, da fiel eine so winzig kleine Tasse Kaffee gar nicht ins Gewicht. Als sie den Kocher auf den Herd stellte, bemerkte sie, dass Sofia und ihre Freundin Rosalie wohl schon gefrühstückt haben mussten, denn zwei benutzte Gedecke standen auf der Spüle und im Haus war es verdächtig still. Als sie zum Kühlschrank ging, entdeckte sie dort eine Notiz: *„Guten Morgen Nonna, wir sind bereits unterwegs. Ich zeige Rosalie ein bisschen die Gegend, da sie morgen schon wieder abreisen muss. Wir sind mittags wieder zurück. Kuss, Sofia"*. Ja, so gewissenhaft kannte sie ihre Enkelin. Sie sagte stets Bescheid, wenn sie wegging, es mal später wurde oder wenn etwas anders war, als normal. Darauf war Verlass. Umso ungewöhnlicher war Sofias Verhalten am vorigen Tag gewesen, aus dem Grund war sie schließlich hergekommen. Wie sie herausgefunden hatte, hatte Sofia ihr Buch gefunden und darin gelesen. Sie war natürlich nicht sauer darüber gewesen, denn wenn sie ehrlich zu sich selber war, hätte sie es an Sofias Stelle auch aus dem Schrank genommen, wenn sie es entdeckt hätte. Schließlich war es schon auf den ersten Blick etwas ganz Besonderes, etwas, das man nicht an jeder Straßenecke zu sehen bekam, etwas, das man sich einfach ansehen musste. Aber die Geschichte alleine, so war Francesca sich sicher, war nicht der Grund für den aufgewühlten Zustand ihrer Enkelin gewesen. Und dazu war auch noch Rosalie mitten in der Woche einfach so aus Italien aufgetaucht, das war schon sehr merkwürdig. Doch Sofia hatte mit keinem Sterbenswörtchen ihre wahren Sorgen erwähnt und Francesca hatte sie auch nicht einfach so darauf ansprechen wollen. Vielleicht würde sie das allerdings noch tun, denn es gab da etwas, das sie eindringlich beschäftigte.

Etwas war ihr nämlich am gestrigen Abend aufgefallen. Sie hatte, sofort, nachdem Sofia und Rosalie zu Bett gegangen waren, die Schneekugel, die neben dem Buch und einigen anderen Dingen auf dem Tisch gestanden hatte, in ihre Hände genommen und wie damals, die Schneeflocken um das Paar tanzen lassen. Sie hatte noch überlegt, wann sie sie das letzte Mal gesehen hatte. Das musste bestimmt schon über vier Jahre her gewesen sein. Seitdem sie Sofia die Kugel zu ihrem achtzehnten Geburtstag geschenkt hatte, hatte sie sie ohnehin nur noch selten zu Gesicht bekommen.

Nicht, dass Sofia sie ihr vorenthalten hätte, nein, das hätte sie niemals getan, aber Sofia bewahrte sie von da an in einem ihrer Schränke auf und sie respektierte das. Das wichtigste, was Francesca mit dieser Schneekugel verband, trug sie ohnehin in ihrem Herzen, ihre große Liebe, ihren Lasse. Und doch hatte sie die Kugel viele, viele Jahre niemals aus den Augen gelassen. Erst als Sofia als kleines Mädchen bei ihr eingezogen war, lernte sie, ihren Schatz mit einem anderen Menschen zu teilen. Francesca wusste, dass Sofia in der Schneekugel ihre Eltern sah und dass es ihr Trost spendete, wenn sie den Glitzerschnee darin aufschütteln durfte.

Als sie die Kugel am gestrigen Abend in den Händen hielt, überfielen sie tausende Erinnerungen und für einen Moment stellte sie wieder schmerzhaft fest, dass mittlerweile so viele Jahre vergangen waren, seit sie Lasse gesehen hatte. Siebzig, um genau zu sein, das war wahrlich eine Ewigkeit. Aber in all den Jahren hatte es nicht einen einzigen Tag gegeben, an dem sie nicht an ihn gedacht hätte. Wie oft hatte sie sich gefragt, was wohl aus ihm geworden war? Ob er auch eine Familie hatte? Ob er überhaupt noch lebte? Und ob er auch so häufig an sie hat denken müssen? Diese Fragen hatte sie sich so oft gestellt. Das letzte Mal vor wenigen Tagen, es war der achte Dezember gewesen. Sie saß in ihrem gemütlichen Sessel am Kamin und musste daran denken, wann sie Lasse das erste Mal begegnet war. Das war auf den Tag genau vor siebzig Jahren gewesen. Und mit diesem Gedanken fuhr ihr ein urplötzlicher Schmerz durch die Brust, der es ihr unmöglich machte, noch gleichmäßig zu atmen. Krampfhaft hatte sie noch den obersten Knopf ihrer Bluse gelöst und um Hilfe gerufen, doch dann wurde ihr schwarz vor Augen und sie verlor das Bewusstsein.

Voller Liebe betrachtete sie das, sich küssende Paar in der Kugel. Dann, nach einer ganzen Weile, drehte sie die Schneekugel auf den Kopf, um sich auch die Gravur im Sockel noch einmal genau anzusehen. Sie wollte mit ihren Fingern zärtlich darüber streichen, wie sie es früher so oft getan hatte. Doch was war das?! Ihr Herz schlug auf einmal schneller und ihr Atem setzte kurz aus. Die Gravur war verschwunden! Aber das konnte doch nicht sein! Irgendetwas ging hier nicht mit rechten Dingen zu. Konnte sich so eine Gravur irgendwann einfach in Luft auflösen? Wohl eher nicht. Francesca verstand es nicht, denn jedes andere winzige Detail passte nach wie vor. Doch es fehlten die wundervollen Worte *„Elsker – evigt"*.

Am besten, dachte Francesca, würde sie mit Sofia in Ruhe das Gespräch suchen, nachdem Rosalie am kommenden Tag wieder abgereist war.

31.

15. Dezember 2016

Hatte er geträumt? Oder träumte er vielleicht immer noch? Es fiel ihm schwer, die Augen zu öffnen, seine Lider wollten einfach nicht so, wie er es wollte. Doch mit ein wenig Anstrengung gelang es ihm, sie zumindest für einen kleinen Moment offen zu halten. Wo war er hier bloß? Das war nicht sein Schlafzimmer, so viel war mal sicher. Die Wände waren kahl und weiß, ebenso wie die Laken, in denen er lag. Er fühlte sich so matschig, als hätte ihn gerade ein Zug überrollt oder eine Lawine. Hätte er es nicht besser gewusst, er hätte behauptet, er läge hier in einem Krankenhaus. Aber er konnte sich nicht daran erinnern, wann und wie er hierhergekommen sein sollte.

Egal, sagte er sich und schloss seine müden Lider wieder. Er schloss sie und war dennoch wach. Vor seinem inneren Auge konnte er Francesca sehen, seine Francesca. Jemand hatte ihm von ihr erzählt, da war er sich fast sicher. Und wenn er es nicht besser gewusst hätte, hätte er behauptet, dieser Jemand wäre Nils, sein Enkel gewesen. Doch er hatte Francesca ihm gegenüber niemals erwähnt, also war es unmöglich. Es muss wohl doch ein

Traum gewesen sein, ein schöner Traum. Lasses Gedanken schweiften unweigerlich in die Vergangenheit, eine Vergangenheit, die so lange her war, dass sie in anderen Menschen längst verblasst wäre. Doch in ihm würde sie niemals verblassen, denn in dieser Vergangenheit hatte sein Herz ein Zuhause gefunden.

„Francesca", flüsterte er und reiste zu ihr zurück. Wundervolle Bilder tauchten vor ihm auf, das Bild, wie er sie zum ersten Mal gesehen hatte, dann, wie er das erste Mal bei Tisch neben ihr saß, wie weich sich ihre Lippen bei ihrem ersten Kuss angefühlt hatten und wie unglaublich intensiv ihre einmalige Vereinigung war. Er lächelte bei diesen Gedanken und entspannte seinen Körper.

Aber dann kamen sie, die Erinnerungen, die er am Liebsten verbannt hätte aus seinem Gedächtnis, die Ereignisse, die ihm sein Zuhause fortgerissen und ihn alleine und schutzlos zurückgelassen hatten.

****

Der LKW fuhr aus der Einfahrt, fuhr die kleine Straße entlang bis zur nächstgelegenen Kreuzung und bog ab. Fort war er dann gewesen, einfach nicht mehr da und mit ihm auch die Liebe seines

Lebens. Er wusste, dass es eine Frau wie Francesca nur ein einziges Mal auf dieser Welt für ihn geben würde. Niemals mehr würde eine andere Frau sein Herz so berühren können, wie sie es vom ersten Augenblick an getan hatte. Er wusste selbst nicht, wieso er sich da so sicher war, aber er wusste es.

Tagelang hatte er keinen einzigen Bissen anrühren können, an Schlaf war überhaupt nicht zu denken gewesen, auch, wenn er so müde war, wie man müder nicht hätte sein können. Doch wann immer er die Augen schloss, sah er ihr Gesicht so deutlich vor sich, dass er es einfach nicht ertragen konnte. Er konnte es sich nicht erklären, aber er fühlte, dass Francesca, als sie fortging, einen Teil von ihm mit sich genommen hatte, unwiederbringlich. Wieso hatten sie sich nicht viel eher kennengelernt, fragte er sich immer wieder. Dann hätte er vielleicht eine reelle Chance bei ihr gehabt. Aber sie war verlobt gewesen, hatte einem anderen Mann bereits ein Versprechen gegeben und musste es somit halten.

Aber sie hatte ihm zum Schluss, kurz bevor sie fuhr gesagt, dass sie ihn liebte. Er glaubte ihr ohne jeden Zweifel. Hätte er dort das Blatt noch wenden können? Hätte sie ihre Verlobung für ihn gebrochen? Die Gedanken kreisten in Lasse wie ein Karussell, immer und immer wieder dieselben Fragen, die er sich einfach nicht beantworten konnte.

Monate vergingen, ein Jahr und noch mehr. In seinem Herzen trug er Francesca stets mit sich. Er lernte die eine oder andere Frau kennen, doch keine berührte sein Herz auch nur annähernd wie sie. Was sie wohl gerade machte? Hatte sie bereits Kinder? Bestimmt hatte sie das. Eine so wundervolle Frau wie sie musste einfach Kinder haben.

Seine Familie verstand die Welt nicht mehr, seit dem Tag, an dem Familie Rossa Dänemark verließ. Niemand wusste, was mit Lasse los war und er konnte nicht darüber reden. Wozu auch? Es wäre sinnlos gewesen.

Im April 1948 hatte Lasses Vater beschlossen, dass die Familie nach Odense zöge, da er dort einen noch lukrativeren Posten als Bankmanager angeboten bekam, als den, den er ohnehin schon hatte. Lasse zog ebenfalls mit seinen Eltern um, genauso wie seine zwei älteren Brüder, in der Hoffnung, ein wenig auf andere Gedanken zu kommen. Vielleicht, so dachte er, wäre es gut, wenn er nicht ständig die Orte um sich herum hätte, die ihn permanent an Francesca erinnerten. Natürlich half das nicht, doch einen Versuch war es damals Wert gewesen. In Odense lernte er im Mai 1949 Tine Olsson kennen. Er mochte sie, wenn auch eher wie eine gute Freundin, eine, der man alles erzählen konnte und die einen anstrahlte, als wenn man eine Art Held war. Aber er war kein Held, ganz bestimmt nicht. Wäre er einer gewesen, hätte er damals den Mut gehabt, um Francescas Hand anzuhalten, trotz, dass sie verlobt war. Nun bat er Tine, ihn zu heiraten. Nicht, weil seine Gefühle für sie doch noch entfacht waren, denn das waren sie nicht. Aber die Familie bestand auf geregelte Verhältnisse, seine ebenso wie ihre. Also heirateten sie im April 1950. Es war ein rauschendes Fest mit hunderten von Gästen, die Lasse größtenteils gar nicht kannte. Er hätte viel lieber im ganz engen Kreis gefeiert, aber Tine mochte diesen ganzen Rummel und all das Tamtam, das angeblich zu einem solchen Fest dazugehörte. Als er ihr den Ring an den Finger steckte, musste er tatsächlich seine Tränen zurückhalten. Nicht solche Tränen, die man vor Freude an so einem Tag weinte, sondern die bitteren Tränen, die seinem Wunsch entsprangen, Francesca würde neben ihm knien, nicht Tine. Er wusste, dass diese Gedanken unangebracht waren, doch fielen sie einfach so über ihn her.

Ein Jahr lang hatten sie immer wieder versucht, ein Kind zu zeugen, doch Tines Arzt stellte fest, dass sie aus irgendwelchen Gründen keine Kinder bekommen konnte. Die Gründe hatte sie ihm nie genannt und wenn er ehrlich war, interessierte es ihn auch nicht sonderlich. Tine war so dermaßen unglücklich über diese niederschmetternde Nachricht ihres Arztes gewesen, dass sie Lasse von nun an in den Ohren lag, ein Kind adoptieren zu wollen. Zuerst wollte er davon nichts wissen, doch als er merkte, wie sehr Tine litt, willigte er ein. In dem staatlichen Waisenhaus von Odense entdeckten sie dann Mathilda. Sie war gerade ein Jahr alt geworden und kam auf ihren wackeligen Beinchen direkt auf Lasse zugelaufen, als sie sich die Institution ansahen. Ihre blonden Locken standen wirr in alle Richtungen und ihre großen blauen Knopfaugen sprühten nur so voller kindlicher Unbedarftheit und Lebendigkeit. Lasse verliebte sich auf Anhieb in das kleine Mädchen und für ihn war klar, wenn es ein Kind gäbe, das sie adoptieren würden, dann dieses. Auf kein anderes Kind hätte er sich mehr eingelassen. Und so zog Mathilda nur wenige Monate später bei Lasse und Tine ein.

Die Jahre vergingen, Mathilda wuchs heran und war in seinem Leben zu seinem Sonnenschein geworden. Mit Tine verband ihn irgendwann nur noch ihrer beider Unterschriften auf einem Stück Papier. Tine hatte schnell bemerkt, dass er tatsächlich nicht der Held war, für den sie ihn anfangs gehalten hatte. Er war sich sicher, sie vermutete, dass es eine andere Frau gab, der sein Herz gehörte, doch sprach sie ihn nie darauf an. Sie lebten nebeneinander her, schliefen in getrennten Betten und wahrten nach außen einen Schein, der anderen signalisierte, dass zwischen ihnen alles bestens war.

Irgendwann fand seine kleine Mathilda heraus, dass sie adoptiert war. Das war im Jahr 1970, als sie Finn Frellson heiraten wollte. Natürlich brauchte sie da ihre Geburtsurkunde. Nie hatten Tine und er sich Gedanken darüber gemacht, dass es jemals eine Rolle spielen würde, dass Mathilda nicht ihre leibliche Tochter war, denn für sie war Mathilda ihr Kind, ihr kleines Mädchen, das sie liebten, seit sie es zum ersten Mal gesehen hatten. Doch Mathilda sah die Sache anders, wütend war sie gewesen, unsagbar wütend und enttäuscht. Den Kontakt hatte sie urplötzlich einfach abgebrochen und es hatte Lasse bald das Herz zerrissen. Erst als Tine 1973 bei einem Busunglück starb und er Mathilda eine Trauerkarte schickte, gab es zumindest wieder sporadischen Kontakt. Lasse war mehr als froh darüber, denn zum einen liebte er sein kleines Mädchen immer noch wie am ersten Tag und zum zweiten hatte er erfahren, dass er mittlerweile einen Enkelsohn hatte. Nils war seiner Mutter so ähnlich, dass man seine Herkunft nicht hätte leugnen können. Nur hatte er keine Locken, sondern ganz glatte Haare, so wie sein Vater Finn. Gesehen hat er seinen Enkel meist nur an Geburtstagen und an Weihnachten, aber das war besser als gar nichts.

Einen herben Schicksalsschlag musste Lasse dann noch einmal im Jahr 1993 verkraften. Finn, sein Schwiegersohn hatte ihn angerufen und ihm mitgeteilt, dass Mathilda im Krankenhaus lag und mit dem Tode rang. Die Ärzte hatten einen bösartigen Tumor bei ihr entdeckt. Wo genau der

Hauptsitz war, konnte niemand mehr sagen, denn überall hatten sich schon Metastasen gebildet. Ihm blutete das Herz, als er sie so daliegen sah, schwach und zerbrechlich. Finn meinte, nach der Diagnose wäre es rapide mit Mathilda Bergab gegangen und Lasse war seinem Schwiegersohn äußerst dankbar, dass er ihn benachrichtigt hatte. An ihrem Krankenbett hatten sie sich noch ausgesöhnt. Sie hatte seine Hand gehalten und ihn liebevoll >Papa< genannt, so, wie sie es als kleines Mädchen immer getan hatte. Dann war sie einfach eingeschlafen und nie mehr aufgewacht.

Ja, vieles war geschehen in all der Zeit, die er ohne seine geliebte Francesca hatte sein müssen. Vieles wäre sicherlich einfacher zu ertragen gewesen, wäre sie an seiner Seite gewesen, da war er sich sicher. Doch er hatte es vermasselt, hatte einfach aufgegeben an einem Punkt, an dem vielleicht noch Hoffnung bestanden hatte.

****

Lasse versuchte, die Gedanken, die ihn hier überrannten, aus seinem Kopf zu verbannen. Er hatte so oft an Francesca gedacht, die Frau, die sein Zuhause war. Siebzig Jahre lang hatte es nicht einen einzigen Tag gegeben, an dem er nicht an sie dachte, an dem er nicht ihr wunderschönes Gesicht vor Augen hatte. Tränen liefen über seine Wangen. Ach, hätte er doch nur nicht geträumt, dass Francesca plötzlich wieder aufgetaucht war. Er wusste, dass dies ein Ding der Unmöglichkeit war und doch war es der größte Wunsch, den er hatte. Der Wunsch, dass seine Francesca plötzlich wieder vor ihm stand und ihm noch einmal sagte, dass sie ihn liebte.

Jemand strich ihm die Tränen aus dem Gesicht, er fühlte es genau. Er musste seine Augen öffnen, musste sehen, wer ihn berührte. Im Herzen hoffte er, es möge die Frau sein, von der er sich gerade wünschte, sie möge es sein, die ihn streichelte.

32.

15. Dezember 2016

Ich befand mich gerade auf dem Rückweg von der Klinik in Frederikshavn nach Hause, als mein Handy eine neue Nachricht ankündigte. Da ich im Schnee - Stau stand, konnte ich ruhigen Gewissens einen Blick auf mein Telefon riskieren. In den letzten Stunden hatte es so dermaßen geschneit, dass es auf den Straßen nur noch schleppend vorwärts ging und es bestimmt noch mindestens eine halbe Stunde dauerte, bis ich zurück in Ålbæk wäre. Die eingegangene Nachricht war von Rosalie. Bestimmt, so dachte ich, wollte sie mir nur schnell mitteilen, dass sie wieder gut in Neapel gelandet war. Doch ich irrte mich. Zwar war die Nachricht tatsächlich von ihr, aber mit der Mutmaßung, dass sie gut gelandet sei, lag ich vollkommen falsch. *„Hey Sofia, du wirst dich gleich sicherlich wundern, aber ich sitze gerade gemütlich mit deiner Nonna vor dem Kamin und warte auf dich. Mein Flugzeug ist bei diesen Wetterverhältnissen nicht geflogen und so bleibe ich dir noch ein wenig erhalten ;-)"*

Mich freute es natürlich riesig, dass Rosalie noch etwas blieb, aber so konnte sie ihre Termine, die sie hatte, nicht einhalten und das tat mir wiederum leid. Schließlich war ich dafür verantwortlich, dass sie nun hier war. Aber so, wie ich Rosa kannte, wäre das auch kein Beinbruch, sie hatte sicherlich schon sämtliche Termine verlegt und sich überall höflich für ihr Fortbleiben entschuldigt.

Eine weitere Nachricht traf ein. Was hatte sie wohl diesmal noch zu berichten? Vielleicht, dass sie schon ein wundervolles Abendessen gekocht hatte? Bei diesem Gedanken knurrte mir der Magen, denn ich hatte tatsächlich schon richtig Hunger, hatte ich doch seit Stunden nichts mehr gegessen. Ich öffnete meine Nachrichten und hoffte insgeheim, Rosalie würde schreiben, dass sie ihren wundervollen Lachsbraten mit Pinienkernen und Ofenkartoffeln für uns gezaubert hatte. Aber die Nachricht war gar nicht von ihr. Sie war von Nils und unweigerlich legte sich ein Lächeln auf mein Gesicht, das nicht mehr weichen wollte, so, als hätte es dort jemand hineingemeißelt.

****

Mein Wecker klingelte an diesem Tag schon um fünf Uhr in der Früh. Ich hatte ihn extra gestellt, weil ich Rosalie direkt nach dem Frühstück zum Flughafen in Aalborg bringen wollte. Völlig verschlafen saßen wir uns in der kleinen Küche gegenüber und schlürften unseren heißen Kaffee. „Eigentlich will ich gar nicht fliegen", sagte Rosalie und gähnte ungeniert. „Ich bin doch so gespannt, wie es hier mit dir und Nonna weitergeht."

„Na, kein Problem, bleib doch einfach noch ein wenig", scherzte ich daraufhin.

„Aber ich habe Termine, die ich schon einmal verschoben habe. Das kommt vermutlich nicht so gut, wenn ich die ein weiteres Mal verlege."

„Da hast du wahrscheinlich Recht."

„Aber du musst mich unbedingt auf dem Laufenden halten." Sie machte eine kurze Pause, trank einen Schluck Kaffee und sprach verträumt weiter. „Und er hat dich gestern tatsächlich noch geküsst, als ihr euch verabschiedet habt?" Damit meinte sie natürlich Nils und mir schoss unwillkürlich die Röte ins Gesicht, als ich mich an diesen Moment erinnerte. „Ja, hat er", sagte ich, „aber es war wirklich nur ein Abschiedskuss", setzte ich noch zur Entkräftigung hinterher, schließlich wollte ich mich nicht sofort wieder in diesen starken Gefühlen für Nils verlieren.

Er hatte mich am gestrigen Abend nach unserem Strandspaziergang noch bis zum Auto gebracht. Wir waren beide irgendwie nervös und auch irgendwie völlig überfordert mit all den Informationen, die wir an diesem einen Nachmittag ausgetauscht hatten. Vorsichtig strich er mir eine

Haarsträhne aus dem Gesicht, legte seine Hand in meinen Nacken und berührte zärtlich meine Lippen mit seinen. Eine wohlige Wärme stieg in mir auf und ich hätte mich gerne auf mehr eingelassen, aber da war eine leise Stimme in mir, die mir sagte, ich solle diesmal nicht gleich wieder so aufs Gas treten. Nils schien das zu spüren, ließ von mir ab und schenkte mir ein warmes Lächeln. „Ich bin so froh, dass du dich mit mir getroffen hast."

Ich nickte, denn auch ich war glücklich darüber, dass ich meine Angst überwunden und mich bei Nils gemeldet hatte.

„Was meinst du", fragte er sanft, „wiederholen wir das ganz bald?"

„Ja, gerne", erwiderte ich, stieg in meinen Wagen ein und er schloss die Tür. Erst als ich schon vom Parkplatz auf die Straße abgebogen war, ging auch er zu seinem Auto. Mein Herz schlug wild und laut und glücklich. Nachdem ich gerade erst etwa fünfhundert Meter weit gefahren war, blinkte mein Handy. Kurz hielt ich am Fahrbahnrand und schaute auf mein Display. Die Nachricht war von Nils. *„Es war so schön, dich wiederzusehen. Gute Nacht ☺"*

Nachdem ich Rosalie am Flugplatz abgesetzt hatte, machte ich mich auf den Rückweg und wollte in meiner Café-Bar ein paar Pläne für die Eröffnung schmieden. Wann genau sollte es soweit sein? Wen würde ich alles einladen und wie sollten die Einladungskarten aussehen? Und natürlich die Frage aller Fragen: Was sollte es zu Essen geben? Der Himmel über mir war grau und trübe, es sah gewaltig nach Schnee aus, obwohl die Wettervorhersage keinen angesagt hatte. Und kaum hatte ich Jerup hinter mir gelassen, fielen auch schon die ersten großen Flocken. Es sah wunderschön aus, war aber gerade einfach unpraktisch, denn sofort fuhren die Leute auf den Straßen wieder, als wäre Schnee etwas Gefährliches, etwas, vor dem man sich unbedingt in Acht nehmen musste. Also schlidderte ich von einem Stau in den nächsten und brauchte gefühlte Ewigkeiten, bis ich endlich in Skagen ankam. Ich hatte gerade mein Lokal aufgeschlossen, da klingelte mein Handy. Wer konnte das sein, um diese Zeit? Es war gerade mal halb Zehn. Ich tippte auf Lene, denn die meisten anderen Menschen, die ich kannte, arbeiteten um diese Uhrzeit. „Sofia Halström", meldete ich mich automatisch, ohne vorher auf das Display zu schauen.

„Guten Morgen", hörte ich einen sichtlich aufgeregten und fröhlichen Nils am anderen Ende der Leitung. „Sofia, hast du Zeit?"

Herzklopfen in meiner Brust. Dass er mich so schnell wiedersehen wollen würde, hätte ich nicht gedacht. Ich wollte schon „Ja“ sagen, aber dann war sie wieder da, die Stimme, die mich zu mehr Langsamkeit mahnte. „Also“, entgegnete ich daraufhin etwas verhalten, „eigentlich habe ich noch einiges zu tun.“

Schweigen am anderen Ende. „Ach so, schade. Ich hätte dir gerne jemanden vorgestellt. Aber dann müssen wir das halt verschieben.“

Er klang enttäuscht.

„Darf ich fragen, wen du mir vorstellen möchtest? Es muss ja schon jemand ganz besonderes sein, wenn du mich deshalb so früh und so aufgeregt anrufst.“ Hatte ich das gerade wirklich gesagt? Hoffentlich war er jetzt nicht sauer.

„Ich würde dir gerne deinen Großvater vorstellen“, sagte er, ohne auf meinen Kommentar einzugehen und klang dabei unglaublich glücklich. „Weißt du, er ist heute-morgen das erste Mal nach sieben Tagen aufgewacht und das habe ich dir zu verdanken.“

„Mir?“ Ich war verwundert. „Wieso denn mir?“

Und dann erzählte Nils mir, dass er am vorigen Abend, nach unserem Treffen noch in die Klinik gefahren war und unserem Großvater alles erzählt hatte, was ich ihm anvertraut hatte. Er hatte ihm von Nonna berichtet, von ihrem Buch, von der Schneekugel und auch von mir.

„Als ich fuhr, lag er noch im Koma und auch heute früh gegen acht, als ich zu ihm kam, war er noch nicht ganz wach. Aber vor etwa einer halben Stunde hat er endlich richtig seine Augen geöffnet. Und weißt du, was das erste war, was über seine Lippen kam?“

„Nein, was?“

„Der Name deiner Großmutter: Francesca.“

„Wow“, entfuhr es mir. „Und da sag mal noch einer, dass Komapatienten nichts mitbekämen. Ich mache mich sofort auf den Weg. Allerdings kann es ein wenig dauern. Ich bin gerade in Skagen und auf den Straßen herrscht das reinste Schneechaos.“

Eine Stunde später betrat ich leise das Zimmer, in dem unser Großvater lag. Ich war aufgeregt, einerseits natürlich, weil ich Nils wieder begegnete, andererseits aber auch, weil ich Nonnas große Liebe kennenlernen würde. In meiner Phantasie hatte ich mir ihn, Lasse, während des Lesens immer wieder vorgestellt, aber eines war klar: selbst wenn er tatsächlich Ähnlichkeit mit meinem Phantasie-Lasse gehabt hätte, so wäre es jetzt kaum noch nachvollziehbar gewesen, ob es in etwa den Tatsachen entsprochen hätte. Schließlich waren die

Erzählungen von einem jungen Mann, doch hier in diesem Zimmer erwartete mich ein mittlerweile über Achtzigjähriger.

Beim Eintreten stellte ich fest, dass ich gar nichts mitgebracht hatte, weder Blumen, noch Pralinen oder sonst irgendeine Kleinigkeit. Aber vielleicht, so sagte ich mir, war das auch gerade nicht so wichtig.

„Hallo Sofia", strahlte Nils mir entgegen, kam auf mich zu, umarmte mich und gab mir einen Begrüßungskuss auf den Mund. Wie gut er aussah. Und diesmal meinte ich es auch wirklich so, als ich es auch laut äußerte.

„Danke", sagte Nils, „ich habe auch das erste Mal seit langer Zeit wieder gut geschlafen." Bei diesen Worten lächelte er mich an und zwinkerte mir zu. Mir kam es irgendwie noch immer vor, wie ein schöner Traum, dass das Schicksal uns wieder zueinander geführt hatte.

Nils nahm meine Hand in seine. „Komm, ich möchte dir jetzt jemanden vorstellen."

Langsam traten wir an Lasses Bett. Trotz, dass er seine Decke bis zum Hals gezogen hatte, konnte ich erkennen, dass er ein großer Mann von stattlicher Statur war. Er trug kurze, weiße Haare, die ihm ein bisschen wirr vom Kopf abstanden. Das musste wohl der typische Krankenhauslook sein, dachte ich insgeheim und erinnerte mich daran, wie auch Nonnas Haare wild in ihren Kissen gelegen hatten. Lasses Gesicht war blass wie eine weiße Wand, doch eines faszinierte mich vom ersten Moment an diesem Mann: seine unglaublich strahlenden Augen. Trotz seines hohen Alters blitzten sie mich an, wie die, eines Jugendlichen. Ein Lächeln legte sich auf sein Gesicht und er streckte die Hand nach mir aus. „Du siehst ja aus, wie meine Francesca", hauchte er glücklich. Dann wandte er sich kurz an Nils. „Da hast du den guten Geschmack deines Großvaters geerbt." Nun strahlten beide Männer und mein Herz blühte bei diesem Anblick regelrecht auf.

„Komm, setz dich zu mir und erzähl mir ein wenig von deiner Großmutter."

Ich folgte seinem Wunsch, zog mir einen Stuhl heran und begann ihm zu erzählen, wie es Nonna ging. Dabei hielt ich mich mit Details aus ihrer Vergangenheit zurück und erwähnte auch nicht, dass ich seine Enkelin war. Ich ging einfach davon aus, dass auch Nils dies bisher nicht erzählt hatte, denn so schien es zumindest. Auch, dass sie ebenso wie er einen Herzinfarkt erlitten hatte, verschwiegen wir. Schließlich war er gerade erst aus einem Koma aufgewacht und da sollte man vermutlich jegliche Aufregung vermeiden. Ich hatte ohnehin schon das Gefühl, dass Lasse die Situation ein wenig überforderte, wenngleich er sich auch riesig freute.

„Ich möchte sie gerne sehen", sagte er irgendwann und nahm meine Hand fest in seine. „Ich sehne mich schon so lange danach, ihr noch einmal in die Augen zu sehen." Eine Träne rollte über seine Wange.

„Das werden Sie", versprach ich. „Aber jetzt müssen Sie erstmal wieder auf die Beine kommen.

Er nickte und schloss erschöpft seine Augen. Mittlerweile war draußen bereits die Dunkelheit eingetreten und ich hielt es für angebracht, mich auf den Heimweg zu begeben. Da es immer noch schneite, würde die Rückfahrt ohnehin wieder einiges an Zeit in Anspruch nehmen.

„Ich bringe dich noch hinaus", sagte Nils und holte seine Jacke von der Fensterbank. Auch meine Jacke brachte er mit und hielt sie mir galant hin, so, dass ich nur hineinschlüpfen brauchte.

„Ich glaube, unser Großvater hat sich sehr über deinen Besuch gefreut", stellte Nils glücklich fest, nahm meine Hand wieder in seine und ließ sie auch bis zu meinem Wagen nicht mehr los. An meinem Auto angekommen, wurde er nachdenklich. „Wann meinst du, könnten wir ein Treffen zwischen deiner Nonna und Großvater arrangieren?"

Natürlich hätten wir beide es irgendwie schön gefunden, ich hätte Nonna direkt am nächsten Tag mit in die Klinik gebracht. Doch auf der einen Seite waren wir uns nicht sicher, ob Lasse das wirklich schon verkraften würde und auf der anderen Seite hielten wir diesen Rahmen auch nicht für angebracht. So eine Wiederbegegnung sollte doch auch irgendwie etwas ganz Besonderes sein.

„Ich glaube, ich habe eine wundervolle Idee“, sagte ich nach einer kleinen Weile und freute mich insgeheim über den Plan, der plötzlich vor meinem inneren Auge aufgetaucht war.

„Und die wäre?“ fragte Nils neugierig.

„Die erzähle ich dir nächstes Mal, wenn wir uns sehen.“ Ein entwaffnendes Grinsen legte sich auf meine Lippen. Vielleicht lehnte ich mich doch schon wieder ein bisschen weit aus dem Fenster, dachte ich kurz, doch ging es ja diesmal in erster Linie nicht um mich, nicht um uns, sondern um Nonna und Lasse.

„Morgen?“ fragte er nun hoffnungsvoll.

„Vielleicht“, zwinkerte ich ihm zu.

„Prima, ich hole dich zum Frühstücken ab.“

Unsere Worte verstummten, unsere Blicke waren glücklich aufeinander gerichtet und eine Magie hüllte uns ein, die einfach mehr aussagte, als jegliche Worte es jemals gekonnt hätten. Sanft zog Nils mich an sich heran, versank in meinen Augen und küsste mich. Zunächst ein vorsichtiger, abtastender Kuss, dann, nachdem ich keine Anstalten machte, mich zurückzuziehen, ein leidenschaftlicher, inniger Kuss, der mir den Atem nahm. In diesem einen Kuss waren gefühlt alle Küsse enthalten, die wir uns in über vier Jahren füreinander aufbewahrt hatten.

****

Noch einmal las ich die Nachricht, die wieder nur wenige Minuten, nachdem ich mich auf den Heimweg begeben hatte, eingetroffen war. *„Sofia, ich weiß nicht, ob es dir auch so geht wie mir, aber ich finde das alles so, so, ja, einfach so MAGISCH. Danke für diesen unglaublichen Kuss! Bis morgen früh, mein Herz."*

Ich glaube, ich war in meinem Leben bisher niemals glücklicher gewesen, als jetzt, in diesem Moment. Ja, es war wirklich alles magisch, unglaublich magisch und wundervoll. Und er, Nils, hatte mich, sein Herz genannt. Das musste ich gleich unbedingt in allen Einzelheiten Rosalie erzählen. Wie gut, dass sie noch da war!

33.

25. Dezember 2016

Glücklich drehte ich mich zur Seite und betrachtete Nils, der noch tief und fest neben mir schlief. Sein Atem ging ruhig und gleichmäßig und sein nackter Oberkörper hob und senkte sich dazu im Takt. Bei genauer Betrachtung konnte ich selbst sein Herz gegen seine Brust schlagen sehen.

Es war unsere erste gemeinsame Nacht mit- und beieinander gewesen. Als wir uns kennenlernten, hatten wir zwar viel Zeit am Tag zusammen verbracht, doch die Nächte hatten wir nie miteinander geteilt. Kurz überlegte ich, ob ich dies bereuen sollte, doch dafür sah ich letztendlich gar keinen Grund. Mir war mittlerweile klar, dass, wenn wir damals nicht auseinandergegangen wären, wir uns nicht zu den Menschen hätten entwickeln können, die wir heute waren. Sicherlich hätten wir dann auch niemals wirklich verstanden, was wir einander tatsächlich bedeuteten und wären stattdessen in einer Spirale aus Angst und Angstvermeidung stecken geblieben.

Ein Glücksgefühl breitete sich bei diesen Gedanken in mir aus, denn ich wusste jetzt einfach, dass das Leben und die Liebe einfach das Beste für uns gewollt hatten. Und manchmal musste man scheinbar erst alles verlieren, um es dann, zum richtigen Zeitpunkt, wieder gebührend neu in Empfang nehmen zu können. Hätte mir jemand noch vor vier Wochen gesagt, dass ich am ersten Weihnachtsmorgen mit der Liebe meines Lebens aufwachen würde, hätte ich ihn für komplett verrückt erklärt. Nichts, aber auch rein gar nichts hatte auch nur im Entferntesten daraufhin gedeutet. Und diese Nacht war einfach himmlisch gewesen, schöner, als ich sie mir je in meinen Träumen hätte ausmalen können. Nicht etwa, weil sie besonders spektakulär gewesen wäre, sondern eher, weil sich ein magischer Frieden in mir ausgebreitet hatte, der sich wie ein wirkliches Weihnachtswunder anfühlte. Und ich war mir sicher, mit diesem Gefühl war ich nicht alleine.

****

24. Dezember 2016

„Du musst aufstehen", hörte ich Rosalie dicht an meinem Ohr und erschrak.

„Was? Wie spät ist es denn?"

„Gleich acht Uhr."

Oh nein, wieso musste ich ausgerechnet an so wichtigen Tagen verschlafen? Mir fiel sofort wieder der Tag damals mit dem Fischmarkt ein. Aber sich ärgern brachte auch nichts, also schwang ich meine Beine aus dem Bett, nahm eine kalte Dusche und lief hinunter in die Küche, in der Nonna und Rosalie bereits auf mich warteten.

„Sofia, ist alles in Ordnung?" fragte Nonna. „Du scheinst in Eile zu sein. Habe ich etwas verpasst?"

„Nein, nein, Nonna, ich wollte nur noch ein paar Erledigungen machen, bevor wir uns später gemütlich zusammensetzen können."

Sie nickte. „Ja, ist gut. Die Läden schließen heute ja auch alle eher, daran hatte ich nicht gedacht."

Nach einem starken Kaffee und einem Birkes mit frischer Nussnougatcreme, erhob ich mich, räumte Tasse und Teller ab und holte meinen Mantel. „Möchtest du mich begleiten, Rosa?"

„Natürlich. Dann kann ich auch noch ein paar Besorgungen erledigen." Sie wandte sich kurz an Nonna. „Das ist dir doch recht? Oder brauchst du mich vielleicht noch beim Schmücken des Baumes?"

„Nein, das ist schon alles in Ordnung", erwiderte Nonna. „Ich schmücke den Baum gerne in aller Ruhe selber. Dabei höre ich ein bisschen Musik und trinke vielleicht schon ein kleines Schlückchen Eierlikör."

„Nonna", entfuhr es mir, in Sorge um ihre Gesundheit.

„Keine Sorge, *mia cara,* von einem edlen Tröpfchen falle ich schon nicht um."

„Na schön." Ich drückte ihr einen Kuss auf die Wange. „Aber übertreib es nicht." Ich wusste, dass sie das nicht tat, aber ich hatte das Gefühl, ich müsse das trotzdem sagen, denn an diesem Tag sollte einfach nichts schief gehen.

Aufgeregt verließen Rosalie und ich das Haus und fuhren in meine Café-Bar, wo wir schon von Lene erwartet wurden.

Von meiner Café-Bar hatte ich Nils bei unserem gemeinsamen Frühstück erzählt.

„Was? Das ist jetzt tatsächlich dein Lokal?"

„Ja, seit wenigen Wochen gehört es wirklich mir."

„Ich hatte gesehen, dass Greta es geschlossen hatte, aber nie hätte ich gedacht, dass sie es verkaufen würde, so sehr, wie ihr Herz daran hing. Ich dachte, sie würde es einfach nur etwas renovieren."

„Das hätte sie sicherlich auch niemals einfach so getan", antwortete ich nun etwas bedrückt. „wenn sie nicht diese schlimme Krebserkrankung bekommen hätte."

„Meinst du, sie kommt wieder auf die Beine?"

„Viel Hoffnung haben ihr die Ärzte nicht gemacht."

Nils wurde sehr nachdenklich. „So war es auch gewesen, als meine Mutter erkrankte."

Er war erst zwanzig Jahre alt gewesen und hätte sich sicherlich gewünscht, die Ärzte hätten Unrecht gehabt. „Nur wenige Wochen nach der Diagnose hat sie uns für immer verlassen." Zärtlich streichelte ich ihm über die Wange. „Ja, ich weiß, wie schmerzlich es ist, wenn man einen geliebten Menschen verliert." In dieser Hinsicht teilten wir tatsächlich mal eine Gemeinsamkeit, obwohl wir ansonsten vermutlich immer noch wenig gemein hatten. „Aber Greta gibt so schnell nicht auf. Nur ihr Lokal, das wollte sie in keinem Fall mehr weiterführen, dieses Kapitel hatte sie einfach abgeschlossen."

„Und was hast du vor, aus dem Restaurant zu machen? Möchtest du es im Wesentlichen so beibehalten? Ich meine, bis auf die Fenster, die sind ja schon komplett anders." Er grinste.

„Nein, ich wollte es nicht so beibehalten. Nicht, weil es mir nicht gefallen hätte, sondern weil ich die ganzen letzten Jahre an meinem eigenen Konzept gearbeitet habe und es jetzt in die Tat umsetzen möchte." Und dann erzählte ich Nils von meiner Zeit in Italien, von Marco, von Matteo und Rosalie und anderen lieb gewonnenen Menschen.

„Da seid ihr ja endlich", rief Lene und fiel uns freudestrahlend in die Arme. „Ich dachte schon, ich müsste alles alleine machen."

„Das könnte dir so passen", scherzte ich zurück und wir betraten das Lokal. Die Tische, die alle bereits einen festen Platz bekommen hatten, schoben wir nun zum Teil zu einer großen Tafel zusammen und drapierten die Stühle darum. Anschließend deckten wir alles feierlich ein. Nils war so lieb gewesen und hatte am vorigen Tag Geschirr vorbeigebracht, das wir am heutigen Tag verwenden wollten. Es war nicht irgendein Geschirr, es war ein altes Tafel - und Kaffeeservice aus der Anrichte unseres Großvaters und wir vermuteten, dass dies das Geschirr war, von welchem Nonna und Lasse gemeinsam mit ihren Familien damals gespeist hatten. Sogar der Goldrand war noch perfekt zu erkennen und ich war mir sicher, Nonna würde am Abend staunen. Nicht nur über das Geschirr natürlich, das war eher Nebensächlich, aber es gehörte dennoch dazu. Die Kristallgläser, die Nonna ebenfalls in ihrem Buch erwähnte, hatte Nils vergessen, doch er würde sie noch mitbringen, wenn er den Weihnachtsbaum abgeholt hatte.

Ich hatte mir für diesen Abend vorgenommen, alles ein bisschen so zu gestalten, wie damals vor siebzig Jahren, als Nonna und Lasse sich kennengelernt hatten. Von dem Abend bei den Hallströms hatte sie ausführlicher berichtet und neben der gedeckten Tafel hatte sie auch das Menü genannt. Bereits am vorigen Tag hatte ich eine Tomatencremesuppe gekocht, ebenso wie einen Schweinekamm und auch alles andere vorbereitet, sodass es an diesem Abend nur noch einmal aufgekocht und verfeinert werden musste.

Goldene Kerzenständer hatte ich in einem Antiquitätenladen gekauft, denn so etwas war sowohl bei Lasse als auch bei Nonna unauffindbar gewesen. Auf den festlichen Servietten waren goldene Ornamente und kleine Glöckchen abgebildet.

„Es sieht wunderschön aus“, strahlte Rosalie. „Wie gut, dass ich noch geblieben bin.“

Ja, zwei Tage nachdem der Flug nach Neapel abgesagt worden war, hatten sich die Wetterverhältnisse ein wenig beruhigt und einige Maschinen starteten wieder. Doch nun hatte Rosalie, nachdem ich ihr von meinem Krankenhausbesuch bei Lasse und von meinen Plänen für diesen Heiligen Abend erzählt hatte, beschlossen, noch bis zum Jahreswechsel bei uns zu bleiben. Nonna war scheinbar nicht ganz so glücklich darüber wie ich, so schien es mir zumindest, doch hatte sie auch nicht wirklich etwas dagegen.

„Ja“, pflichtete Lene ihr bei, „es sieht einfach toll aus.“

In dem Moment ging die Restauranttür auf und Nils kam keuchend herein. Auf einem Rollbrett zog er einen riesigen Baum hinter sich her und hatte sichtlich Mühe, sich damit vorwärts zu bewegen.

„Ach du meine Güte“, entfuhr es mir. „Der ist ja riesig.“

„Stimmt“, grinste Nils und begrüßte mich mit einem Kuss und die Mädels mit einem Nicken. „Wo soll er denn hin?“

„Ich denke, dort vor dem großen Fenster direkt neben dem offenen Kamin wäre perfekt. Dann haben die Leute, die an meiner Café-Bar vorbeigehen auch noch etwas davon.“

Wir halfen alle fleißig mit, den Baum aufzustellen, ehe Nils das Netz aufschnitt und die Tanne sich in ihrer vollen Größe präsentierte. Was für ein wunderschönes Prachtexemplar es war. Ich hoffte nur, ich hätte auch genügend Baumschmuck.

„Hast du auch an die Gläser gedacht?“ fragte ich Nils nun.

„Natürlich, mein Herz. Allerdings habe ich nur elf statt zwölf gefunden, das heißt, irgendjemand wird aus einem normalen Weinglas trinken müssen.“

„Nein, das ist kein Problem. Wir sind höchstens zehn Personen, da reicht also alles, was wir haben.“

Zu unserer kleinen Feierlichkeit am Abend waren außer mir, Nils, Nonna und Lasse natürlich auch noch Lene mit ihrem Sohn und ihrem Lebensgefährten, Rosalie, Greta und Frau Lund eingeplant. Nonna, Greta und Frau Lund hatte ich erzählt, ich wolle auf diesem Weg mein neues Restaurant im kleinen Kreise einweihen. Nils hatte indes unserem Großvater gesagt, dass er zwei Gutscheinkarten für ein Heiligabend-Buffet geschenkt bekommen hatte und sofern Lasse bis dahin die Klinik verlassen durfte, solle er ihn begleiten. Natürlich hatte Nils schon mit dem behandelnden Arzt gesprochen und der war zuversichtlich, dass Lasse die Feiertage zu Hause verbringen könne.

„Ach, Junge", hatte Großvater zu ihm gesagt. „Können wir nicht einfach gemütlich zu Hause bleiben?" Nonna hatte ähnlich reagiert. „Sofia, kannst du das nicht vielleicht an einem anderen Tag machen? Heiligabend möchte ich gerne mit dir verbringen. Rosalie ist natürlich auch willkommen, aber mehr Menschen brauche ich an diesem Tag nicht um mich herum."

Beide gingen wir nicht weiter auf diese Kommentare ein und gaben den älteren Herrschaften zu verstehen, dass Widerstand zwecklos war.

„Aber wann sehe ich denn endlich meine Francesca?" hatte Lasse seinen Enkel immer wieder gelöchert. Und dann fiel Nils irgendwann plötzlich eine wirklich gute Ausrede ein. „Opa, das wird wohl erst im neuen Jahr sein. Sofias Oma ist nach Italien gereist, um dort die Feiertage zu verbringen." Lasse wirkte sehr enttäuscht. „Und deine Sofia?"

„Die reist auch noch vor Weihnachten ab." Damit war auch das geklärt.

Die Kirchturmuhr schlug bereits drei Uhr nachmittags, als in der Café-Bar alles bis ins kleinste Detail hergerichtet war. Jetzt mussten Nils und ich schnell noch zu Frau Berggren. Sie war eine gute Bekannte von Nonna und führte eine Boutique am Rande von Skagen. Sowohl Nils als auch ich hatten heimlich nach den jeweiligen Kleidergrößen von Nonna und Lasse gesehen. Mit den Maßen ging ich vor wenigen Tagen zu Frau Berggren und bat sie, zwei Sonderanfertigungen für uns zu machen. Stoffe hatte sie genügend da, nur die Zeit war schon recht knapp, wie sie bemerkte. Als ich ihr genau schilderte, wofür wir die Anziehsachen brauchten, zeigte sie sich schon etwas zuversichtlicher und als ich ihr dann noch versprach, das Doppelte vom üblichen Preis zu zahlen, war es überhaupt kein Problem mehr.

„Hier haben wir die guten Stücke", sagte Frau Berggren und ließ uns ihre Werke begutachten.

„Perfekt", strahlte ich, zahlte den vereinbarten Preis und verließ mit Nils den Laden, nachdem Frau Berggren die Anziehsachen in zwei Geschenkverpackungen verstaut hatte.

„Ich bin schon ganz aufgeregt", sagte Nils und seine Wangen glühten wahrlich.

„Na, frag mich mal erst."

„Naja, wird schon schief gehen. Bis um halb Sieben dann, meine Schöne."

„Genau, bis gleich, mein kleiner Weihnachtself."

Nils tat gespielt empört. „Hör mal, was bist du denn so frech zu mir?" Dabei musste er selbst lachen, denn er hatte an diesem Tag eine unglaublich lustige, rot-grüne Wollmütze auf dem Kopf, die oben spitz zulief und an der ein winzig kleines Glöckchen befestigt war. Er hatte sie im Supermarkt geschenkt bekommen und fand, er müsse sie zumindest für ein paar Stunden würdigen. Und obwohl er ein wenig beleidigt tat, bekam ich einen heißen Abschiedskuss. „Aber nur, weil heute ein besonderer Tag ist", gab er mir noch mit auf den Weg und stieg in sein Auto.

„Nonna, bist du da?" rief ich.

„Wo sollte ich wohl sonst sein?" entgegnete sie mir. „Komm ins Wohnzimmer. Rosalie und ich naschen gerade ein paar von den Keksen, die du gestern gebacken hast."

Rosalie war mit dem Bus zurückgefahren und hatte noch einen kleinen Einkauf unterwegs erledigt.

„Nonna, mach deine Augen zu."

„Ach, Sofia, was hast du denn nun schon wieder vor?"

„Das siehst du gleich. Jetzt mach schon."

Also schloss Nonna ihre Augen und ich zündete die vier Adventskerzen auf dem Tisch an und drapierte das Geschenk davor. „So, jetzt kannst du sie wieder öffnen."

„Aber wir machen doch jetzt noch keine Bescherung."

„Nein, eigentlich nicht. Aber ich möchte trotzdem, dass du es schon auspackst."

Sie setzte sich auf die Couch, nahm das Geschenk vom Tisch und öffnete es vorsichtig. Rosalie und ich schauten ihr sehr aufmerksam dabei zu, denn wir wollten unbedingt ihre erste Reaktion darauf sehen.

Als sie das blaue Samtkleid herauszog, war sie für einen Moment sprachlos. Natürlich hatte ich nicht genau gewusst, wie ihr Kleid vor siebzig Jahren ausgesehen hatte, aber ich war mir sicher, es musste ein dunkel Blaues gewesen sein mit ebenfalls dunkler Spitze.

„Sofia, das ist wunderschön." In ihren Augen schimmerten Tränen. „Es sieht ein bisschen so aus, wie eines, das ich als junges Mädchen mal besessen habe."

Volltreffer, dachte ich und war glücklich, dass mein Entwurf zumindest Ähnlichkeit mit dem damaligen Original hatte.

„Würdest du mir einen Gefallen tun und es heute Abend tragen? Ich glaube, es stände dir phantastisch."

„Aber natürlich, *mia cara*, den Gefallen tue ich dir sehr gerne."

Wir hatten noch etwa eine dreiviertel Stunde, bis wir aufbrechen mussten. Ob Lasse sein Outfit wohl auch so gut gefallen hatte? Ich war gespannt. Auch Rosalie und ich gingen nun rauf und zogen uns festlich an. Rosalie hatte sich noch ein wunderschönes langes Kleid aus bernsteinfarbenem Stoff gekauft, das wunderbar zu ihrem schwarzen, welligen Haar und ihren hellbraunen Augen passte. Ich hatte mich für ein rotes Samtkleid mit feinen Silberverzierungen an Dekolleté und Ärmeln entschieden. Dazu schwarze Pumps und ein wenig Silberschmuck.

Die Uhr zeigte halb Sechs an und wir mussten langsam sehen, dass wir vom Hof kamen. „Nonna, bist du soweit?“ fragte ich und klopfte vorsichtig an ihre Zimmertür.

In diesem Moment öffnete sie von innen und ich war überwältigt von dem Anblick, den sie mir bot. Da stand sie, meine Nonna, weit über achtzig Jahre alt, und sah gerade aus, als wäre sie mindestens zwanzig Jahre jünger. Das blaue Kleid stand ihr wie angegossen, dazu trug sie passende dunkelblaue Wildlederstiefel und eine weiße Stola, die sie vor Jahren einmal selbst gestrickt hatte. Ihre Haare hatte sie sich zu einem leichten Knoten hochgesteckt und ein wenig Rouge aufgelegt.

„Du siehst wunderschön aus“, sagte ich und bot ihr meinen Arm, um sie die Treppe hinunter zu geleiten.

„Grazie. Anche tu."

Ja, vielleicht sah ich auch gut aus, aber mit ihr konnte ich an diesem Tag kaum mithalten, obwohl ich noch so viele Jahre jünger war als sie. Sie strahlte etwas aus, das ich nicht hätte in Worte fassen können. Auch Rosalie war fasziniert von der Anmut meiner Großmutter und ich war mir sicher, Lasse wäre es auch.

Um Punkt sechs Uhr betrat ich als erste meine Café-Bar, Rosalie wartete noch einen Moment mit Nonna draußen. Ich wollte zuerst die Lichter am Weihnachtsbaum und die Kerzen auf der langen Tafel entzünden. Im Hintergrund schaltete ich leise Weihnachtsmusik ein, setzte das Essen auf und dann öffnete ich die Tür. Mittlerweile waren auch Lene mit ihrer kleinen Familie, Frau Lund und Greta gekommen. Vom Himmel fiel seicht der Schnee und glitzerte im Schein der Straßenlaternen.

„Das wurde aber auch Zeit", hörte ich Lene sagen.

„Ich glaube, das hast du heute schon einmal gesagt", meinte ich zu ihr und wir mussten beide lachen.

Als die Gäste mein Lokal betraten, staunten sie alle bedächtig. Greta war die erste, die ihre Sprache wiederfand. „Mensch, Mädchen, das sieht ja klasse aus!“ Sie kam zu mir und nahm mich fest in den Arm. „Also wenn das nicht ein toller neuer Laden wird, dann weiß ich auch nicht.“

Auch Nonna war begeistert. Von den Räumlichkeiten an sich, von dem riesigen Tannenbaum und von der festlich gedeckten Tafel. Sie ging näher an den Tisch heran und beäugte das Geschirr, doch sagte sie nichts. Aber sie schien so überwältigt zu sein, dass sie mich fragte, ob sie schon Platz nehmen dürfe. Selbst wenn ich verneint hätte, hätte sie sich hinsetzen müssen, das konnte ich an ihrem Gesichtsausdruck sehen. Mich überfiel eine leichte Sorge. Vielleicht war das doch etwas zu viel des Guten. „Nonna, ist alles in Ordnung? Möchtest du ein Glas Wasser?“

„Ein Glas Wasser wäre wundervoll. Danke. Und ja, es geht mir gut.“

Noch ehe ich losgehen konnte, war Lene schon mit einem gefüllten Glas zur Stelle.

„Danke, meine Liebe“, sagte Nonna und besah sich immer noch das Geschirr und die Kristallgläser. Dabei schüttelte sie immer wieder langsam den Kopf, sagte jedoch nichts weiter.

„Bitte, nehmt doch auch Platz“, sagte ich zu den anderen Gästen und sah mit Spannung auf die Uhr. Es war tatsächlich schon kurz vor halb Sieben und vor lauter Aufregung war mir ganz übel.

Und dann war es soweit. Es klopfte von draußen an der Tür und eine Sekunde später wurde sie geöffnet. Zunächst erschien nur Nils. „Einen wunderschönen Guten Abend“, wünschte er in die Runde. „Ich habe gehört, hier findet heute etwas ganz besonderes statt.“

Die Gäste sahen ihn gespannt an. Bis auf Lene, Rosalie und mir wusste niemand, was jetzt gleich anstehen würde. Nils sah mich an, nickte mir aufmunternd zu und ging noch einmal nach draußen. Nun war ich an der Reihe. Ich war so aufgeregt, dass meine Knie begannen zu zittern. „Liebe Nonna, liebe Gäste“, begann ich, „offiziell seid ihr alle hier, weil wir in kleinem Kreise meine Café-Bar einweihen wollen. Bis zum Essen dauert es aber noch ein kleines Weilchen. Zum einen, weil ich noch einmal die Töpfe höher schüren muss, zum anderen, weil es vorher noch eine Überraschung geben soll. Eine Überraschung für dich, liebste Nonna.“ Jetzt wandte ich mich ihr zu, nahm ihre Hand in meine und forderte sie auf, noch einmal aufzustehen. „Aber nur, wenn es geht“, führte ich an. „Ansonsten schaffen wir das auch im Sitzen.“

„Nein, nein“, erwiderte sie. „Ich kann schon noch stehen. Aber es ist mir grad ein wenig unangenehm, hier so in den Mittelpunkt gestellt zu werden.“

„Das muss es nicht sein, Nonna“, beruhigte ich sie. „Wirst sehen…“

Kurz sammelte ich meine Gedanken, ehe ich weitersprach. „Nonna, als du vor zwei Wochen mit einem Herzinfarkt in die Klinik eingeliefert wurdest, da habe ich, als ich deine Papiere suchte, etwas entdeckt, das du lange Zeit in deinem Schrank aufbewahrt hast."

Sie nickte, wusste, dass ich ihr Buch meinte, und hörte weiter gespannt zu. „Seit diesem 8. Dezember ist so vieles geschehen und vieles davon kann ich selbst noch gar nicht glauben. Und für alle, die noch keine Einzelheiten kennen und für die das jetzt hier alles eher wie ein großes Rätsel erscheinen muss, erzählen wir die Details gerne später noch beim Essen. Doch jetzt liebe Nonna, wollen wir deine Überraschung nicht länger draußen im Schneegestöber stehen lassen." Nun nickte ich Lene zu und diese ging zielstrebig los, um die Tür erneut zu öffnen.

Stille im Raum, nur die Weihnachtsmusik im Hintergrund war noch leise zu hören. Und dann war es soweit. Nils trat erneut hinein, doch diesmal nicht allein.

****

„Guten Morgen, mein Herz", hörte ich Nils leise in meine Gedanken an den gestrigen Abend hineinflüstern. „Hast du auch so phantastisch geschlafen?"

„Ich habe niemals besser geschlafen als in dieser Nacht", antwortete ich lächelnd und schmiegte mich in seine starken Arme. Nils küsste mich auf meine nackte Schulter und hielt mich ganz fest. „So möchte ich das jetzt immer haben." Seine Augen verhafteten sich mit meinen und versanken regelrecht darin. „Sofia, mein Herz, ich liebe dich und weißt du, was ich mir wünsche?"

„Nein, was?" fragte ich ihn leise und streichelte sanft über seinen Nacken.

„Ich wünsche mir, dass ich an jedem neuen Abend mit dir an meiner Seite einschlafen und jeden Morgen mit dir gemeinsam aufwachen darf."

Mein Herz machte Luftsprünge, Purzelbäume und Pirouetten gleichzeitig. Eine Wärme durchflutete meinen Körper, die einer Liebe entsprang, wie ich sie niemals so intensiv gespürt hatte, wie für diesen Mann. So fühlte sich wahrlich pures Glück und endlose Zufriedenheit an. „Ich liebe dich auch", flüsterte ich ihm liebevoll ins Ohr. „Und ich bin mir sicher, diesen Wunsch kann ich dir erfüllen."

Mit diesen Worten war alles Wichtige für den Moment gesagt und wir gaben uns unserer Lust, unserer Leidenschaft und unserer unbändigen

Liebe füreinander hin und verschmolzen erneut zu einer Einheit, die in diesem Leben niemand mehr hätte trennen können.

34.

24. Dezember 2016

Francesca fand diesen Heilig Abend wirklich etwas merkwürdig. In den vorigen Jahren hatten Sofia und sie meist gemeinsam den Baum geschmückt, hatten zusammen gekocht und waren am späten Nachmittag in die Messe gegangen. Anschließend machten sie es sich zu Hause gemütlich und hielten eine feierliche Bescherung nach dem Abendessen. Es gab dann Glühwein und meist schauten sie sich spät abends noch einen traditionellen Weihnachtsfilm an. Selbst in den letzten Jahren, in denen Sofia in Neapel lebte, kam sie her, um die Feiertage mit ihr zu verbringen und an den alten Traditionen festzuhalten. Doch in diesem Jahr war irgendwie alles anders. Den Baum hatte Francesca am Vormittag alleine geschmückt, Essen brauchte sie keines vorzubereiten, die Messe am späten Nachmittag würde diesmal ohne sie stattfinden und den Abend würde sie auch nicht alleine mit Sofia verbringen.

Und nun, am frühen Abend, saß sie gemeinsam mit Sofias Gästen in der neuen Café-Bar und fragte sich, was hier wohl vor sich ging. Sofia hatte alles unglaublich schön eingerichtet und für diesen

Abend wunderbar geschmückt. Francesca war beeindruckt von der Umgestaltung des *Jakobs*. Sie war früher auch öfter hergekommen und hatte sich ein gut gebratenes Schollenfilet von Greta schmecken lassen. Gemütlich war das Restaurant immer gewesen, doch Sofia hatte es geschafft, dem Lokal eine ganz besondere, eigene Note zu geben, was nicht zuletzt an der dänisch-italienischen Kombination lag. Francesca fühlte förmlich, dass in der Brust ihrer Enkelin wahrlich zwei Herzen schlugen und sie verstand es, dies zu einer Einheit verschmelzen zu lassen. Es war keine Frage für Francesca, dass diese Café-Bar großen Erfolg verbuchen würde.

Vorsichtig und ein wenig bedächtig ging sie zu der gedeckten Tafel und berührte das Geschirr, das vor ihr stand. Es war ein wunderschönes altes Service in Elfenbeinfarbe mit Goldrand und feine Kristallgläser dazu. Eine Erinnerung wurde in Francesca wach, die sich bittersüß in ihr Herz bohrte. Genauso hatte das Gedeck vor siebzig Jahren ausgesehen, als sie mit ihrer Familie bei Lasses Eltern eingeladen gewesen waren. Zumindest hatte es eine unglaublich große Ähnlichkeit. Tomatencremesuppe hatte es als ersten Gang gegeben und anschließend wunderbar duftenden Schweinekamm. Sie sog einmal tief Luft ein und meinte tatsächlich, einen Krustenbraten zu riechen. Ihre Sinne spielten wohl auch schon verrückt, dachte Francesca, denn sie wusste, dass es stets an Heiligabend Fischvariationen mit Kartoffelsalat gab. Und doch roch es herrlich nach Braten. Ihr wurde ein wenig schwindelig und Lene brachte ihr ein Wasser. Anschließend setzte sie sich, denn ihre Beine gaben einfach nach.

Wieder wanderten Francescas Gedanken zurück an den Abend vor siebzig Jahren. Sie wusste noch genau, wie gut Lasse in seiner schwarzen Hose und dem beigen Pullover ausgesehen hatte. Er hatte ihr gegenüber gesessen und als sie nach einem Brot greifen wollte, tat er es ihr gleich und ihre Finger berührten sich zum ersten Mal. Unweigerlich trat ein Lächeln auf Francescas Gesicht. Die anderen Gäste unterhielten sich, doch sie war einfach in ihre eignen Gedanken versunken.

Das Klingeln der Lokalglocke unterbrach ihre Gedanken und sie sah automatisch auf die, sich öffnende Tür. Nils trat herein, sprach ein paar Worte und nickte Sofia zunächst geheimnisvoll zu, ehe er das Lokal wieder verließ. Es war schon irgendwie alles sehr merkwürdig und als Sofia dann auch noch anfing, von einer Überraschung für sie, Francesca, zu sprechen, verstand sie rein gar nichts mehr. Sofias Worte zogen einfach an ihr vorbei, ohne dass sie wirklich hätte sagen können, was genau ihre Enkelin da gerade alles erzählte.

Doch dann passierte es. Lene öffnete die Lokaltür und Nils trat erneut hinein, jedoch nicht alleine. Hinter ihm erschien noch eine Person. Es war ein größerer Mann, dick eingehüllt in einen Mantel, die Kapuze weit ins Gesicht ragend. Hatte er einen Stock dabei, auf den er sich stützte? Es sah zumindest so aus. Doch wer sollte das sein, überlegte sie noch, als der Mann bereits seine Kapuze mit seiner freien Hand in den Nacken schob.

Und nun wurde ihr so übel, dass sie spürte, wie sämtliche Farbe aus ihrem Gesicht wich. Sie war sich sicher, ein Gespenst zu sehen! Nein, das konnte wirklich unmöglich wahr sein. Sie war wohl verrückt geworden, einfach nicht mehr Herr ihrer Sinne. Vielleicht stand sie auch wieder kurz vor einem Herzinfarkt. Zumindest fühlte es sich gerade merklich eng auf ihrer Brust an. Und dann keimte mit einem Mal Hoffnung in ihr auf, Hoffnung, dass es vielleicht doch wahr sein könnte. Aber im selben Moment zwang sie sich, diese Hoffnung schnell wieder zu begraben. Plötzlich lief vor Francesca alles wie in einem Film ab, ein bisschen wie in Zeitlupe. Sie sah zu, wie Sofia dem Mann kurz seinen Stock abnahm, während Nils ihm aus seinem Mantel half. Francescas Herz begann zu rasen. Der Mann stand etwa zehn Meter von ihr entfernt. Er trug eine schwarze Hose und einen beigen Pullover. In ihrem Kopf begann sich alles zu drehen und ihre Hände und Knie zitterten, als hätte sie eine panische Angst. Und die hatte sie tatsächlich! Es war die Angst, dass sie sich all das gerade wirklich nur einbildete und sie war sich sicher, sollte dies der Fall sein, würde sie in einem der nächsten Momente auf der Stelle umfallen und ihre Augen für immer schließen. So viel unerfüllte Hoffnung würde ihr Herz an diesem Tag einfach nicht ertragen. Es war schon schlimm genug an dem achten Dezember vor zwei Wochen, als ihr schmerzlich bewusst wurde, wie viele Jahre ihr Herz nun schon Heimatlos war. Tränen sammelten sich in ihren Augen und rannen über ihre Wangen. Sie hätte es nicht verhindern können, nicht einmal, wenn sie es mit aller Kraft versucht hätte. In dem Raum war es mucks Mäuschen still geworden. Selbst die Weihnachtsmusik, die doch kurz zuvor noch alles erfüllte, war verstummt. Oder hörte sie sie einfach nicht mehr? Francesca versuchte sich vorwärts zu bewegen, doch es fiel ihr unglaublich schwer. Nils kam ihr zu Hilfe geeilt und hakte sie unter. Francesca schluckte schwer und sie hätte sich nicht gewundert, wenn jeder hier im Raum es gehört hätte. In ihren Ohren klang es, als hätte sie einen Stein verschluckt.

Durch den dichten Tränenschleier richtete sie ihren Blick direkt auf seine Augen. Sie waren so unverkennbar intensiv wie Jahrzehnte zuvor. Mühsam setzte sie einen Fuß vor den nächsten, immer noch in der Angst, sie könne es nur träumen und sobald sie erwachte, war alles vorbei.

Auch der Mann kam langsam auf sie zu, den Stock wollte er nicht. Auch seine Augen waren voller Tränen, als er sie wiedererkannte.

„Francesca“, hauchte er, kaum hörbar und streckte seine Hände nach ihren aus. Sie fühlte, wie seine Fingerspitzen die ihren berührten und er ihre Hände dann fest mit seinen umfasste. „Francesca“, wiederholte er. „Ich glaube, ich träume.“

Sie konnte nichts erwidern, ihre Lippen bebten vor Glück, vor Trauer, vor Ohnmacht, vor Staunen. Jetzt, wo sie sicher war, dass es kein Traum war, den sie hier träumte, ließ sie Nils` Arm los. Die Kraft, die sie noch vor wenigen Minuten verlassen hatte, kehrte wieder zurück. Mehr noch. Plötzlich fühlte sie sich wieder wie das junge Mädchen von damals. Das Mädchen, das noch vollkommen Faltenfrei war, das ihr Leben noch vor sich hatte und das sich sicher war, dass es nichts hätte geben können, was sie jemals wieder von Lasse hätte trennen können.

Sie weinte, weinte so bitterlich, dass Lasse sie fest an seine Brust drückte und ihr immer wieder mit der Hand über den Kopf und den Rücken fuhr. Im Normalfall wäre Francesca niemals vor anderen Menschen so in Tränen ausgebrochen, doch diese Situation war einfach nicht normal. Es war, als hätte das Leben ihr gerade die Tür zum Paradies geöffnet. Siebzig Jahre, ging es ihr immer wieder durch den Kopf. Siebzig lange Jahre, bis ihr Herz endlich wieder ein Zuhause hatte. Und es war verrückt, denn trotz all der Zeit, die zwischen ihnen lag, fühlte es sich an, als wären sie niemals voneinander getrennt gewesen.

Eng umschlungen standen sie da, als wollten sie sich niemals wieder loslassen. Und das wollten sie tatsächlich nicht.

„Kann uns jemand aufklären?“ hörte sie jemanden in die Stille sagen. Es war Greta, die gespannt auf Francesca und Lasse schaute. „Was hat das zu bedeuten?“

Zunächst antwortete niemand. Francesca hörte nur, wie Sofia ihrer Freundin Rosalie Gretas Frage übersetzte.

„Vuol dire“, erhob Rosalie feierlich das Wort, *„La magia della vita e dell`amore.“*

„Was?“ fragte Greta nun verständnislos, denn natürlich verstand sie nicht, was Rosalie gesagt hatte. Francesca bedachte zunächst Rosalie mit einem strahlend glücklichen Lächeln, ehe sie sich Greta zuwandte und versuchte, das Gesagte in genauem Wortlaut wiederzugeben. Als sie die ersten Worte aussprechen wollte, kam nur ein Krächzen aus ihrem Mund. Sie räusperte sich und startete einen erneuten Versuch. *„Es bedeutet“*, begann sie, *„Die Magie des Lebens und der Liebe.“*

Mit diesen Worten umarmte sie ihren Lasse noch einmal so fest, dass ihnen beiden vor Glück bald die Luft weg blieb. Sofia kam freudestrahlend auf sie zu und hielt etwas über ihre Köpfe. Doch was war es? Sowohl Francesca als auch Lasse schauten gleichzeitig nach oben, weil sie es so schnell hatten nicht erkennen können und sahen nun, um was es sich handelte. Es war ein frischer Mistelzweig, vermutlich einer aus Francescas Garten. Glücklich senkte sie ihren Blick wieder ein wenig tiefer und schaute Lasse direkt in seine stahlblauen Augen, die noch genauso funkelten und strahlten wie vor über einem halben Jahrhundert. Sie konnte wahrnehmen, wie Lasse sich mit seinem Gesicht dem ihren immer mehr näherte und die Schmetterlinge in ihrem Bauch wild durcheinander tanzten. Und als sie seine Lippen auf ihren spürte, vergaß sie die Welt um sich herum. Nie hätte sie auch nur annähernd erklären können, was in diesem Moment mit ihr passierte. Sie schloss ihre Augen und sah das Paar aus der Schneekugel, die Lasse ihr damals geschenkt hatte, glasklar vor sich. Zweifelsfrei war es in diesem Moment durch sie beide zum Leben erwacht. Ja, sie befanden sich mitten unter dem Mistelzweig, küssten sich eng umschlungen und um sie herum glitzerten die Schneeflocken vor den Fenstern. Eines fühlte und wusste Francesca: endlich war sie für den Rest ihres Lebens an genau dem Platz, wo ihr Herz schon immer hingehört hatte, bei Lasse, ihrem Lasse. Und sie hoffte, dass das Leben ihnen noch ein paar wundervolle Stunden, Monate und Jahre schenken würde. Das, was sie hier erleben durften, war wahrlich die Magie des Lebens und der Liebe, ganz so, wie Rosalie es bezeichnet hatte.

Epilog

8. Dezember 2017

„Seid ihr bereit?“ hörte ich Nils fragen, sah Nonna an und atmete automatisch noch einmal intensiv ein.

„Ja“, nickte ich ihm dann freudestrahlend zu.

Er drehte den Schlüssel im Schloss herum und gewährte damit den bereits wartenden Gästen Eintritt in unsere kleine Café-Bar. Es war eine geschlossene Gesellschaft, die wir an diesem besonderen Tag im Dezember begrüßen durften und ich wusste, dass Nils, Nonna und Lasse ebenso aufgeregt waren wie ich selbst.

****

In dem letzten Jahr war noch eine Menge geschehen. Den ersten Weihnachtsfeiertag verbrachten Nils und ich ab dem Mittag gemeinsam mit Nonna, Lasse und Rosalie. Wir hatten es uns bei Nonna und mir im Wohnzimmer gemütlich gemacht und genossen es, in unsere Erinnerungen einzutauchen. Lasse konnte kaum glauben, dass ich tatsächlich seine Enkelin war und dass er eine leibliche Tochter gehabt hatte. Natürlich hatte ihm die Nachricht, dass Louisa bei einem Autounfall ums Leben gekommen war, schwer zu schaffen gemacht. Wie gerne hätte er sie kennengelernt. Oft, so sagte er, hätte er sich vorgestellt, wie es wohl gewesen wäre, wenn er sein Leben mit Nonna geteilt und sie gemeinsame Kinder gehabt hätten. Dass sie tatsächlich Eltern geworden waren, war für ihn nun wie ein Geschenk, von dem man ihm erzählte, welches er jedoch niemals wirklich erhalten hatte. Nonna hatte alte Fotos von meiner Mutter hervorgeholt, die wir zusammen betrachteten und ich konnte dabei Lasses stolzes Strahlen in den Augen erkennen, an etwas so Schönem beteiligt gewesen zu sein.

„Sie war wie du", erzählte Nonna und sah Lasse dabei voller Stolz an. „Sie ruhte in sich wie ein Fels in der Brandung und mit ihren goldenen Löckchen verzauberte sie jeden Menschen, dem sie begegnete."

„Hat sie es gewusst?" wollte Lasse nun wissen und meinte damit natürlich, dass er ihr Vater war.

„Nein." Nonna wurde ein wenig ernster und nachdenklicher. „Ich hatte es ihr immer irgendwie sagen wollen, aber ich habe es nicht übers Herz gebracht." Sie nahm Lasses Hände in ihre und wählte ihre Worte mit Bedacht, um ihm nicht weh zu tun. „Weißt du, Carlo, mein verstorbener Mann, wusste, dass er nicht Louisas Vater war. Doch er hat sie vom ersten Tag an geliebt, als wäre sie sein eigenes Kind. Niemals hat er mir Vorwürfe gemacht, dass ich einen anderen Mann aus tiefstem Herzen liebte. Er hat es voll und ganz respektiert und mich bis zu seinem Tod immer loyal und respektvoll behandelt. Wir schliefen nach der Geburt sogar in getrennten Schlafzimmern, denn er liebte mich auch ohne körperliche Nähe. Ich weiß, dass er sich das, was ich ihm nicht mehr hatte bieten können, an anderer Stelle geholt hat und war erleichtert und dankbar dafür." Sie machte eine kurze Pause, ehe sie fortfuhr. „Louisa vergötterte Carlo, weil er ihr jeden Wunsch von den Lippen ablas und einfach immer für sie da war. Er war da, als ihre ersten Gehversuche scheiterten und sie ihm ihre aufgeschürften Knie zum verarzten hinhielt, er begleitete sie an ihrem ersten Kindergartentag und bei ihrer Einschulung. Und als er kurz nach ihrem elften Geburtstag verstarb, brach eine Welt für sie entzwei. Wie hätte ich ihr jemals sagen können, dass ihr geliebter Papà nicht ihr Papà war?" Nonnas Worte wurden ganz leise, denn sie fühlte den Schmerz, den sie gerade in Lasse auslöste. Und sein Schmerz wurde so unweigerlich auch zu ihrem.

Er zog sie in seine Arme und wischte ihr die Tränen weg. „Es ist schon in Ordnung", sagte er. „Du kannst nichts dafür, dass ich damals nicht den

Mut hatte, dich zu bitten, bei mir zu bleiben. Du musstest das so entscheiden."

Beide weinten sie eine Weile. Auch ich hatte Mühe, meine Emotionen unter Kontrolle zu halten. Lasse streckte seine Hand nach mir aus und ich ergriff sie. „Dafür habe ich heute eine wunderschöne Enkelin." Ein Strahlen ging über sein Gesicht, das mir letztendlich doch noch ein paar Tränen entlockte.

Es war wirklich ein sehr berührendes Weihnachtsfest gewesen. Ein Fest, bei dem einfach über alles gesprochen wurde, was jeden einzelnen von uns so lange beschäftigt hatte. Da war vieles, das uns zum Schmunzeln brachte, wie beispielsweise die unglaubliche Tatsache, dass Großmutter und Enkelin eine zusammenhängende Liebesgeschichte teilten. Einiges war dabei, das uns nachdenklich stimmte, so, wie die Frage, weshalb das Leben uns manchmal auf Wege bringt, die mitten durch den tiefsten Schmerz führen. Anderes wiederum war so unglaublich, dass es mit dem Verstand einfach nicht zu begreifen war, wie die vielen Gemeinsamkeiten, die Nonna und Lasse auch trotz Entfernung über Jahre hinweg miteinander teilten. Die Prägnantesten waren dabei sicherlich die Verluste der Töchter, Louisa und Mathilda, die beide im Jahr 1993 verstarben, sowie die Herzinfarkte, die Lasse und Nonna an ein und demselben Tag erlitten. Selbst im gleichen Krankenhaus hatten sie gelegen, ohne zu wissen, dass sie nur ein paar Zimmer voneinander entfernt waren.

„Das wir uns wirklich wiedergefunden haben…" sagte Nonna und klang dabei sehr verträumt.

Das Weihnachtsfest verging und das Jahr 2017 hielt Einzug. Ich eröffnete meine kleine Café-Bar Ende Januar und konnte mich von Anfang an über hervorragende Besucherzahlen freuen. Die Leute liebten mein Ambiente vom ersten Tag an und bescherten mir phantastische Einnahmen. Etwas, über das ich mich an der Eröffnungsfeier am Meisten gefreut hatte, war das Geschenk von Greta. Als Nils und ich an diesem kalten, sonnigen Morgen zur Café-Bar gingen, prangte ein neues Logo vor dem Eingang. *„La magia della vita e dell` amore"* las ich laut und war mehr als gerührt. Greta waren die Geschichten von Nonna und mir so ans Herz gegangen, dass sie die Café-Bar zu einem magischen Ort erklärte. Schließlich hatten Nils und ich uns damals dort kennengelernt und Nonna und Lasse hatten dort ihr Wiedersehen gefeiert. „Das *Jakobs*", so sagte sie, „bleibt für immer in meinem Herzen am Leben. Aber für euch beginnt jetzt ein ganz neues Kapitel, das seinen ganz eigenen Namen verdient."

Und sie hatte Recht. Es begann tatsächlich ein ganz neues Kapitel. Nils hatte seinen Wunsch, den er am Weihnachtsmorgen geäußert hatte, nämlich jeden Abend neben mir einzuschlafen und jeden Morgen neben mir zu erwachen, bereits als einen Heiratsantrag gesehen und so standen wir am achten Mai 2017 in kleinem Kreise vor dem Traualtar, gemeinsam mit Nonna und Lasse. Es war schier unglaublich, denn welche Enkelin konnte schon behaupten, eine Doppelhochzeit mit ihrer Großmutter und ihrem Großvater zu feiern?!

Im Oktober erblickte dann zu unserem größten Glück noch unsere Tochter Giulia Luisa Mathilda Frellson das Licht der Welt.

Auch Nils` kleiner Kaffeeladen verbuchte sehr gute Umsätze, denn wir kooperierten natürlich. Neben den italienischen Spitzenkaffeesorten bot ich auch immer seine edlen Bohnen mit an. Und er verkaufte im Gegenzug kleine Gebäckspezialitäten von mir.

Lasse hatte wieder Freude daran gefunden, ein paar neue Schneekugeln anzufertigen, die Nils ebenfalls verkaufen durfte. Es waren wieder allerlei unterschiedliche Modelle aus seinem Ordner darunter zu finden. Nur die Kugel mit dem, sich eng umschlungenen, küssenden Paar unter dem Mistelzweig, war und blieb ein Unikat, naja, zumindest fast. Lasse und Nonna hatten Nils` Duplikat mit großer Achtung gewürdigt, weil es tatsächlich aussah, wie das Original.

„Aber eines, mein Lieber, fehlt", hatte Lasse zu Nils gesagt. Er holte einen kleinen Gravur-Schleifer, drehte die Kugel auf den Kopf und vervollständigte das Werk, indem er schrieb *„Elsker – evigt"*.

Auch Nonna hatte in dem letzten Jahr noch einiges auf die Beine gestellt. Sie hatte das erste Mal seit siebzig Jahren wieder angefangen zu schreiben und einen kleinen Verlag gefunden, der ihre Werke gerne veröffentlichte. Und dann hatte sie gemeinsam mit Lasse, Nils, Rosalie und mir ihr Weingut in Italien besucht, das sie seit ein paar Jahren verpachtet hatte. Der Pächter, so stellte sie allerdings fest, behandelte das Gut leider nur noch wenig pfleglich und so musste Nonna überlegen, wie es dort in Zukunft weitergehen sollte.

Ja, dieses Jahr war schon etwas ganz Besonderes gewesen und ich war zuversichtlich, dass auch die kommenden Jahre noch eine Menge zu bieten hätten.

****

„Liebe Gäste“, ertönte meine Stimme, nachdem sich alle Besucher auf die Stühle, die wir in Reih und Glied aufgestellt hatten, gesetzt hatten. „Ich darf Ihnen heute Abend als erstes meine zauberhafte Großmutter Francesca Halström vorstellen, die Ihnen zunächst aus ihrem frisch veröffentlichten Buch >*Amore – per sempre*< vorlesen und anschließend noch ein paar gesammelte Gedichte mit Ihnen teilen wird. Ich hoffe, Sie alle haben ein paar Taschentücher mitgebracht, denn ich kann Ihnen sagen, Sie werden sie brauchen.“ Die Gäste lachten und ich sah, wie gespannt sie auf das waren, was sie gleich erwarten würde. „Anschließend gibt es ein wunderbares Buffet mit vielen kleinen Köstlichkeiten, das Sie sich unter keinen Umständen entgehen lassen sollten.“ Kurz blickte ich hinüber zu Nils, der nun das Licht dämmte. „Und nun wünschen wir Ihnen einen wunderbaren, magischen Abend.“

Die Gäste klatschten und Nonna trat nach vorne, wo sie in einem gemütlichen Sessel Platz nahm und ihre Lesebrille auf die Nase setzte. Dann nahm sie ihr Buch, das Original, das sie vor vielen Jahren geschrieben hatte, und einen Stift zur Hand.

„Sehr geehrte Gäste“, begann sie, „bevor ich Ihnen die magische Geschichte meines Mannes und mir vorlese, möchte ich, dass Sie dabei sind, wenn ich hier und heute etwas nachhole, das ich schon vor langer Zeit tun wollte.“

Ich war gespannt, denn ich hatte keine Ahnung, was sie vorhatte. Sie schlug die erste Seite in ihrem Buch auf, die, die sie ohne Beschriftung gelassen hatte. Ihre Augen suchten die Augen von Lasse, der unsere kleine Giulia auf dem Arm hielt und neben mir und Nils in der ersten Reihe saß.

„Mein liebster Lasse“, sie räusperte sich und trank einen Schluck Wasser, bevor sie weiter sprach. „Vor einundsiebzig Jahren habe ich dieses wunderschöne Lederbuch gekauft und unsere einzigartige, magische Geschichte darin niedergeschrieben. Doch die erste Seite blieb bis zum heutigen Tage weiß. Natürlich hätte ich dir dieses Buch bereits damals widmen können, doch ich hoffte insgeheim immer auf den Moment, in dem ich dir diese Widmung persönlich schenken könnte. Und was könnte es für einen besseren Moment geben als diesen hier, in dem so viele Menschen dabei sind, die Zeugen darüber werden, wie ich endlich mein Werk vollenden kann.“

Feierlich öffnete sie den Füllfederhalter und setzte den Stift an. Während sie schrieb, sprach sie die Worte mit: „Für meinen über alles geliebten Ehemann Lasse. Wie wunderbar, dass die Magie des Lebens und der Liebe uns endlich wieder zusammengeführt hat.“ Eine Träne rollte über ihre Wange, als sie die Rührung in Lasses Augen sah. Die Gäste klatschten ergriffen und wurden dann ganz still, um in die Geschichte einzutauchen.

Eine Stunde später schloss Nonna ihr Werk, nahm die Schneekugel zur Hand, die die ganze Zeit über an ihrer Seite gestanden hatte und küsste ihre Oberfläche. Die Gäste hatten sich allesamt von ihren Stühlen erhoben und klatschen tosenden Beifall.

Es war wirklich ein gelungener Abend. Sowohl Nonna und Lasse, als auch Nils und ich, lagen uns später in den Armen und waren erfüllt von dem Wunder, das uns widerfahren war und das immer wieder aufs Neue unbegreiflich erschien.

Wie gut, dass ich die Schneekugel in dem Schaufenster entdeckt hatte, denn sie hatte alles ins Rollen gebracht, was ins Rollen gebracht werden musste, um der Liebe eine neue Chance zu geben.

Und so sage ich am Ende nur:

Schneekugelzauber – Die Magie des Lebens und der Liebe